诺贝尔文学奖作家作品

明 娜

MINNA

［丹］ 卡尔·耶勒鲁普 著

南玉祥 译

北京出版集团

北京出版社

图书在版编目（CIP）数据

明娜 /（丹）卡尔·耶勒鲁普著；南玉祥译 . —北京：北京出版社，2020.6

（诺贝尔文学奖作家作品）

ISBN 978-7-200-14183-2

I. ①明… Ⅱ. ①卡… ②南… Ⅲ. ①长篇小说—丹麦—现代 Ⅳ. ① I534.45

中国版本图书馆 CIP 数据核字（2018）第 149663 号

诺贝尔文学奖作家作品

明娜

MINGNA

［丹］卡尔·耶勒鲁普 著

南玉祥 译

＊

北 京 出 版 集 团 出版
北 京 出 版 社
（北京北三环中路 6 号）

邮政编码：100120

网 址： www. bph. com. cn
北 京 出 版 集 团 总 发 行
新 华 书 店 经 销
北 京 华 联 印 刷 有 限 公 司 印刷

＊

889 毫米 × 1194 毫米 32 开本 9.5 印张 228 千字
2020 年 6 月第 1 版 2020 年 6 月第 1 次印刷
ISBN 978-7-200-14183-2
定价：39.80 元
如有印装质量问题，由本社负责调换
质量监督电话：010-58572393
责任编辑电话：010-58572757

作家小传

　　1857年6月2日卡尔·阿道夫·耶勒鲁普（Karl Adolph Gjellerup，1857—1919）在丹麦东部西兰岛上的洛霍尔特出生，其父是一名牧师。1874年，耶勒鲁普为了传承父业，到首都哥本哈根大学神学院去上学。可是在上学期间，因为阅读了不少康德、歌德、席勒、叔本华、尼采、达尔文和斯宾塞等人的著作，他慢慢开始质疑宗教信仰和理念。这时的他已经完全转移到了对席勒和海涅等人作品的研究上面，并被浪漫主义美学思想所吸引，对神学已经全然没有了兴致。

　　1878年，耶勒鲁普以神学硕士的身份从大学毕业，同年出版了笔名为"爱泼戈纳斯"的首部小说《一个理想主义者》，第二年出版小说《青年丹麦》，小说写作风格明显受丹麦现实主义文学的首创者G.勃兰克斯的影响。1881年，诗集《红山楂》出版，表达了他的自由主义立场，他将这本诗集献给了自己一直所敬仰的老师勃兰克斯。

　　同年，耶勒鲁普的第三部小说《日耳曼人的门徒》出版。小说描写了一个青年基督教徒的反叛过程，对丹麦青年一代扬弃教义、奋发向上的精神风貌进行了直白反映，有强烈的自传色彩。1884年，大型悲剧《布伦黑尔》创作完成。1889年，出版了代表性小说《明娜》。小说的创作题材来源于当时的现实社会，描写了一个名叫明娜的德国姑娘的经历，进而对坚强、英勇的日耳曼精神进行了歌颂，象征着耶勒鲁普慢慢走向"日耳曼文化"。据说这本小说主人公形象的素材大多从他的德国籍夫人身上而来。

1892年，耶勒鲁普搬到德国的德累斯顿居住，一直到1919年10月11日逝世于德累斯顿市。小说《磨坊》（1896）、《朝圣者卡马尼特》（1906）、《漫游世界的人》（1910）等是他晚年的主要作品。虽然耶勒鲁普的妻子是德国女人，他的后半生又是在德国度过的，一直受到德国文学艺术的感染，晚年又拥护日耳曼精神，可是在丹麦，耶勒鲁普的声誉依然颇高，被赞誉为丹麦举足轻重的评论家。

目　录

第一章　1

第二章　9

第三章　16

第四章　24

第五章　30

第六章　35

第七章　41

第八章　46

第九章　55

第十章　69

第十一章　76

第十二章　80

第十三章　83

第十四章　92

第十五章　95

第十六章　105

第十七章　108

第十八章　111

第十九章　116

第二十章 125

第二十一章 130

第二十二章 142

第二十三章 155

第二十四章 160

第二十五章 165

第二十六章 171

第二十七章 179

第二十八章 188

第二十九章 200

第三十章 204

第三十一章 214

第三十二章 219

第三十三章 232

第三十四章 236

第三十五章 246

第三十六章 250

第三十七章 254

第三十八章 266

第三十九章 273

第四十章 279

第四十一章 283

第四十二章 285

耶勒鲁普作品年表 295

第一章

　　我待在理工学院的这个学期身心俱疲，我已经受不了德累斯顿的炎热天气了。我的住所在旧城区的那条洁净的小巷里，阴暗窄小，甚至有些令人窒息，这让我很不满。可能是想念故乡了，思念丹麦的口音。尽管易北河夜晚的景色很美，但是空气中透着一股热浪。我拖着沉重的步子来到闻名于世的布尔平台，仅仅就是为了呼吸一下清新的空气，就算已经八点多钟了，可是室内温度仍旧是八十八度①左右。换个角度来说，这也可以作为我天生就有权利享受的这样的闷热，如果能坐在托尼亚蒙的咖啡屋走廊上的柱子之间，手里端着杯冰激凌，欣赏着"温勒花园"的音乐厅时不时传出来的音乐声，那真是一种难能可贵的享受啊。

　　就是这样闷热的夜里，一个疯狂的想法在我的脑海里冒了出来：去乡村度过这个暑假。像我这种受制于人而又善于节约的人，

──────────

　　①华氏温度。

有这种想法是非常荒唐的。我首先想到的就是萨克森—瑞士^①，然而，当我吃完最后那口冰激凌的时候，已经下定决心，我一定要到莱森^②去，而且在一个小村庄租一间小房子住。我感到清幽的莱森特别亲切。在我的印象里,这种境界温和而稀有,仿佛田园诗一般。我还记得那时，我刚和一些旅行者匆忙离开巴斯特，第一次经过莱森，仅仅瞥视了一眼，便离开了，可惜没能仔细欣赏那里的风景。

几天后的某个中午，我从小火车站走出来，步行横穿一片果园，朝渡口赶去。只见途中位于耕地间的易北河，仿佛一条弯弯曲曲的蛇。在那跌宕起伏的田野里，是一排排呈梯形螺旋上升的耕地。茂密的黑松林分散在田野上，那高悬天边的岩石立在黑松林的上方。上莱森就在这里。周围一些零星散落的果树穿插在绿草地和玉米田之间。河流对面有片连绵起伏的山峦，中间仅有一条缝隙，远远看去，下莱森的村落就在这片山峦的裂缝里显现出来。这个村落里仅有的两家旅店隐约可见，别无其他。这两家旅店中，那座刚建造的旅店四周什么都没有，不过旧旅店的周围有着重重叠叠的杂草。把两家旅店隔开的是一条向易北河流去的小溪，绵延的溪流汇入旁边那悄无声息的河中。蓝灰色呈巴列塔形状的岩石矗立在山谷左边，密密麻麻的山毛榉和松树站在山麓上。从这里仰望上方，是一片片的高耸入云的黄石壁，当中有很多岩石高度已经达到几百英尺。接着，村中那个最美的露天闪耀的砂岩采石场映入眼帘，让人眼前一亮。与之相比，其他远离村子的采石场，仿佛是一座座连绵起

---

① 德国萨克森州德累斯顿附近山区风光类似瑞士山区风光，因此得名萨克森—瑞士。
② 德累斯顿附近山区地名，在易北河沿岸，分上、下莱森。

伏的石壁分布在那群山之下，与利伦斯敦①遥遥相对。茂盛的树木生长在石壁上方，远看就像一排翻滚的波浪。

渡船如同狗刨水一样，在水流的推动下斜着朝前行驶。船被系在一根锁链上，这根锁链的两头在高高的河岸上拴着，锁链中间系着浮筒。只要船夫在连接滑轮的地方拉动一两次，便能生成水流动力，滑过船舷两边，接着船就可以朝着想去的方向行驶。

就算如此，船夫仍旧汗流浃背，不断地揩拭着脸上的汗水。他那张晒得黝黑的脸，竟然和红种的印第安人相似，但这和我前天夜里在动物园遇见的苏族的印第安人又有所不同。然而，因为周围波光粼粼的水面虽看上去十分凉爽，事实上热气腾腾的，这就像一碗冒着热气的热汤，所以虽然处于他的地盘上，但是我早就无暇看他浑身汗水的样子了。再加上河道迂回弯曲，河岸朝南铺开，河面就像一块凹透镜，焦点就是前边的莱森。船夫也觉得我要去的那里不算凉爽，不过那里有茂盛的树木，非常僻静，更为重要的是那里不算太偏远，况且我生性不愿轻易地改变想法。可能是造化弄人，不过这也恰恰说明了这件事别出心裁。否则，为什么老天爷也想参与呢？不管如何，后来对这件事情懊悔的我，并不是因为我打算和这里的闷热做斗争，而让自己陷入闷热里去。然而，我会后悔吗？这件事距离现在已经有五年了，我都无法肯定，会不会后悔当初的决定。

如果有人问我，我会说，曾经有位作家对我说过："难过的时候，回忆昔日的年华会更加使人难过。"当然，我没胆量怀疑这句话，特别是因为这些话已经广为流传、家喻户晓。但是我宁愿觉得，如果回忆昔日的时候，没有一丝欢悦，这才是悲哀中的悲哀！

①莱森山区的山脉。

就因为这种观点，我的记忆仅剩在莱森以及往后发生的事情了。

首先，第一个困难就是我要找到一个住所，但是那两家小旅店里只剩下那些条件差而且价格贵的房间。没办法，我只能在小溪边的台阶上，一家家地询问，先是面包师家、鞋匠家，随后又到了警务处，最后返回杂货店、修表匠家，我差不多在整个小溪前的台阶上跑遍了。毫无疑问，要么是没房间，要么就是租住两间房，这已经超出我的承受能力了。最终我所有的希望都落到了远在村边松树林后面的乡村学校。

由于已经放假，因此我只得敲响了校长私人的住宅。是个小童开的门，他说他也不清楚校长是否在家，接着他便转身跑掉了。没过多大会儿，他又从我身边跑上楼去，就像飞一样，眨眼工夫又拿着一双靴子跑下楼来，然后就又跑走了，得意扬扬地拿来一件外套。过了一会儿，校长穿着小童刚才准备的衣服走出来，看上去睡眼惺忪的。他对我非常和气，笑着告诉我，他有两间房可以出租，不过他希望我全租下来，租金至少一个月两几尼①。因此，我只得表示抱歉，搅乱了他的好梦。他不但安慰我，而且还给我提议到旁边那所刚修好的老年公寓去看看，这使我重新获得了希望。

走近那座别墅的时候，我才发现它外表很好看：朝里敞开的是绿百叶窗，墙壁上攀满了紫色的树藤，阳台隐在稀稀拉拉的树叶里。房子所处的位置比较高，我要经过的花园是由数块坪地相互连接而成的。碎石小路分布在坪块之间，两边是开花的矮树丛。我走过花园，感受到这华丽的住所带给贫穷的我的震撼，想要在这里租房必须谨慎决定。不过我暗地里下定决心，不管租金多贵，就算只有最顶层的那个小房间，我也要住在这里。只要这如同宫殿一样豪

①几尼，英格兰早期的一种金币。

华的房子愿意接受我，我会毫不犹豫地决定的，因为我早就筋疲力尽了，不愿再到四处打听。

不过，让我感到意外的是，突然有一些绅士和淑女在阳台上出现了，而且我觉得这座房子越来越不像什么老年公寓，很快这点就得到了证实。有个女佣跑出拐角时几乎撞上了我，尽管她说话很礼貌，但是我仍旧能听出她话里暗藏着的讽刺意味，她说：

"哦，不，我们没有可以租给你的房间，你需要的房间可能在那座小山上吧！"

现在，这栋公寓遮住了我要寻找的房子。看到那座房子，我并没有觉得喜出望外。因为它在蓝天下显得那么突兀，四周没有一草一木。我认为这个新建的别墅并不适合住宿，也没有人住过那里。

我只得返回山谷，跨过小溪，爬到高达一百五十英尺左右的石板路上，朝山边走去。近看这座不适合租住的房子：四周杂乱无章地摆放着木板和石头，还有很多没有完工的窗户就这么赤裸裸地进入我的视线内。一阵可怕的风从走廊迎面扑来，门"砰"的一声关上了，于是一阵女人嘶哑的咒骂声从地下室传了上来，发出的德语是那么粗俗不堪。我看见有个男人正在给石阶"整容"，看那拙劣的样子，就知道他是第一次做。有个年轻的姑娘正在过道里擦地板，我进来时，她瞧了我一眼，我看见在她那迷人而雪白的脸颊上有道红红的手掌印，仿佛刚才有人粗鲁地打了她一巴掌。在我问她这座房子的主人在哪里时，她急忙赤着脚奔向地下室，于是地板上留下了她踩出的一串脚印。没多会儿，她便领着一个膀大腰粗的大嘴巴女人回到这里。毫无疑问，刚才那阵谩骂应该就是出自这张嘴。她那粗糙的手掌在围巾上擦了擦。我觉得，这只手掌一定就是在那个姑娘脸上打出红印子的手掌。她的罗圈儿双腿以及那扁平肥胖的大脚掌就这么伸出她那上卷的裙角。

她问我："您想租房吗，先生？我们这里正好有间单人房，您看一看怎么样？小泼妇，继续干活，用不着你陪这位先生看房。先生您请，房间在二楼。"

我跟着她来到一间比较敞亮的房间，这间房的窗子还没有装上玻璃，因此才这么亮堂。这间房的门窗框架还没进行涂刷，尽管贴着一张灰墙纸，但是受潮的墙体仍旧裸露在外边。虽然房间的通风效果很好，不过我仍然闻到了屋子已经严重发霉的气味。

没等我提出意见，她就抢先夸赞她的这间房是多么好，过去住过的租客对这间房评价都很高，就算我们都明白这间房根本没租出去过。我询问了她需要支付多少钱的租金，没承想她要的租金要比我预想中多了十先令，这就是房间的最低价了。她还信誓旦旦地向我保证她要的租金比谁都合理。的确，在这里少了易北河那烦人的烟雾，也没有了那种憋闷感。站在这里，我能够随意地享受瑞士那清新的空气，与此同时还能欣赏最美的乡村风景。另外就是屋前那条林荫小路，懒于运动的人在这里走走就已经很美了。每当女房东说起"林荫小路"，都会把那两条脏兮兮的胳膊伸开形容它的长度，反复说着"从这到那"。

最后，我们协商一致，她承诺一个星期就把房间收拾妥当，正好那个时候我也放假了。她收了我半克朗的定金，所有问题处理完后，我便高高兴兴地和她告辞了。

走出这座房子，眼前的景色的确和那个女人说的那样优美极了。正面是一条小镇连接锯木厂的小道，锯木厂就在进入"黑鸟峡"的位置上，而茂密的冷杉、高耸的岩石峭壁，正好挡住了一个清水潭；左边是逶迤延伸的易北河，河上游就是露天的采石场，河两岸的景色倒映在河面，几只悠闲自在的小木筏在水面上顺水漂游；右侧是山谷，四面环山，草木茂盛。再往前就是一些木质或者有着木质框的农家房舍，屋顶是茅草做的，密密麻麻的藤蔓覆盖在屋顶上。这里除了那两栋别墅之外，还有隐映在农家村舍里的一栋房子。天色渐暗，各家农舍烟囱炊烟四起，交织在一起，犹如横在山谷间的薄纱。那股溪流的波光掩映在这层薄纱里。所有的一切，充满了德意志式的田园诗般的韵味！一想到能在这样一个风景宜人的地方住上一个月，心中不免一阵喜悦，然后我便情不自禁地唱了起来——

早上好，漂亮的磨坊女。

不知到什么时候，我又开始静静享受这新鲜的空气了，这就像那个女房东说的那样，是"瑞士特有的空气"。当我想到"林荫小路"的时候，忍不住笑出声来，我在现在站的高度望向远处，仅仅能看到那片突兀的园地上站立着稀稀拉拉的果树，而近处是几棵白桦树，它们修长的枝叶随风摆动，一片阳光散在叶子上明艳照人。

我在"埃布格西特"①简单地吃过饭，原本想把服务员喊过来，却意外地看到那个乡村校长正和他说话。校长正得意扬扬地叼着那杆有着鹿角、麦穗雕饰的烟斗，如果有学生在的话，他肯定会觉得尴尬的。他给我说那是一种有着香味的烟——纯正的阿尔斯塔德，他喜欢喝蒙肯啤酒，这都可以说明他的习惯与品味比较特别。他看到我，立即走了过来和我交谈起来，他祝贺我已经租到了房间。他还告诉我，这里是萨克森—瑞士最美的地方，因为其他地方还没有开发出来，要是我有不明白的地方可以问他。然后他又问我来自哪

_____
①坐落在易北河的一块平台上。

个国家，当我告诉他我来自丹麦的时候，他说在1864年他也到过丹麦。很明显，起初我们之间交流比较尴尬。不过，当我们聊到卡尔丁①的时候，气氛自然了很多，他在那里驻守了很长时间，而我对那里也相当熟悉。于是，他越来越激动了，问我记不记得那里的房子或者农场，森林或者小山，他用手里的烟斗在桌布上轻轻描绘着那个地方。他最感兴趣的是那个由绿栅栏围成的、有着石头砌成的牲口棚的农场，是不是还是由壮硕的老拉尔森管理，另外拉尔森的儿子汉斯有没有继承老头儿的遗产，因为他与拉尔森的儿子曾经一起在福伦斯堡②的医院里待过一段时间。

后来，他还说起了那场让他受伤的战争。

我不清楚这次谈话是不是愉快的，但是有些谈话内容比较吸引人注意，有点像德国人坦率地讨论过去的时光。虽然我觉得有的事情不是这样的，不过还是很欣慰的，毕竟这场战争解决了很多人的个人恩怨。

趁他停顿的时候，我问他这栋别墅是谁的。

"是冯·泽德利兹的，他是国王的随从。每年的夏天，他不用侍奉皮尼兹国王的时候，会来住一段时间。虽然那个贵族生活得很低调，但是他们给学校捐了不少钱。哦，他们家聘用的家庭女教师是一位非常漂亮的女士，有机会你可以去看一看。她还是我的一个远房亲戚，不过我对她的事情了解得不多。而且她很容易害羞，我想她如果能再活泼一些会更好。"

正在这个时候，我要坐的汽船响起了汽笛声。我和校长告辞之后，便急匆匆地向桥下走去。

①卡尔丁城堡，位于丹麦南部科灵市。
②位于德国石勒苏益格—荷尔斯泰因州，靠近丹麦。

第二章

一个星期之后的清晨八点，我便带上行李动身了。

我像平时那样，临近开船的一分钟才登船，当我放下行囊东张西望的时候，亚尔伯桥已近在眼前了。从这里能够看见小镇的身影；蓝天下是矗立在布尔平台上的高耸入云的塔群，我们的上空烟雾迷蒙，前面也是漆黑一片。这会儿有一丝丝的冷气，我把那件花格子呢披风披在身上。驶过三座城堡后，小镇越来越模糊了。当我来到洛施维茨①的时候，天上下起了飒飒小雨。事实上，这也算不上雨，只不过……

"就是一点蒙蒙细雨。"有个胖胖的德累斯顿居民这么回答他的太太。这时，他的太太正伸着脑袋朝船舱外观望。

船停在了河对面，那个地方叫布拉瑟维兹②，刚上船的乘客也全都走进了船舱里，再也没有哪个女士站在甲板上淋雨了。紧接着，

①德累斯顿附近小城，位于易北河畔。
②德累斯顿附近小城，与洛施维茨隔河相望。

男士们也纷纷走开了。很显然，船舱外面此时正在下着令人讨厌的瓢泼大雨！

我来到拥挤的吸烟室，点上雪茄融入这片弥漫的烟雾里。人们只有一个关于天气的话题。有位喝着啤酒的教授，披散着长发，他的话引起了人们的注意。他认为，每年那段最热的天气过后，紧接着就是频繁的大雨，这种情形一直会持续到九月份。刚才还是滴滴答答的雨滴声，这会儿也已经变成噼噼啪啪的碰撞声。天气情况那么差，船舱里的光线突然暗了下来，大家几乎分不清周围的事物。雨水沿着窗子流下来，透过船舱的窗子朝外看去，岸边的葡萄园、花园也已经若隐若现。

我抽完一支雪茄走回船舱，发现里面已经坐满了人，而且透不过气。我实在待不下去了，我来到走廊里，站在那连接着甲板的扶梯旁。我拿出一把方便携带的折叠凳，紧了紧身上的披风，在扶梯对面坐下来。

那带点湿气的清新空气从甲板上吹来，虽然有几滴雨滴也伴随着飘进来，落在羊毛披风上，不过我感到特别舒服。最上边的几级台阶仍旧滴着水，行李放在了甲板上，有块防水的黑帆布遮盖着。帆布边角已经有积水了，里面不断地溅出一滴接一滴的水花。

在我的对面，有位青年女士领着两个小姑娘在舱门那里坐着。只见她在包里掏出一本书，没一会儿就沉浸在书里了，仿佛四周的一切都和她没有关系。

不过，这份安宁没有持续太久，那个最年幼的女孩哭了。这是一个有着满头褐色鬈发的小女孩，身穿厚厚的衣服，虽然此时的哭泣与情境相符，不过那位家庭女教师仍然要哄她。那个稍微大一些的女孩子说道："丽丝贝丝可能想继续听故事。"这时，那个小姑娘满眼含泪地说："我还想听彼特！我还想听这个故事！"

那位女士低声说："唉，丽丝贝丝，你看那位陌生的叔叔正在看着你呢，你这么做多丢人呢！你觉得他也愿意听彼特吗？"

小姑娘一边哭泣一边把手指含在嘴里，眼睛睁得大大的，好奇地看着我。她的神情明显是在说："他为什么还在这里？"我觉得有点尴尬。是我打搅到她们了，我怕给那位青年女士添麻烦，可能她是想和她的孩子们独处。

就在我打算离开的时候，她竟然恶作剧似的瞅着我——多有意思啊，我猜她肯定没有察觉到自己的神情，她的表情说明了她并没有觉得我打搅到她们，虽然理由可能不是我想的那样：她不愿意继续讲"彼特的故事"了。我冲着她微微一笑，表明我已经明白了。然后我又从容地坐回原处，无视那个小姑娘失落而气愤的眼神。我感到非常荣幸可以这么容易就帮那个美丽的女士解决了问题。

这时，我才仔细打量漂亮的她，可以说得上很美丽。她的脸蛋偏向方形，有棱有角的，她那深褐色的头发，像是一个南方人，不过她的鼻子是典型的德意志式的：正、短而且丰满。她嘴唇的线条以及颜色非常自然融洽，这肯定是天然无雕饰的。平日里我们看到的嘴唇大多只有一个优点，有的颜色美丽，有的线条柔美，有的颜色和线条存在违和感，总没有完美的。不过她的唇除外。她的下巴小而圆，面部线条是我从来没有见到过的美。

她的个头儿不高不矮，身材非常苗条。我还注意到她穿着的裙子并不是当下最流行的款式，而我最欣赏的是她头上的装饰，高高的帽子上点缀着假花是当时最时尚的装扮。我在船舱里才领悟到这样的头饰太俗气。而她有着自己的风格，头上是边沿窄但是朝上翘的小草帽，上面不仅有丝绒装饰，还有一块银灰色的纱巾扎在草帽的一侧。

当时纱巾已经过时了，不过能扎得这么漂亮，说明这位女士有着与众不同的眼光，而且令我的审美观有了新的改变。我相信只要讨人喜欢的女人都会戴着这样的纱巾，因为这是在生命的波浪中摇曳的旗帜，吸引了很多人蜂拥而来，虽然目标不一定准确。没错，好像我对她是一见钟情，实际上那时我并没有这种感觉，只是出于欣赏而已。不过谁又会忽略爱情呢？在我们男人的眼里，有两种女人：一种是我们多多少少有些好感的，另一种是类似男人，可以与男人为伍的女人。我肯定地认为，这次我遇见的是第一种女人。

在我有这种想法之前，我们之间已经有了一段距离，因为我也只是时不时地偷瞄她一眼。虽然这样，我还是忍不住多瞧了几眼，而且我看到她的脸竟然变得通红，不过她在那里仍旧握紧着那本书蹲着，不过根本挡不住她的脸。

我对那本厚实的小书产生了兴趣，这好比你在雨中行走，随时会对周围的事物感兴趣。库珀与沃尔特·司各特的旧时德语的译本尺寸差不多，我猜她手里的书就是这种，她随意翻了一页却让我瞧出来这是那种类型严谨的口袋字典。

这个发现使我越来越觉得奇怪，我情意深切地瞧着这个女孩。想着是什么原因才迫使她成为一名辛苦的家庭教师的。这种工作对知识的要求比较高，可能就是因为这些，才让她连休息的时间都利用上来恶补知识，强逼着自己用一种枯燥而直白的方法如饥似渴地认识这些字词。遍布荆棘的求知路上给她造成了很多苦恼，不过这也使她越来越坚强。

这么年轻美丽的姑娘，如果生活在艰难困苦当中，却只能显现出她的光彩和果断。如果她仅仅是一位养尊处优、赶潮流的年轻姑娘，那我对她的兴趣会大打折扣的。

虽然我不应该有私心，不应该打搅到她，不过我仍旧禁不住想主动和她攀谈。然而，我感到尴尬的是，我要达到这个目的只有一种方法：我两次在扶梯上走动，想吸引她的注意力，盼着她能问问我外边雨停了吗，不过天气的确放晴了。不过她什么都没有说，我也是黔驴技穷了。

我准备了好几种和她攀谈的方法，但是没有一个可以说出口的。这时候，那个最年幼的孩子埋怨起寒冷的天气，这个不幸的女教师没有别的办法，只能把自己身上的披肩解下来裹住孩子。我自己也特别害怕寒冷，当然能够感同身受，特别是那个孩子裹住披肩的满足表情，小下巴搁在披肩的褶皱位置，更是勾起了我的同情心。

我觉得这是一次好机会，所以我把披风解下来礼貌地递给她。

果然像我想的那样，她委婉地拒绝了。她说："您也需要，小心别感冒了。"

没错，我承认我的头也是冷飕飕的。这时我还不合时宜地打起了喷嚏，而且是响亮的两个。那个年幼的小姑娘被我吓到了，而那个稍微大一些的女孩子竭力忍住笑。我没有任何理由解决这个难堪的处境，只得说我准备去抽支烟，因此用不上披风了。

这位女教师客气地表明了自己不想耽误我吸烟，不过我仍旧安慰她说，这件事不会困扰她的。直到现在，我也没有怀疑过这点，而且第一次表现了我前所未有的温柔。然后我说，这里有些冷，因此我打算离开这里。就这样，我像约瑟夫那样，留下了自己的披风离开了。不过，我和他肯定是不能相提并论的。

我重新走进稍微有些透不过气的吸烟室，在覆盖着油布的凳子上坐下，点上一支雪茄，让服务员给我送过来一杯啤酒。我不能欺骗自己，首次搭讪女人竟然失败了，而这竟然只能使我找个借口离开那里。如果我再勇敢些，应该可以成功的，而且说不定还会和她裹在一起；就算这是我的奢望，最起码我能和那个最小的姑娘一起盖着披风靠在一起。最终我就像一个笨蛋一样离开了。更烦人的是，现在我已经有些头痛了，刚才那个位置可比吸烟室强多了。

终于，船在摇晃了一下之后，便停靠在皮尔纳了。要下船的人走上甲板寻到自己的行囊和包裹，缓缓离开了。我冷漠地看着那些犹如帐篷的高大教堂，以及绿树成荫的小房屋。不过我更关注的是那个索伦斯坦，这座卫城曾经是一座堡垒，不过如今已经是一座大型的精神病医院。卡纳莱多画笔下经常会有这样的场面，但是他的颜色调得比实际上的更加明亮一些。突然，有束亮光照到索伦斯坦的塔楼，好像大自然要以这种方式缓解自己的烦闷似的。

就算现在，我只要想到那时的情境，就好像是被一只手指引着看向那座建筑物，它想引起我的注意力，并且想要给我留下一些暗示。现在，我接受了这些暗示，并且凝视着它，直至我的眼睛里有了泪，我才把手里的笔放下。我只能等着天气放晴，那束光芒越来越强，墙壁以及塔楼逐渐滑向右边，差不多就能够看到蓝天了。教堂的顶端也在那里消失了。可是之前，我还可以看到那倾斜着的房顶有一抹灰暗色的色晕。然而，没过一会儿雨又下了起来，玻璃窗上是雨水流淌的痕迹。

当我们走入砂岩地区，雨势才逐渐变小。吸烟室的人一个个地走出去，来到了甲板上。

我也来到甲板上，那里可以感受到雨势越来越大，暗光里是闪烁的雨滴。天空中的乌云正在悄悄散开，但是不知道什么原因，雨却没有停下来的样子。

站在甲板上，我看到那些如同漆过的红棕色墙壁，都是旧采石场，河的右岸连绵起伏，淡绿色的树木顶端在雨里若隐若现。虽然穿过云缝能够看到蓝天了，不过雨只是稍停片刻，接着又变成了倾盆大雨。

我走进船舱，看到女教师和两个孩子还没有离开。那个女教师坐在那里什么都没有干，因为那两个孩子已经进入梦乡了。这一次我没有等她询问，便告诉她也许天气很快就变晴了。她高兴地看着我笑了一下，感谢我把披风借给了她。她想仔细把它叠好，不过披风太大了，因此我必须帮她一把，然而我那蠢笨的动作竟然把她逗乐了。这里有足够的空间展开披风，我们非常客气地折好了披风，最终我们的手不可避免地碰在了一起。我没来得及说话，她便急忙说了声"谢谢"，然后转头跑上了扶梯，让那个稍微大一些的姑娘喊醒那个最小的女孩子。

潮湿的甲板上反射出亮光，有些湿漉漉的凳子摆在那里，不久甲板上就站满了人。只有几点雨滴从天空中直射而下，终于可以看到蓝色的天空了，只是河谷表面仍旧覆盖着一层水汽。河岸上的松树顶端升起一层烟雾，就像一个个的小烟囱，不过缭绕上升的青烟，很快在阳光的照耀下散开了。

船前的河水闪烁着耀眼的亮光。有几座房屋在巴斯特岩石下，房后崎岖的悬崖全是甘母瑞格岩石，我曾经透过窗子见到过。

我找到了自己的那件小型包裹，没有淋湿，因为有油布盖着。我只顾着找包裹，忽略了身边那位美丽的女伴，这时有人大声喊道："莱森，船到了。"然后，我提着包裹走向船尾。这时，我竟然发现前面的人群里有那位扎着纱巾的女教师和那两个孩子，这使我激动不已，只见她们走出舱门下了船。

我慌忙去找脚夫，就在这时，我发现已经看不到她们的身影了。

第三章

　　要是按我的意思，就应该在最明显的位置上立起一座石碑，以此斥责把这里命名为"萨克森—瑞士"的德国人。到这里来旅行的人，有的是为了怀念瑞士，有的是想象着这是一片广阔无边的土地。然而到了这里才明白，这和他们的想象相差十万八千里，于是心里就会产生厌烦之感，更有甚者会不屑一顾，这个不幸的地方根本没有想到以后会遭遇这样的待遇。

　　不过，如果人们只是以平常心态来瞧一瞧这个地方的本来模样，特别是那种并不是来观光旅游的人，仅仅是静静地感受，去感悟、领略大自然给予的这份美丽富饶，它原本就是个明显的参照物，然而这和它本身就带有的田园诗般的意蕴与乡村风俗非常融洽！贫乏和富饶相连，荒野与耕田相接。突然，人们由闷热的天气中毫无过渡地进入凉爽的树荫里。还有哪里会比这儿更新鲜、更加令人精神抖擞的？

　　如果要全面地认识这个地方与众不同的景色，我们务必要研究它，结果你会觉得这里是高原，而并非山区。由于洪水的冲击，岩石裸露在外，有的裂痕像龟裂一样，也有的像一堆废弃物，所以这些岩石并没有我们想象的那样高耸着，而是朝下陷的。所以，人们看到这样的景色先是赞叹不已：一片青翠的树木站满了嶙峋的悬崖峭壁上，仿佛是搭在大象背上的一副天鹅绒的鞍子。就在人们横穿随风摇摆的玉米地之后，看到前面是更多粗犷的岩石群以及悬崖峭壁与尖峰石阵，另外还有高达一百多英尺的砂岩。

起初看到这些景色，总是心烦意乱。但是时间一久，我竟然逐渐喜欢上它们了。我们站在高原上，能够看见那些特别的地貌是由孤零零的、如同塔一样的岩石组成的，不过以美学观点来看，这是没有任何美感的地貌。远看那些可以称得上盖顶岩、百合岩、皇岩，又或许是别的，看上去就像庞大的疣目，也包括那高达两千英尺的施内山。有的山脉却不一样，比方说温特山脉，都是些位于边界地区的岩石，而波希米亚国家里的山脉种类就没有这么特殊。如果说施内山属于波希米亚国家更加准确的话。波希米亚村庄的第一批咖啡都是最好的，当人们喝的时候，会感到自己仿佛身在卡尔斯巴德。然而，萨克森附近的居民们，能够喝上有名的"花咖啡"。这种咖啡需要煎煮，因为在盛放这种咖啡的杯子底部，有一朵小花，于是便称这种咖啡为"花咖啡"。

当天下午，我便幸运地喝上了这种并不损伤心脏的特殊咖啡。就在我享受着波希米亚咖啡的香味之前的一天，我到了好多地方，累得精疲力竭。我在窗前坐着休息，考虑着自己能不能走完黑鸟峡。虽然天气闷热，但是四周特别安静。灰暗的天空好像吞没了那几片浮在天空中的玫瑰色云朵。草叶也在阳光下失去了光泽，不过越来越青翠了。岩石并没有清晰的影子，更缺少了锋利的棱角。从黑鸟峡传出来布谷鸟一阵阵的啼叫声，这样低沉的鸣叫声会连续好几个时辰，这样反而显得大自然更加幽静……当然，我也不愿再朝前走了。我睡不着，也不愿看书，更没打算写信。

在我犹豫不决的时候，突然记起了"林荫小路"。最近我把它们给抛在了脑后，如今我期望它们能对我有所帮助，而不只是被女房东利用。忽然，我透过窗口，发现一条小路上栽满了白桦树的树苗，看上去也就只有五十英尺左右的距离。这条小路在山边突然有个拐角，掩入那边茂盛的灌木丛，沿着山崖急下，通向一个貌似水壶的小山谷。过去，我还觉得这条白桦小路是属于老人公寓的，今天我才惊讶地看到它与我租住的这片区域是相连的。这片土地上种植着莴苣、豌豆以及马铃薯，这条小路的尽头就是一大片草地，再朝前是山崖上的灌木。山坡的起始端很可能归我的女房东所有，只不过被小路挡住了，也许要等着开垦完才能把侧路与之连接。所以，我猜测那条"林荫小路"也许就在这些景物的下面。

我暗地里想：在这之前我还嘲笑过她，毫不理会她说的话，现在心中满是对那个女人的歉意。然后，我立即下决心凭着我作为房客的特权到周围走一走。

我没有直接朝那片白桦树走去，反而是先横穿那片由山楂树与低矮榛树掺杂在一起的树林。草地上分布着零星的灌木，而很多雏菊与毛茛从灌木丛中钻出来，朝石头小路四处延伸。在这条小路的另一侧，是个草木茂密的陡坡，直接通往满是桦树与冷杉的山谷，接着朝右转变成一条不宽不窄的小路，隐进冷杉树林里。我决定朝左走，这样能让我先熟悉这片土地。

我才走了没几步，就看到一个小岩洞。走近细瞧，那掩映着的岩石看得更清楚了，不过人们大多只能看到山上的那些沙石与小草。这些岩石朝外伸展着，仿佛就是从地里钻出来的，然而岩石的两边恰恰就像左右肩膀一样朝前，如此自然就变成了遮住阳光的屏障。在这里还有两个园林凳与一张桌子，墙壁的中心位置上涂刷着"索菲行宫"四个大字。

有那么一瞬间，这些都深深地感动了我，于是我站在那里没有动。我没想到李希特妈妈竟然有着这么好的手段。然后我坐在那个凳子上，虽然很舒服但是有些不自在，因为我感到自己好像无权在这里坐着。就在我正为此烦恼的时候，竟然发现有本小书放在凳子上。我翻开那本书，惊讶地发现这是《德语—丹麦语字典》。我不明白的是在这个养老别墅里竟然住着我的同胞，虽然这里只给租客提供住宿和食物。谁还会有这种特别的兴趣，谁又专注于丹麦语呢？这本字典仿佛在哪里见过，尤其是封面有些破损的地方更是勾起了我的回忆。

这时，碎石小路上传来了轻盈的脚步声。我起身看见有个女孩顺着小路朝这边走来，啊，是那个美丽的家庭女教师。

自从我来到这里后，就四处行走，还无暇回想我们相遇的那段时光。就算是这阵子，我也没曾再想到她。如今我突然想到那个校长提起过，在那座豪华的公寓里有一位漂亮的年轻女教师。

很明显，她没想到这里会有人，忍不住轻声尖叫起来。于是，我立即起身，不停地道歉，并说明我来这里，是因为房东告诉我这里有一条"林荫小路"。我还解释说，我不是故意冒犯的，非常抱歉，因为她好像被我吓到了。

她羞涩地微微一笑。

"没关系，我明白你不是故意走错的，你也不需要向我道歉。"

她的眼神落到那本小书上，我略感慌乱，然后手指顶着书转动起来。她的脸上涌出一团红晕。

"这本书是你的吗？"

"我返回来，就是打算拿走它的。"

"我又得向你道歉了，因为刚才我擅自翻看了几页……我是个丹麦人，所以特别吃惊。"

"我早就猜到你来自丹麦了，"她说道，"我们在船上遇到的时候，你说的第一句话，我就听出来了。"

我并不喜欢她的这番话，因为我一直觉得自己的德语说得已经非常好了，自以为连德国人都不会觉得我是外国人。

我问道："我想你与丹麦人之间的关系很好吧？"

"我和几个丹麦人认识。"她说。不过她脸上的高兴劲儿忽然消失了。

"你就是因为他们，才专门去学的这门小语种吗？"

"没错。"她犹豫着说，好像在考虑如何结束我们之间的交谈。

"我能在一些方面帮到你的……"

"不用麻烦你了，谢谢。我的意思是，我曾经在丹麦一家人家当过一段时间的家教，和他们经常用丹麦语交谈，不过如今我早就没有这个打算了。"

这可是一个令我感到惊讶的细节，我很想和她继续交谈，不过她委婉地说：

"不好意思，让您没能舒服地坐在这个凳子上。你不用离开，我非常清楚别墅里的人的生活习惯，这会儿他们是不可能到这里来的，因此我刚刚看到你的时候，有点吃惊，是我小题大做了。回见。"

我还想挽留她的，因为我清楚这个时间正好没人打搅我们，不过我忽然看到她眼中含着泪，而且她的目光也迅速从我的身上转移开。同时，我还察觉到她的嘴角在轻微地颤抖着，而且她眼中的泪水似乎要流出来了，这使我一头雾水。于是我磕磕巴巴地称赞她很礼貌，还说我不该找借口等。无论如何，最终我还是忍不住想约她，只要她的学生们不会……

没等我说完，她已经离开了。

再次相遇令我特别意外，也充满了疑惑，我站在那里没有动，只是用尽力气回想那个姑娘的模样。这次相逢，让我对她的印象更加深刻了。我还没见过比她还要美丽的姑娘呢。她头上是一顶圆形的花草帽，貌似一条旧式头巾围在她的头上，这反而让我看清楚了她那精美而高挺的额头有些与众不同。特别是她那深邃的双眼，更是吸引了我。她的眼睛睁得大大的，睫毛与眉毛差不多连在了一起，就是因为她的眼睛轮廓清晰深深地打动了我。而眼睛里闪着特别的光芒却又更加吸引人，它们本就奇妙而又灵巧地由一个物体向另一个物体转移。她的双眼绽放出来的光芒，由黄、绿、棕三种颜色掺杂在一起，让人很容易就记住了，就仿佛人们隔着绿荫树林望着那条小溪，溪底是映射的温暖阳光，树叶与云彩伴着小溪顺流而下，而此时人们的神情也是随之变化的。

我觉得我永远都会记住它们的。

这次偶遇家庭女教师，除了让我意外，还有就是激动。这就好像是一种前兆，又或是命运做出的安排。总而言之，这说明一些东西已经不是孤寂地存在。我对她在丹麦当过家庭女教师的事情表示怀疑，不过她这么说的理由是什么呢？并且她竟然平白无故地哭起来。

我的脑海里被这几个问题占满了，没一会儿，我便不知道身在何处了，只知道那里是个山谷。我走过那片冷杉树林到了普垴茨浅滩，那里有个维瑟多夫磨坊，我在那里吃了晚餐。天气没有之前那么闷热了，傍晚的空气也令人舒心起来。

不过，我没有像平日里那样安静地感受大自然的魅力，反而是兴奋地享受它，就像吃饱喝足之后的那种享受。这是一种令人欣喜的感觉，因为这样做能使人们的五官自然而然地与外界同步，同时让四周的事物模糊起来。如此一来，这种"甜蜜的萦绕思念"与别的感官相融。

要是我向下看，就能望见那条普垇茨河，时而迅速时而缓慢地向前流着，这样我就能发现傍晚的阳光照射着它，闪露出绿棕两色相融的亮光。看到这些，我就会想到她那特别的双眼。我看到那些好看的花朵，就会想："假如我们在一起，那我就会把一束美丽的鲜花送给她。"然后，我在斜坡上躺下，仔细倾听着风吹过冷杉的声音，我就会自言自语："如果我是个诗人，这时候的情境肯定能唤起我的灵感。我会创作一首奇丽的小诗，而且还会得到她的赞赏，我还能趁此机会表白我的情感。"甚至我连这首小诗的题目都想好了。而她一直占据着我思考的领域，我想这算是一种带有诗情画意的表述吧，如果我能想出来解决问题的办法，那么我就能得到"命运的宝库"。可惜的是，我无法做到一个诗人那样创作出韵律感很强的诗句，更不能把它们自然地连在一起。

夜幕降临了，我还没有回到莱森。在那座有着公寓的山顶上，一弯新月挂在山顶发出淡淡的亮光。一群群的萤火虫穿梭在灌木丛与花园之间，还有小溪旁的矮树丛里。淡淡的荧光上下来回地飘动着，仿佛是小精灵提着的小灯笼。有时萤火虫把几片灌木叶照亮；有时会有萤火虫冲向上空，看上去仿佛飘动在夜空的星星。今天晚上，夜空一片漆黑，没有一颗星星，天气炎热有加，周围也是一片寂静。

前天夜里，我也欣赏到了和这里类似的吸引人的美景，不只是因为这样触动人心的夜晚，更是由于我被它带到了一番与众不同的境界里。说实话，现代的那些作家创作的、永恒的检验心情的东西到底指的是什么？举个例子，假如有个人很熟悉氢原子与氧原子，不过他仍要从别人那里才能明白，水是由这两种化学物质以2：1的比例组合成的。不过神清楚这些，所以造出了水，这些并不值得炫耀。我只能肯定登山时，我的心脏跳动加速。我经常站在山顶俯视山谷，山谷里到处飘动着点点星光，并且有的地方还能看到闪闪的亮光把四处的树叶照亮了。每当这个时候，我会忽然感到周围都是险峻的岩石，它们好像和我保持着同样的距离。

在那通向大门的台阶上，我看见有一片独自绽放的火花正闪烁着光芒。我划燃了一根火柴，看到有只毛茸茸的灰虫子。火柴灭掉之后，它竟然又成了火花。我却担心会打搅到它，因为我觉得这种能发出亮光的小虫子透着一股神秘感。更令我惊奇的是，它在这个位置一动没动地待了三晚，这个地方就在地下室窗子边的石阶内侧，我非常确切地肯定白天它并不在那里。到底是因为什么，这个小精灵每夜都会再到这个吸引人的位置来。它每次无功而返，却仍旧坚持不懈地带着灯笼再次出现，相信它并不是特地来看我的，而是想寻找伴侣。换种说法是，它想在这个突出的地方，通过自己那强烈的爱火吸引异性。……也许这种连续特别的情感，本就是我们自身就有的诱惑力，虽然我们自己难于察觉，不过在这种发着亮光的小精灵身上，人们却一眼就能看出它内心正在燃烧的激情。

可能我最需要的就是这种特别的力量，当我躺在床上翻来覆去的时候（此时的我总是无精打采），我不停地想到那个发亮的小东西，不过在我遥远的记忆里，它仍旧是我朦胧的梦中特别的身影。

第四章

第二天清晨，我出门的时候认真查看过石阶，并且还仔细看过窗台凹进去的地方，但是并没有发现那个能发出亮光的小虫子。我心里暗暗想到，假如今夜它还会出现，那肯定预示我与我的那个漂亮邻居的关系会有进展的。

我径直到了校长的家里，他曾经邀我一起聊些关于远行的事情，而且他和那位年轻女教师还是远亲。

这时正是假期，因此他戴着一顶大大的草帽，在房前的菜地里干活。很明显，他很高兴能再次见到我。我们先是像开场白那样聊了聊天气，然后他问我要到哪里去，没多会儿他便说起那些我不明白的也一时半会儿还记不下来的步行线路。于是，我愉快地接受了他的邀请，和他吃过午饭一起出去走一走。

一路上，他都处于毫无来由的兴奋状态，显而易见他在这方面研究了很久，我相信他花费在旅行的时间要超过对学校的关注，那些回忆可是他一生都为之自豪的事情。他哼唱着《学生音乐书》里的一首一首的曲子，许多根本没有什么意义，例如——

> 有只年迈的甲虫，
> 趴在
> 客厅的
> 墙壁上，
> 你瞧它多么神气，
> 你瞧它在愉快地舞蹈。

接着，他又趁机唱了些战争时期的歌曲。当我们爬山的时候，我紧走几步使他落在了后面，只听身后传来那些1813年在萨克森的可笑的曲子——

> 慢慢走，
> 慢慢走，
> 这次给奥地利人一次机会吧。

然而，我一站住，他便又唱起来——

> 汉尼曼
> 前面带路，
> 你的长筒靴那么高，
> 足够挡住敌人的攻击。

这首歌，特别是"汉尼曼"是丹麦人最讨厌的称呼，不过这个反应缓慢的德国人忽略了这个问题；不过他看上去这么善良，只是爱国激情有点偏激，因此我也不能生他的气。中途我们休息的时候，他还告诉我，他学生时期以及参加战争的事情，尤其说到战争的时候，他的心态很平静。

"没错，你说得没错，这是一种非常好的烟草。"吃过晚饭之后，他把自己的烟斗点上，然后接着说，"你对我能得到这种烟草有什么看法吗？那个时代，这种烟草质量比现在好很多，差不多整个德国都在流行这种老砖牌的烟丝。我记得我告诉过你，那年我被枪打中了肩膀，在福伦斯堡军医医院里休养，直到我快好了，他们才允许我抽点儿这种烟。在讲我的这个故事前，我必须先告诉你，我是在阿尔特斯塔出生的，在那里我的母亲经常会寄给我一些东西；当时是不需要运费的，因此她还常常把一捆这种烟草放在大篮子里给我寄来。我再继续说我的故事：我吸着烟，身旁的那位是来自丹麦的先生，他曾经在都贝尔进过监狱，那时他也差点儿被刺刀刺死。就在我的烟要吸完的时候，他从枕头上轻轻抬起脑袋用鼻子使劲嗅着烟味。我明白他也喜欢这种烟味，因为我看到他吸完后会满足地两只手抱在一起。只要我深吸一口烟，他也会随着深吸一口。他说：'天啊！'我疑惑地问他：'怎么了？难道有硫黄的味道吗？''没有。'他的德语很标准，'我敢打赌你抽的一定是老砖烟。''你实在厉害，'我告诉他，'没错，你是如何判断这是老砖烟的？'他回答我：'我觉得我是认识它的，我曾经有两年是在阿尔特斯塔生活的，那个时候我还是个经常跑外的钟表匠。不过离开那里之后，我就再也没抽过那种烟草了，直到现在，我又闻到这种烟草味，我就会觉得我的师父斯托奇又和我在一起了，我们一起在斯密斯街道与天鹅广场交会处出摊儿。''啊，这怎么可能！’我惊讶地喊起来，烟斗都差点儿掉到了地上。‘我没有骗你，’他说。‘你说，你的意思是，你是我父亲的徒弟！’对这件事你是怎么想的？我只要说起这件事，就会想到他，虽然他长着络腮胡，就是那种汉尼曼式的大胡子……后来，我把一斗烟给了他，原本我是应该给他颗子弹的。”

他刚讲完这个故事，我便趁机问了些他的那些亲戚的事情，于是他又开始长篇大论说起他的家族史，终于我听见他说到明娜·雅格曼这个名字——“就是和那群格莱茨人一起住的，那个美丽的家庭女教师，我猜你肯定看到过她。”

起初，校长说的都是些平淡无奇的事情。

她的父亲曾经在某个庞大的公立学校任教，不过一年之前就不在人世了。她的母亲靠出租房屋赚些生活费，而她给外国人与口语班任课，赚些钱为家里增加收入。如今为了赚取更多的钱，她担任了薪水丰厚的家庭教师。另外，她与她的母亲就在德累斯顿的那条小巷子里住着。

这些听上去都是平淡无奇的，这和我心中为她想象的浪漫气息相差甚远。

“不管怎么样，这么纯净的女孩子与那些外国人打交道不见得是什么好事。”说着，他把烟斗里的烟灰掸掉了。

对于他的这句话，我非常感兴趣地问道：“为什么不可以呢？你这么说是什么意思？”

“人们无法预知自己会与哪种人相处，这样很危险，会发生一些不愉快的事情。”

“雅格曼小姐曾经遇到过这样的事情吗？”

“是的，有个来自丹麦的青年画家，看上去是个靠得住的人。

可是他竟然抛弃了她。她原本不应该遭受这种待遇的。"

"这样啊！他们之间有婚约了吗？"

"我也不清楚他们是不是订婚了，而且我也没去详细问这件事情，这也是苏菲阿姨告诉我的。你也许还记得，我说过她，如今她已经不是以前的那个她了……无论如何，他们曾经在一起过。大家都觉得他们肯定会成为夫妻的，但是他离开了，而且从此杳无音信。我觉得这些并不值得惊讶，因为他在罪恶的巴黎学过美术。天啊！巴黎实在太可怕了，我们非常讨厌那里，因为德国人在那里根本不能好好地生活。虽然这样，他们仍旧离不开我们这里的啤酒；他们造不出来，也无法仿造！有一天，边境地区一座德国人开的工厂被法国人关闭了。这起不到什么作用！就像你看到的那样，没几年，我们又在那里重新开了工厂。不过，这也不是代表德累斯顿就……我猜你也已经发现这一点了。听我讲，你有没有注意那天俾斯麦说的话？"

这时候，他又陷入政事里了。

实际上，这个时候我最想听到的是，那个德累斯顿的青年女教师，以及那个来自丹麦的画家的故事。我可不想听那些关于德国侵略巴黎的时政消息。我想知道那个画家的姓名，于是我便问他是不是记得，不过他没有告诉我。

在回去的路上，我一言不发，因为听到校长说的那些话，我的心已经无法平静了。一方面来说，这满足了我的好奇心，证实了我的猜测，令我欣慰。另外，虽然这和我没什么关系，不过我不喜欢这种事情，可是……突然，我想起了那本小字典，好像那是雅格曼小姐最钟情的书了，旅途中、散步时，她总带着它。我想可能那是爱情信物驾驭着这辆特别的车，不管是优美的还是平淡无奇的词语都包含其中。她在努力地学习那个画家所说的语言，能不能留住那份值得纪念的回忆呢？或许她更想把它变成自己的终身语言？可能她自己也不明白。

　　我又记起了那只能发出亮光的虫子，它每天晚上都坚持在同一个位置守候等待着，与它相伴的就是它自己发出的这束亮光。

　　我来到石阶旁，目光落在那个发出亮光的角落里。

第五章

对于热爱德国乐曲的人来讲，有谁会讨厌这些隐匿在雨水丰盈的山谷里的大量而细小的痕迹呢？而这些痕迹也只有音乐才可以表达出来。山林渐渐暗淡下来，入夜了，那像男生合唱般的倾泻和冷杉树桩发出的声音碰撞在一起；来自磨坊的溪流发出舒伯特的颤音旋律，鲑鱼灵活地畅游着；韦伯的猎号在山间岩石的迷阵中回响，从狼坑再到鹰峰，仿佛是给魔弹射手备下的绝好境地。不过瓦格纳最喜欢的还是莱茵河岸边的乡村秀丽的景色。

虽然如此，我仍旧在那个天气晴朗的日子里，在一个小洞口前驻足不前。洞内有木板拼成的陈旧的凳子，大约有一只手的宽度，在两根细杆上搭着。"沃坦①行宫"四个大字庄重地写在坑坑洼洼的石壁上。

这是由一个非常单纯的瓦格纳的崇拜者创作的，而且是一个可怕的反叛者？

---

①德语音译，北欧神话中的众神之父，英语意译为奥丁。

我向雅格曼小姐正式提出这个问题。

她没坐上那个木凳子，可能那个凳子属于神的，和人类无关，因为我看着它们制作的材料相对来说更加轻巧些。她选择坐在了一个更牢固的地方，是块大石头，立在与陡峭的小路相对的溪水之上。

石凳和小路之间是一条狭长的裂缝，而这条裂缝使石凳差不多成了一个小岛。一丛灌木在石凳的正前方，所以也许我可以忽视她而直接过去，况且我看见石壁上那四个大字的时候，她是背对着我的。

不过，不管是有意的还是无意的，我忍不住笑出声的时候，紧随着她也发出清爽的笑声，这便暴露了她自己。

她说："不要紧，可能书写这几个字的人也应该受到嘲讽。"

然后她坐到草地上，用一只手撑住身体，而另一只手搭在膝盖上，并且还握着一束和周围盛开的一样美丽的花朵。

她粉红色的衣服袖口挽到了胳膊肘的位置，这样更凉爽舒适些。她放在膝上的胳膊看上去就像牛奶一样白嫩，而支撑身体的那只胳膊露在外边的部分是棕色的那面，她那纤细的胳膊在阳光的照耀下，显现出犹如婴儿一样的温和柔润，同时散发出女人那独特的魅力。

两个小姑娘分别坐在她的两侧，做着草环。一路上她们都在用越橘来打闹，弄得脸上全是越橘汁。雅格曼小姐的嘴唇上也沾上了越橘汁，她笑的时候，牙齿也没有平日里那么白亮了。

"雅格曼小姐，你不能这么轻率地说，"我回答道，"因为我并没有告诉你，我是否反对瓦格纳。"

"这么说你不会因为一个女孩的嘲笑而害羞咯。不过除了这些，我听说大部分丹麦人对瓦格纳并不熟悉。"

越说她的表情越黯淡，我想象着自己能够追随着她的思绪，了解她内心的不快。

她肯定不会知道我的秘密，因为我已经猜出她内心的想法了，不过这令我有些难过，所以我和她一样一言不发。

忽然，我看到她正惊讶地瞅了我一眼，那表情分明是在说："他怎么什么都不说了？他又是为什么这么难过、闷闷不乐呢？"与此同时，我能感觉到自己嘴唇的一角表示出了嘲笑和愤怒。她看我的这一眼让我察觉到自己心情的变化，这种变化令我惊讶不已，因为我无法欺骗自己，的确我的表现说明了我在忌妒。我竟然会为了一个几乎陌生的甚至也许永远不会深交的女孩子吃醋，不会有人比我更笨了吧？

在反复思考之后，我越来越爱说话了。我对她说，我在德累斯顿用了很多时间研究瓦格纳的创作，丹麦人非常喜欢他的创作，他在《尼伯龙根的指环》中选用的是丹麦的长篇史诗里面的题材。

随后我便绕过这个丹麦的文学话题，问她丹麦语的掌握程度，能不能看懂我们丹麦的文章。

"没错，我看过厄伦斯莱格创作的《阿拉丁》。"她告诉我说，"那个时候，我知道的单词和语法并不多，我都是一字一句地读完的。"

"那我猜你肯定不喜欢它？"

"没错，我看过好几遍，特别是里面特别精彩的地方。不过我不喜欢这个故事，我觉得那个流浪汉总是能碰到好运气，实在不公平。"

然后，我又谈了些关于对《浮士德》与《阿拉丁》等作品的观点，另外还有些关于德国与丹麦的民族特色的看法。我引用了前几年看过的杂志上的内容评论了德国与丹麦的民族特色，其他的都是我突然迸发的灵感，不值得一提。

"刚才你说的这些，如果你的同胞听到了会非常恼火的。"她回答说。

听她这么说，我非常惊讶，因为连我自己都没有想到我的观点竟然表达的是这种意思。

"说实话，你认为浮士德值得我们崇拜吗？我的意思是，假如人们以道德为准绳去评价他。一个情愿臣服于魔鬼的人，去诱惑一个天真的年轻姑娘，而且还在那场举棋不定的决斗里把她的哥哥杀死了……"

"我明白，但是就算是这样……我想你应该是新教徒吧？"突然，她得意地一笑。然后问我，仿佛事情正如她想的那样。

"什么？"

"如果是这样，那就不可以单纯通过人类的做法来评论他们了。"

"那要怎么评论呢？我不觉得浮士德是一个正直的教徒，虽然他译写了《圣经》。"

"可能你是对的。可是不管怎么样，浮士德要比阿拉丁先生更令人佩服。"她这么说，明显地说明她感到骄傲的是自己使用了一个嘲讽的称呼——"先生"，而并非一场争辩。实际上，也无须争辩什么，因为在我心中，是完全赞成她的看法的。

"而且，我觉得玛格丽特①也要比葛莱尔更值得崇拜。"我说。

提到玛格丽特，我便想到了她，虽然她在表面上和这个保守的德国女人的观点背道而驰，更不用提外国人在她眼里会是怎么样

①《浮士德》中一个贫穷而善良的宗教女孩，非常漂亮，浮士德追求的对象，后被抛弃。

33

了。这时，我想到了一个理工学院里的矮个子法国人，于是不禁笑出声来。因为我们每当遇到一个漂亮姑娘时，他便用胳膊肘碰碰我说："格雷琴①！"他不管那是个巨人还是侏儒，又或者是个轻浮的妓女，还是穿着考究而且有着自己想法的姑娘。他经常夸大其词地喊："格雷琴！"

如果她和玛格丽特不像，那我也就不可能和浮士德相似了。这时我立即能够看清楚的现实，因为我不敢毛遂自荐当她的保护神。

再看她好像自得其乐。我却遇到了问题，虽然探讨这种严肃的话题时，有不同的意见是荒唐的，但是我不能说服自己，坚信自己有资格和她为伍。事实上，这个想法很快就烟消云散了，那个最小的孩子大喊着：

"他既然想和你聊天，怎么不过来啊？"

她这么一喊，反而令我不好意思了，只好假装要回去了。然后，我祝福她旅行愉快，同时宽慰自己，我们很快就会再次相见的。

不过这并没有成为现实。每天我都会出去转一转，在"沃坦行宫"附近来回走着，仿佛一个寻找猎物的猎人一样认真察看、聆听周围的动静，但是一无所获。

我苦苦搜罗借口、方法，想接近她，但是没有一项管用的。看来不会实现了！还不如去写小说来得简单。

---

①玛格丽特的名字。

第六章

　　如果不冒险远行的时候，我每天都会在一点钟左右用午餐，每次都会到河边的那块平台上——埃布格西特。那里有繁茂的枫树枝叶遮挡刺眼的阳光，而枫树的低矮部分都修整过，变成了一个好看的绿帐篷，里面的亮度恰到好处，阳光透过枝叶一点点地洒在桌子上、杯盖上。

　　那天，我要比平日里去那儿晚了些，那里已经有很多人了。我仔细观察了周围，突然这时候有人喊我，是一对年迈的夫妻，他们两个人坐在桌子旁边。我看到他们的时候，他们正在朝我挥手。这是我来德累斯顿之后认识的人，另外他们还是我最谈得来的人。我特别高兴能有人替我解围，把我从困境里解救出来，然后我就和那对慈祥的夫妇坐在了一起，面前放着杯啤酒。

　　一眼就能看出来，老人是一位犹太人。他有着犹太人特有的鹰钩鼻子，胡须既短又粗，而且稀少得根本挡不住他那张薄嘴唇，由于他的下唇朝外伸着，因此他一说话，就像在吸东西一样。他的唇形有点妨碍说话，他说话不仅非常慢而且有些大舌头。稀少的灰眉毛遮挡了眼睛，两只眼睛的下方是两个有皱纹的眼袋。这种形象棱角分明，显得非常慈善。他的太太是个举止端庄的妇人，看上去是个南方人，不像他。她总是一副笑眯眯的样子，仿佛帝国时代油画里人物的笑脸，她脸颊两侧的灰头发，编成那种老式的发髻紧贴在头上，这样看着仿佛一条条的金属丝。

我和他们的儿子在理工学院相识，而且由他们的儿子引荐，我又和这两位德才兼备的贤伉俪相识了。那个时候，他们的儿子还比我高一年级呢，如今他们的儿子已经到莱比锡的一个工厂工作了。我和这两位老人有着共同的爱好，所以我也得到了他们喜欢。老人是一个藏书爱好者，不过他最喜欢的是搜罗伟人的传记。他收藏了从路德时期到现代的许多伟人的传记，我猜假如舍鲁斯克族的领袖赫尔曼有创作的话，他也一定会搜集到的。他的收藏都在书架上排放着，而且每个书架上都有编号，每个的最后又都附随着一张字条，这都是用鹅毛笔蘸用特别的墨水写出来的，可以永远保存下来。这些字条记录的内容都是有依据的，包括传记与信件珍藏的参考，另外还有一份是他做的批注。这个细心的老人不仅收藏这些，而且还搜集手稿。当得到一篇手稿的时候，他就会茶饭不思地查出它的出处；如果已经解决了这个问题，他再进行一些补充，比如书中的名字、人物的来历，还有时代环境情况，结尾他还把自己阅读的感受列成表格形式。

他以这样的方式，把自己内心的热情倾注到它的源头，而且他还把自己的精力全都花费到这个源头上——文学史。要使他满足，就必须要拥有丰富的知识，而这又得需要他对此有着浓厚的兴致才行。他的这种爱好有着一定的好处，只要有爱好一般都有好处的，这是对他内心那个自己最好的表现了，同时满足了他的最高目标以及按部就班的性格。

十多年之前，老赫兹先生还在商场上拼搏，现在已经退休了，在德累斯顿著名的"朗捷角"住着。他在柯尼斯堡出生，并在那里做起了生意，而且在那里很快成了一名出色的商人。他对自己的家乡有着永不磨灭的记忆，而在家乡的那些作为也成了他一生的财富。

柯尼斯堡属于商业城镇，曾经有个名人凭借自己的才能，使这个小镇有了别具一格的特色，这种情况在缺少伟人的小地方难得遇到，因为那些关注无聊的事情的人能为和名人成为同乡而自豪。伊拉斯谟对鹿特丹就像康德对柯尼斯堡那样，由于他是个名人，另外就是他在接近现代的时期，如今柯尼斯堡里的老一辈人，是他曾经探望过的那些人的后代。

这与赫兹先生的情形有些相似。哲学家康德经常特意与本地的那些庞大的商会打交道，从而使资本越来越多，这些便被称为是因为他的能力与文学灵气的产物。他们这个层次有着商人特有的广泛思维与八面玲珑的特点，这便成了他最好的保护，可以遮风挡雨，替他摒弃笃信的教徒带来的那糟糕的影响。因此，这个老人便把康德当成了自己的偶像。不过，我也不清楚康德的哲学对他有多大的影响，可是他每次用动听的声音喊出他这个同乡名字的时候，总是露出一股深深的崇拜之情。

他决定回德累斯顿度过余下的时光，这里不仅有亲朋好友，而且他的儿子就在这儿有名的理工学院上学。我觉得还有一个原因，就是德累斯顿在德国算得上最美的地方。不过，他不怎么喜欢这里的气氛。如果是以文学、商业的视角来看，这里是缺乏上进心的居住地，是由一个没有名气的贵族管理的。他经常说德累斯顿被席勒称为"精神的荒野"，那几年柯纳曾经在那里住过，不过如今呢？

柯尼斯堡的老一辈人生活在这里基本上不与外界交往，也只是和年迈的古斯塔夫·库恩经常来往，古斯塔夫是"青年德国"里的退役军人，赫兹先生差不多与"青年德国"里的所有成员都认识。我也就知道这些与这位奇异老人相关的事情，这个时候，他正友好地和我寒暄。这对夫妻有着很好的品行，他们很喜欢青年人。我还发现，虽说作为青年人的我们向来都是尊重老人的，而对他们更是尊重有加。可能是因为他们本身的谦恭懂礼，从而人们对他们就更加尊崇起来。不过，看上去他们的谦恭更接近一种担心，可能是不想给别人添麻烦吧。

和我猜想的差不多，他们到莱森不只是旅游的，他们来易北河已经有三天了，而且打算在这里住六周。

以前我走得比较远，或者也不在这个时候在这个地方用餐，因此也没遇见过他们；不过目前我只得应允去探望他们，而且遇到他们的那天午后和他们一起喝了杯咖啡。

"和你在一起的不只是我们这两位老人，你不会感到枯燥的。"

"不对，应该是你一点都不会觉得枯燥的。"

"可你不应该这么说。"

"实际上，我们也不想占用你的时间，况且你们青年人要做的事情比较多。不过有个年轻姑娘就要过来了，我们希望能给她找到一个合适的伙伴。"

"我想你肯定愿意认识她。"老太太说这些话的时候，瞥了一眼四周。

"她就是这里人？"我突然说出这句话。

老妇人理解错了我的话，因为她笑了起来。

"不用担心，她可不是一个俗气的人，她不是本地人。"

"她也不是从柯尼斯堡来的。"赫兹先生补充道。

"可能她还懂一些康德呢。赫兹先生，你说，柯尼斯堡的那些女士有没有看过《纯粹理性批判》？"

"亲爱的朋友，倒霉的是，可能连《判断力批判》她们都没看过，不过她们应该看一看才对。我想起来一件事，我曾经给女士们演讲过……"

我这么问的原因是想表明我对现在说的内容并不关心，也为了拖延些时间，因为忽然我心里冒出一点希望，我担心这希望会很快被抢了去。不过还是心细的赫兹夫人发现了我的用意。

"芬格尔先生，说实话，与我丈夫做的演讲相比，你是不是对我提到的那个年轻姑娘更感兴趣啊？是这样的吗？"

赫兹先生笑了笑。

"看，他有点不好意思了！是的，我太太对人性太了解了，她就是个拉瓦特尔①。"

我赶紧端起酒杯一口喝光了，以此掩饰内心的慌张。

"那么她是个漂亮姑娘吗？"我问。

"漂亮？我的朋友，她可是一个大美女！不过与人们平常说的美有些不一样。不要想错了，她是个中产阶级的洛特，福瑞达瑞克·布里恩，虽然也并非那么像，也并非乡间牧师的女儿，虽然这么讲能有些浪漫。她和小凯蒂最像了，她就是小凯蒂！"

"老伴儿，不过，你打算把德国全部的诗歌用来形容这个姑娘吗？如果这么做的话，那你会让他拥有太高的期望了。"

"不，就算德国全部的美妙诗句也不足以表现她的美丽！有一种东西更能形容……"

①瑞士神学家、哲学家，善于根据人的手势和面部表情分析人的心理活动。

"我想你是指康德创作的《评判》吧？"

"不是，我说的是那些吸引人的德国女人。这都是玩笑，不过她真的是一个很好的姑娘。"

"说再多也没有用，你自己见了就知道了。我和她是亲戚，不过是个远亲。我记得我说过我是从德累斯顿过来的。"

他最后那句话使我失去了所有的兴趣，无论如何，他们告诉我的一定不会是雅格曼小姐。第一，看上去她不是犹太人；第二，与校长和我讲的那些做比较，我确信讲的不是同一个人。我仍旧微笑着，认真地倾听他们讲话，也没有发现赫兹夫人描绘了他们的家谱。

忽然，我好像进入梦里一样，我听见她说："不过我才记起来你说过，你们是邻居，你也许见到过她。现在她是一位家庭教师……"

突然，我感到背后一阵凉风，浑身战栗。奇怪的是，一刹那间，我想到的是那种命中注定的感觉，而非欣喜。总而言之，这肯定是命运的安排！我不知所措地说，我觉得我应该还没见到过这个人，还自认为这话说得很有水平。不过，当我说完之后，突然想到这个谎言一定会被他们识破的，而且还会让我陷入尴尬的境地里。我又想把话收回，但是又犹豫不定，这使我有些魂不守舍，以至于对赫兹夫人后面的问题也误解了。

幸好这时服务员给我们送来了啤酒，我在惊慌失措中，付给他二十五芬尼的小费，然后他礼貌地向我鞠躬感谢。赫兹先生却像一个慈祥的父亲那样劝我以后应该少破费。

第七章

后面该怎么做呢？把情况告诉雅格曼小姐，建议她假装和我没见过，这么做是不是很愚蠢？起初这个想法好像完全行不通，不过随着时间的流逝，它再次出现在了我的脑海里，到了后来这主意竟然占据了我整个心头，我也无暇考虑这个办法是不是有不合适的地方。

要和她在半道上相遇特别容易。和她问候过之后，我对她说，我们准备要去的地方是同一处。她听说赫兹夫妻也请了我去，于是高兴地说："那我们肯定会被他们介绍互相认识的。"

"没错，"我说，"对此我有个特殊的提议。我们可以装作没见过吗？我的意思是，你可以假装从不认识我的样子好吗？"

"这个简单，不过，你能告诉我这是为什么吗？"

我把原因告诉了她，不过我的话引来了她的一阵大笑。

"你经常这么魂不守舍吗？"

"没有，那是因为我听说我会看到你的时候，才那么惊慌失措的。"

她那一副充满疑惑的纯真神情，接着她竟然脸红起来，马上害羞地转移了视线，这些都让我觉得有一种说不出的知足。

"那好吧，再见。我要到山上取钥匙，那样我们就能错开了。"我说。

这对老夫妇选中的是三间房的中间那间，它位于易北河岸的岩石边上。我走上岸边的石阶，发现有群人在凉亭里坐着，那是一座顶部爬满了葡萄藤蔓的凉亭，看上去就像大部分被粉刷成白色的木屋子。午后猛烈的太阳光照着整个凉亭，而一角是果树的浓荫，闪烁的水壶和白桌布处在这群人的中央。明娜正在那里煮咖啡呢。

我们礼貌地彼此介绍认识。就在她递给我咖啡的时候，她那若隐若现的笑意说明了，她非常乐意做这种无伤大雅的欺骗。于我而言，也许对她来讲也是这么认为的，我们这一点微不足道的信任非常重要。仿佛预示着我们这悄无声息的承诺会令我们将来有着更加甜蜜、隐藏的秘密，而我们也期待着它能成为现实。

"听说，你也会些丹麦语？现在怎么不练习了呢？"赫兹夫人说。

听她这么说，我非常惊讶，一时有点接受不了。

明娜再次讲起那个关于丹麦家庭的事情，她有目的地去做他们家里的家庭教师。而她的喜悦中掺杂着忐忑，因此我发觉她一定有所隐瞒。而且我想赫兹夫人肯定清楚这件事情的详细经过。

"雅格曼小姐，那你知道我们丹麦的哪些文学家呢？"我这么问她。

这是个自然而简单的开场白，她很容易就能答上来。然后，我们差不多一字不差地重复了那次谈话——在"沃坦行宫"我们谈过的阿拉丁与浮士德。这就像一个刻意准备的场景，而且交谈得非常自然，由于年轻人的快乐情绪把话题继续发挥着，偶尔还会引出一番特别而欢快的看法。只是从其中一个说话者的角度看，角色的即兴发挥，能鼓励对方，而对方也不服输，用一个意味深长的笑说明"我会以其人之道还治其人之身的"，这便把问题朝另一面引去。如此这般，我们的话题范围更大了，也会更深刻。虽然我们已经不在意说的内容是什么，仅仅就是一个显摆的方式而已。不过，我们留给赫兹夫妇什么印象呢？就像赫兹夫人说的："小明娜因为你变活泼了，她向来都是讷口少言的。"后来，明娜把赫兹夫人告诉她的话说给我听："这下好了，你终于有一个能够谈得来的伙伴了。"

这些话里都显现着一种真实的满足，我心想从这之后，那对老夫妇肯定会认为，我和明娜是天生一对。因此他们非常关心我们两个人，这也很容易明白他们的想法，他们是想让我们有进一步的发展。另外，他们觉得明娜应该忘记那甜蜜而又掺杂着痛苦的往事，这就需要另一种方法转移她的注意力。没几天我就知道他们的想法了，而且他们后来的举动更是证实了这一点。傍晚时分，明娜就可以放下工作休息了，而我也没有任何时候能与和明娜待在一起更令我高兴的事情了。

天气一直在变，我们有时会觉得就像在一个"清凉而幽静的山谷中"，我和明娜的关系也越来越近了，只是每次我们见面时差不多都和第一次一样保持距离。我仍旧在河边坐着，这可方便了赫兹夫妻俩。阳光落入凉亭的时候，正好是散步的时间。百合岩高原上面渐渐形成浓重的阴影，高高耸立的巨石边沿，投到河中成了一道狭长而抖动的阴影。下面就是采石场长长的黄石板，上面的缺口和裂缝都变成各种紫色，仿佛是以楔形字体书写出来的关于工业成就的内容。河里映出的倒影也越来越清楚了。水中间漂着一只长木筏，顺着逶迤的河水转弯，它每侧船沿并排着四五只船桨，由船头到船尾一字排开，闪着亮光朝前行驶。数只"齐勒尔"，有像纵帆船差不多大的驳船顺流而下，还有像大大的甲虫般的黑船，虽然看不到船身了，不过仍能看到远处河面的船上扬起的大帆。有艘链船紧随着放下船桨，拖曳着五六只大驳船，慢慢地逆水而行；水中的锁链拴在平底艟上，不断发出响亮的咯咯声，不过远处听上去就是一阵动听的叮当声。

傍晚有一些木筏行驶而来，木筏上点着闪耀的光亮，这使得它们仿佛在水面上漂浮着，或者是被照亮的数张毛茸茸的面容，又或者借此光亮看到一道身影，他身子前倾，撑竿斜靠在他的肩上。然后，那一个拖着的船队，仿佛庞大的灯，顺着中心蜿蜒行驶，直到巴斯特岩下面，仿佛直立在水里的一串水桶，水桶顶端又好像装饰着大颗的金珠，而最前面的那只领头的各有一颗绿宝石与红宝石装饰着。

河对面的所有一切并没有完全静止，偶尔有列火车来到停在小站那里，"呜呜"地鸣叫着。这些声响一直到夜里九点半才完全消失。驶向维也纳与布拉格的火车就像闪电一样在丛林里飞驰而去，没有一点减慢，这常常提醒我们到了回家的时候了。我们不能没有这个提醒，这就像席勒说的那样："幸福的家里是听不见钟声的。"

另外，也并不只是我自己开心。起先明娜的忧伤情绪也逐渐消失了，换来的是满脸的快乐。不过她不时还会显出忧伤的表情，人们从她的表情便能看出她内心深处仍旧存在着一些伤心事。毫不夸张地说，她的某些改变有我的一份功劳。那一对关心我们的老夫妻，帮了明娜很多忙，说是同情，实际上是一种关心更恰当。当人们鼓舞那些处于恢复期的病人要好好活着的时候，经常带着一种同情。对于我来说，这是一种烦恼，不过对她而言，是一种享受的快乐。

我们注视着面前的那条小溪，带着它特有的生命力，奔向前方，正如人们在幸福的日子里任凭生命随意飘荡，别无所求。

这便成了我们另一个谈话内容。她告诉我关于船夫生活的故事，特别是那些在山涧里干活的船夫，他们要和激流不停地搏斗，根本连靠岸吃饭的时间都没有。我也把自己知道的事情全都一股脑儿地告诉了她，不仅说了那些大船只，还讲了忙碌的海港和海边安定的渔村生活。倒映在水中的是采石场的两侧，大块石板由采石场装船运出，我们还聊到了这个小采石场对此地的砂岩镇多么重要。那些美丽的建筑都是石头砌成的，而那些岩石把自己的特质给予了它们，使这个洛可可风格的小镇和这片砂岩地成为一体，仿佛崇高的三角形的大理石山与希腊的建筑，更像宽阔的平原和整齐的岩石与埃及大型的寺庙融为一体。所有的一切震撼了我。我的这些观点让她也有了全新的认识，因为她在建筑方面所知不多，而我相反，对此兴趣非常浓厚，如果有条件的话，我愿意为这项艺术奉献一切。

第八章

那天我们喝完咖啡之后，便在凉亭里坐下。明娜把一个笔记本递给我，让我把一些主要城市画出来，而且把名字也都标清楚。这些城市的建筑物都有艾奥尼亚或者多利安式的柱子，而且柱子上还都挂着钩子，这些在她眼里都是神奇的。当我削铅笔的时候，风吹动本子翻过了一页，我发现这一页里有她尝试画出的那些柱子，不过没有画完。

"别看，你别看，"她羞红着脸请求我，而且还一把抢走了那个笔记本，"你就会取笑我！假如我可以画出来的话，就不会请你画了，我实在画不出来，而且这些名字我也没记住。"

我向她保证不再看她画的画了，于是继续自己手里的画。我告诉她，其实在建筑师眼里，我画得也是不合格的。时间不长我就犯迷糊了，要想弄明白三联浅槽、三槽板间与柱顶过梁的平面图非常容易，不过第一次尝试着把自己懂的东西在纸上画出来，还是有很多困难的，而且这些困难很难解决。于是赫兹夫人喊明娜去给她帮忙洗杯子，同时也替我解了围。她在我身边坐着，看得非常投入，很明显她没想到会在这时候被喊去。她有点迟疑地答应了赫兹夫人的请求，离开前，她还几次想说什么，但是始终没有说出来；她有些不放心地看着我，很明白地示意我不可以翻开那个有秘密的笔记本看。我看了一眼那本封面印有金色字母的本子，回应一笑，表明我不会乱动的。

我独自坐在那里，咬着铅笔的笔端，思考着多利安式风格的柱子上横着的大梁到底是怎样放的，这时候本子又被风吹开了，这一次本子被吹开了好多页。我的眼前立刻出现了一些散文与诗歌。一时之间，我竟然没有觉得这可能是明娜自己的作品，因此我只是打算瞧一瞧她到底喜欢哪种风格的诗句与词语，这样我就能知道她的学问与性格。我两次忍住诱惑，不过有一首长诗吸引了我，最后我还是没忍住自己的好奇心，看了这首诗。

我确信没有人发现之后，便用德语读出了这些摘抄，这都是用好看的哥特式斜体写出来的：

        对两个天造地设的一对夫妻来讲，只有一种情况能给他们高兴的交谈增加光彩了，那便是：女士对知识的渴望，而青年先生也想教她。这便加深了他们已经建立的愉快关系。她把他当成了自己精神的寄托，而他也把她当作一幅绝世的创作。这种美既不是偶然也不是出于性格，更不是单纯的意识，反而是多种意识结合的产物。这种美妙的思想交流，两种性格的碰撞，迸发出最激烈的情感，这种情感是欢乐与灾难的结合，而我们也不会因为这些而觉得惊讶。所以，这种激烈的情感交流在阿伯拉尔新旧两个时期，便一直存在着。

当我快要读完的时候，楼上传出一阵关门的声音，接着是快速奔下楼梯的声音，于是我急忙把笔记本合上，淡定地继续画着柱顶过梁。由于我的手一直在发抖，所以线条画得并不清楚，并且我也完全不记得雨珠饰是什么样的了。不过，这是因为我还深陷在刚才看到的诗句里，还是担心刚才的举动被发现了，我自己也说不清楚。

明娜再次坐到我的身边，只不过手里多了份针线活，她看到我正在专心地画着，好像非常满意。整整一天都是烦闷炎热的，天空中乌云密布。我还没有画出两幅图，就听到空中传来轰隆隆的雷鸣声，紧随其后的是噼里啪啦的雨点掉落在台阶上。我急忙收拾好桌布，就到楼上看赫兹夫妻去了。我们几乎不会在下午喝茶之前走进他们的会客厅。客厅位于一侧，两扇窗户也是一面朝南，一面朝西的，因此只要是晴天的午后，屋内就会特别闷热。

有张放着软垫的小而硬的沙发与一张桌子在两扇窗子之间。有幅普通的石印油画挂在桌子的上面，那画上是恺撒大帝与皇太子，而在这幅画的下方挂着赫兹先生特殊的珍藏，这件珍藏品是从盛行的家族守护神开始就已经和他相伴了。那幅画是康德的画像，属于柯尼斯堡风格的图形，画色比较浅，是他那个时期的画。画中的康德弯腰驼背地在那张长腿的书桌旁边站着。不管是谁看见这幅画，都会感到他的脸被一只隐形的手朝桌面上的那张纸推去，他的外衣领上搭着浅灰色假发编成的辫子。因为时间太久了，这幅古风十足的画生出一些霉斑来，桃木质地的框架扁平自然，客厅也因此显得更加舒适悠闲了。那个点燃的黏土火炉占了客厅的八分之一，再加上那扇小小的玻璃窗，我觉得更为这片舒适悠闲增色。

明娜很快背对窗子，挨着火炉边坐下，她这么做是避免看见闪电。窗子外边的闪电持续不断，把河湾照得发出暗红色。只要雷声大作或者闪电来袭的时候，屋子便被震得发颤，窗子也跟着发出咯吱声，明娜就会害怕，偶尔还会轻呼出声，虽然她总是尽力克制着自己。赫兹夫人从沙发上走过来，就像一个母亲那样安慰她，于是她便强装笑脸，但是，紧接着雷声再次响起，仍旧吓得她面色苍白。赫兹先生正在看报纸，偶尔抬头看看她，眼神里满是关心和疼爱，闪电连续不断，已经打搅了他看报。

我在小窗子旁边坐着，雨水就像浴室的喷头那样冲洗着窗子上的玻璃。此时我心里总想到那本称为"诗歌"的笔记本里的内容。我不确定那出自谁的手，不过那风格和歌德有些相似。最近，我正在读歌德的传记《诗与真》，而我在他和格雷琴那精彩的一段对白中看到过这些著名的妙语，我顿时感到心中一阵波涛汹涌！我还没往下看，而是摘抄了这些妙语，以此平复我那甜蜜而悲痛的心情，而这些话也仅仅与"诗与真"中间的那个字相符合。

不过那些日子里，我也没有深究是谁的作品。只是不明白明娜怎么会摘抄这些话的。我们交谈的时候，我发现她偶尔会展现出某方面艺术的学识，而这些又不是自学或在学校里学到的。除了这些，她仿佛对我的那些困惑一目了然。这都是过去抄的还是现在抄写的？上面也没注上时间，并且它们和我用来画图的那一张纸距离比较远，不过我仍然发现摘抄的这些散文的墨色要比前面的部分显得新一些。对我而言，可能算是好事情，不过从另一个角度来说，我的希望又成了海市蜃楼。

快到下午茶的时候，暴风雨停了下来。明娜已经不再紧张了，她此时已经放松了很多。她拿着个灰石罐子想到楼下盛水，我便随着她一起去了。这里打水特别有意思。在这里没井更没抽水机，生活用水都是从房舍下靠近易北河岸边取的清泉水。这处泉水就在草地末端，只距离易北河湍急的地方有三四码宽的沙石带，在那里有个不停朝外冒水的清水池子，从里面冒出的清水把周边的细沙冲向前方，仿佛里面有着活的东西。有天夜里，赫兹先生讲了一个和这里泉水有关的故事，我们就根据这个故事，给这池清泉取名为青年泉。

　　沁人心脾的小风带着一股诱人的泥土气息，扑面而来，细闻之下，还混合着草叶与花朵的清香（特别是金银花的香气最浓），就像令人陶醉的美酒。天上的乌云四散而去，有的像成团的浓雾消失，有的如同一道青烟消融，有的像薄雾渐渐消散了，天空变成淡蓝色，再往前是一些淡淡的绿色，天空的西边有一抹金光闪耀，几朵低矮的云彩，铅灰与石红相间，透过云的缝隙能够看到高处的云团闪着光芒。在"百合岩"那座山的一角显出一根庞大的彩虹柱，刹那间生动形象起来。在山顶最平坦的地方，冷杉林木之间是一小朵孤云，仿佛孩子的鬈发间被吹进来一阵烟雾。四周险峻的悬崖上笼罩着一片淡蓝色的寒雾，而有着采石场的那座小山上被一束轻柔的光芒照耀着。至于河湾位置仍旧是一片混浊的红棕色，再往前走，水面上就像明镜一样了。广阔的乡村偶尔会有一道闪电划过，震耳的雷声在山间响起。

　　明娜忍不住喊起来："瞧，这颜色，这就是普桑！"

　　她的话像针一样扎进了我的心底。天哪！这么年轻的姑娘竟然对普桑这么了解，而且随口就能说出来。不过，这两方面的确有些巧妙的相同之处。假如这个时候，她只提到"这和画廊中展出的普桑的作品差不多"，但是她说的"这就是普桑"，这让我有些恼怒！我要抓住她如同卡尔·莫尔对罗勒那样，大声喊道："谁允许你用这个词的？你们寻常人的内心怎么能想到它呢，画家才能这么做！"

不过她早就跑到那潮湿的闪着光的长石阶的末端了。我不清楚是我的神情出卖了我，还是她觉得借用了别人说过的话而感到羞涩，不过她这么做很明显是在逃避"普桑"一词。

到了水池旁边，她没有立即打水，反而把石罐子放在了台阶上，然后转向旁边坐着的那个十二岁的可爱男孩。这是房东家的孩子，房东在一个大采石场里投了资。那是一个非常大的采石场，就在巴斯泰岩石旁边。其中最大的那个在远处，与天边的河水相映特别显眼，仿佛一个被从前到后分成两部分的海岬，而海岬最上边零星的一列历经风雨的松树，它们高耸入云，与彩云相接。那个男孩还抬手给我们指明哪是他父亲投资的采石场。

他手里不停地把玩着一个精致的玩具：那是在泉水出水的位置建好的水车。他把一根木棍插上一个生苹果做轴，再把一些水车的木叶片安在苹果周围的切口上。水道上是小男孩建成的堤坝，反而围成了一个小贮水池，这么做便保证有充足的水流到这里；那个轴轮没有停过，但是没发挥作用。我在窗子和凉亭都曾经见到过这个小东西，转动起来特别有意思。堤坝已经被暴风雨冲垮了，那个小男孩正在尝试着修好它，不过使轴轮停下又不会卡住，这特别难做到。

"我特别希望能在父亲回来之前修好它，"小男孩郑重其事地告诉明娜，"假如父亲知道我能做这样的事情，他肯定很高兴。我希望他今天晚上能开心，那么我就能够求他明天带我去瞧瞧怎么炸石头的。"

"他们要在采石场炸石头吗？"

"对！他们打算炸开一整堵墙。"

"我们能去瞧瞧吗？"明娜问他。

"这要问我的父亲才行。"

"明天最好了，我的学生明天会和他们的母亲到皮尔纳看望一个阿姨。你想不想去瞧瞧？"

我当然是双手赞同。

突然，那个小男孩长叹一声，然后我们的注意力便从采石场转向他。那根彩虹柱慢慢转变为一道美丽的弧形，随后映入河面，但是倒影只有下半截比较清楚，而弧形本身却很朦胧，而且也并不相连，没一会儿就变成了美丽的倒影，仿佛是一条紫罗兰颜色的彩带变成了弯弓。彩虹弧内的天空颜色要比上方的部分更暗一些，不过不大一会儿就出现了一束蓝色的光芒穿过其中。这片暗淡的天空中间屹立着那个"百合岩"，在五颜六色的彩虹下，透过山谷里的云遮住了阳光，整个被阳光照得耀眼。山头还有一小朵云彩，而这个时候的"百合岩"仿佛冒着缕缕青烟的祭台。小男孩沉迷于自己脑海中出现的意境里，不由自主地叹息道："这和我们老师手里的那本彩绘《圣经》中的诺亚祭神差不多。"

明娜拿起石罐子，这个动作和这时的庄重情境非常融洽，德国老辈的画家会果断地把这个外表朴素的石罐子放到吕蓓卡手里；不过明娜身上是一件蓝裙子，一只手扯着裙摆，游牧妇女是不会穿这种裙子的，虽然这种裙子不修边也没有百褶。她弯腰打算把石罐子按到水中，但是她穿着的鞋子并不是游牧式的，她的鞋跟在湿漉漉的台阶上打滑，几乎要掉到水池里了，幸好我在旁边拽住了她，她才站住了脚。她松开手，石罐子便在水面上漂浮着，她调皮的笑容倒映在明镜似的水面上，没有看出她有什么不开心的，这时石罐子也盛满水沉进了水底，搅动的旋涡晃乱了水面上的倒影。尽管我非常担心她站不好，犹豫着手要不要放开，仿佛这个水池子是陡峭的悬崖，不过她已经可以站稳了。没错，在如此美妙的瞬间，我必须撑起她倾过来的身体重力，这是自然而然产生的想法，让我们陷入了两人世界。不过几步远就有个小看客，并且附近还有窗子。

"非常感谢你的帮助，我可以站稳了。"她边说边跳到了岸上，"可是，水罐还在下面呢。"

我把盛满水的石罐子从水池里捞出来，跟着她一起走回去。

喝完下午茶之后，我们听见房东说话的声音，接着我们就下楼问他，明天采石场是不是要炸石头。得到了准确的消息，而且我们想去参观的请求也得到了他的同意。小汉斯也被允许一起去，然后我们让他为我们做向导。

河对面那处高地树木茂密，月亮也是在那里升起来的。在靠近易北河岸边的沙石上，是月亮的倒影。纯净的天空只有一丝模糊的轻雾在"百合岩"的山后飘浮着。相对的那面岩石外形，在纯净的天空下呈现得清清楚楚，这么多的岩石也是有生命的，岩石投下的影子显现出来，而裂缝的位置有浓重的阴影，而有层微弱的亮光覆盖着采石场。就在"埃布格西特"这块平台上，灯光透过树叶不停地闪烁着；在巴斯特之端有团若隐若现的篝火，那里模糊传来一阵轻松愉快的华尔兹舞曲。

虽然草地仍旧湿漉漉的，不过赫兹夫妻被这美妙的夜色吸引住了，忍不住走下楼来。在屋前的台阶上，我们与房东夫妻畅所欲言。那个漂亮的女人用她的宽肩膀搂住一个婴儿。小汉斯正在那块台阶上给他的水车准备新车叶。房东先生把两条腿悠闲地搭在石栏杆上，嘴里吸着他的那杆烟斗，享受着风雨吹来的凉爽。可能他们在采石场里特别渴望这份凉爽，因为每到中午，那里的温度有一百三十度之高，不过他们仍旧要努力干活。赫兹夫妻便向房东打听起采石场的收入，以及石头的价钱。房东夫人给他们说，春天水位上升的时候，或者水位超过台阶的位置，那么采石场就会陷入困境。

忽然，山谷中传来"呜呜"的火车鸣笛声，河对面的那片树丛中有道亮光划过，那是提醒我要和明娜分别了。于是，我就和平常那样陪明娜朝山上走去。

说实话，我一整晚都在紧张地盼望着与她在月夜下漫步。就像在水池边那样，有的事情注定会发生的，当然这也说明了，那件事情会在什么时候发生。月光下，树木茂盛的溪边、山谷、周围没人的气氛中，不用说这些都是会触动伤感的景色，明娜却置若罔闻。她会沉默不语？相反，她高兴地讲了很多与爱情无关的事情。她根本不知道：我是有意提起那个水池边发生的事，她却绕过这个话题说起了河水涨高给那些村民带来的灾难，她还在考虑要到哪里取水，她说："也许在'埃布格西特'；也可能是老客栈'欢乐玫瑰园'里的那块高地，那里肯定会有一口井！"

总而言之，我们的谈话都是很理性的，接着和以前那样客气地告辞了，仿佛那股青年泉与她池边打滑的事情根本没有出现过。

第九章

第二天午后，我与明娜，还有小汉斯，在众人的再三叮嘱下，高高兴兴地出发了。小汉斯拿着盛放食物的篮子在前面领路，我们跟在后面。

我们沿着易北河的岸边走着，不久就到达了右岸边。右岸那道碎沙石铺成的长石坡，仿佛一座碉堡，离地有五十英尺左右，直接通往采石场上面的那块高台，石坡的下面建造着一堵有一人高的墙壁。每处采石场的前面全是木道，而所有的木道都是由高地方的作坊通往河边，这样的木道就是用来运炸下来的石头的。卸货处不远就是一只驳船，那只船上差不多已经装满了一半。在驳船旁边有数位身强体壮的工人正把那辆手推车上的货物卸下来，接着另一辆手推车按部就班地在绞车附近的木道顶端候着。

我觉得我们走了大约有一英里，小汉斯就停在了那架依在墙上的扶梯旁边。我们很容易就爬上了石坡。我们却停在了坡脚的位置，我们有些不敢相信：朝上的那条小路仅仅模糊能够看清，蜿蜒的灰色小路就如同一条曲折的线条一样。走近一瞧，原来有些台阶，它们只是简单的修整，有的是伸出来的岩石，有的仅仅被铲平了而已，这些暂且当成台阶吧。汉斯早就爬得很远了，他转过头看到我们没有跟着上去，非常惊讶我们怎么没跟着他上去。

"你必须先上。"明娜羞红着脸对我说。

"不行，雅格曼小姐，我应该走在后面。假如你在上面打滑，连能抓的东西都没有，倘若你被绊倒了的话，我还能扶一扶你。你也不用担心会拽倒我，再说……"

"你必须先走。"我的话被她打断了。

"天啊，哦！为什么要想那么多。难不成你想因为这些小事情，情愿把脖子摔断吗？一定有其他上去的路可以走。这太蠢了！你就按照我说的做肯定没问题的。别再不好意思了！"

我故意装作有些不耐烦地说话，虽然事实上我并不焦躁。为了保护她，以命令的口气对她说话，令我很有责任感。

"我明白你说话这么霸道，都是为我好，因此我不会生气的，"她真诚地盯着我说道，"你只说对了一部分，倘若我真是惺惺作态，你说的就没错。不过我是感到自己爬坡时的模样不好看，就和那种很流行的玩具娃娃脚上拴着铁链似的，如果那样，我们势必都会掉下去的，那就好看了。不过要是你能先走，不管我在后面表现得多么蠢笨，我敢说，我顶多就会磨破点膝盖。倘若你认为现在的我特别争强好胜，那你就告诉你自己，一会儿上去之后，我就变回原来的我了。"

她的语气很坚决，不过有点幽默。听她这么说，我有些惭愧，真想把自己变小，恨不得钻到老鼠洞里去。但是实际上根本就没有老鼠洞，因此我只好先行一步，不过仍旧为她担心。也许这便是对我最好的惩罚。

幸运的是，我们全都平安无事地爬上了石坡。

我们眼前是一片白石板，直接延至炸石头的地方，这里就像化为废墟的神殿。一长排的磨石，正如一段段散掉的柱子铺展开来。还有很多切割均匀的石块、路缘石，一一展现在我们面前，就像不完整的地基一样。路面上横着的都是一堆堆的碎石、沙砾以及略微大一些的石头。有的地方是一片小树林，其中美国的接骨木结满了闪着金光的暗红色果实，和这些闪着白光的石头相互映衬着。在采石场的旁边有座房子的屋顶冒出了青烟，那就是锻铁坊，在每个采石场都会有这么一个。

我们走过河堤，到了采石场尽头——岩石面前。采石场的场主与工人全都在那里等着。房东放下嘴里的烟管，告诉我们，他们现在做好了准备，就要开始了，所以我们来得正是时候。有个大个子男人在那儿站着，身上穿的白衬衫和格子裤子干净利落，他走到岩石面前，貌似在察看什么。他满脸络腮胡子，转头冲着我们友好地点头打招呼。有个男人个头儿像侏儒一样，穿的衣服也是破破烂烂的，他拿工具的时候，悄悄地瞪视我们。没隔多远，有些工人正把一根铁楔子朝一块大石头里钉，很明显那就是要炸开的石头。远远就能听到他们用那些工具干活的声音。

那个穿着整洁的男人返回来，然后工人们把一根粗绳子拴在了那里，就像一只动物的长尾巴，只是绳子另一端塞进了洞里。这离下面要炸的岩石有四英尺左右，这块要炸开的岩石高有二十英尺。露出的那部分已经有了一条细缝，这使它和岩壁之间的联系有些松动。这凸出的地方差不多高达一百英尺，天色渐暗，奇特的岩石裸露在外的所有地方，包括石头裂缝中长出来的冷杉、灌木丛，看上去这座山像根部开裂、长满苔藓、被剥掉树皮的大树。

房东让我们爬到旁边的河堤上，离炸石头的地方很近。他摆手示意那个从锻铁坊走来的男人离开，而且把两只手合在嘴边大声喊："注意安全！"接着房东打落烟管里的一些烟灰，使劲抽了几口烟朝那块岩石走过去。他走到那块要炸开的石头的面前，叼着烟斗，把它伸向导火线。然后他故作轻松地朝我们走过来，两只手放在皮围兜里，那杆烟斗一直在嘴里叼着。他身后的导火线冒着火花，没一会儿火花不见了，石头里冒出来一缕青烟。我和明娜虽然很紧张地等着炸石头的声音，不过彼此相对笑了一笑以示安慰。最终那声闷雷般的声音响起，石块向四处飞溅，伴着的还有一团小小的烟尘也四散开来，不过那块坚固的岩石虽然已经七零八碎了，不过仍旧耸立在那里。房东喝骂了两句，那个穿着整洁的男人把那些有些松动的石头块挖出来。从那石块的裂口处，还可以看到一道黑色炸痕。

"我们再炸一次。"他对房东大声喊着。

我们上前看那个爆炸点，而那个男人正在寻找最合适的新炸点。我把一块已经炸掉的石头撬了下来，又用鹤嘴锄轻而易举地就把这块石头敲成整齐的小碎块。忽然，我被谁抓住了，感到被那种制炮塞的纤维拴住了，接着有阵笑闹声传进我的耳朵里，是那个红胡子的男人把脸伸到了我的肩头上。我也跟着笑起来，不过我笑得有些生硬，说明我还是不太适应这种开玩笑的方式。那个开玩笑的人也为此给我做了一番解释，从他脸上的神情能够看出来，他认为我已经听懂了，不过我实在没有弄明白他带有浓厚的萨克森地方语音的话。

明娜发现我被一个巨人抓住了，开心地笑起来。我猜是我那一脸的滑稽让她感到好笑，因为我的脸上在明白地问着"这到底发生了什么"，但是又并不讨厌。最终明娜不笑了，虽然我不想这样，不过她的笑仍旧把我惹恼了。

"你只有交上赎金才能获得自由，他有权这么做的，"她说道，"这是我们的习俗，倘若有人闯进他们的禁地，那么他就可以抓住他，就像现在这样。"

她的语速很慢，而且说的是丹麦语，不过有些颤音，偶尔还掺杂着一些德语。我这是头一次听她说丹麦语，惊讶之余又特别开心。对丹麦人而言，有外族人会说我们的语言，是多么惊喜的事情。另外，我猜想她这段时间还特意练习丹麦语，虽然她从来没有告诉过我。

明娜的表现让我大方了一次，我不仅交上了赎金，还另外给了些好处，所以不仅红胡子得到了一些通行费，而且其他人也跟着分了些小费。于是那个红胡子友好地向我道谢之后，把钱装进口袋里，随后就把我放了。因为得到了赎金，他干活的劲头更大了，于是他便自己寻找最合适的新凿点。而那个不幸的矮个子，大家总替他担心，那一身碎布片会不会掉落，他仍旧在那里不停地把铁楔子钉进石头里面。

重新开凿爆炸点好像要用很久的时间，因此我们顺着采石场周围察看着刚才炸开的石痕，以及工人们轻易挖出来的容易碎开的砂石岩。逛完一圈之后，我们发现了一个打发时间的最好方式，采摘那些在石头缝里可爱的小花。但是明娜看到那些晶莹剔透、五颜六色的鹅卵石，于是就忘记了一切，她把这些好看的石头铺到地上，想象着这就是她找到的宝库。我坐在旁边的石头上，点上一支雪茄，在那片灌木丛投下的阴影里躲着。

"好看吗？"明娜边说边把手伸到我的面前，一颗浅紫的鹅卵石被她捏在手上，采石场的岩石上闪亮的光芒照得她无法睁眼，于是她就眯缝着眼睛瞧着我。

"是啊，真好看。不过你要这些东西有什么用？"

"我想把这些送给可爱的小阿米莉亚。虽然我自己也非常想得到它们……你是不是认为我很傻？我只是看到它们，就忍不住想到了小时候，尽管我的童年没什么好回忆的，不过我还是经常想起往事。这原本是非常奇怪的，不过时间久了就变得柔和得多了，就算最近看上去都是光芒四射的。总会有那么一天，圣人的光芒会照亮所有的一切，而且还会把它们变得更美，这也算是一种安慰吧。"

"没错，"我回应道，"你说得没错。可能后人会觉得这时的美景特别迷人，而且后悔自己没能珍惜。不过，我觉得这种自责并不合适。"

明娜低着头，又拾起一些石块包进自己的手帕中。

"小时候，我特别喜欢这种纯净的石头，那个时候我收藏了许多这种石头，我把自己当成了公主，而这些石头也被我当成珠宝一样珍藏着。我想如果我真的把这些石头给小阿米莉亚的话，她也许不喜欢这种东西，她的父亲也许早就把真珠宝送给她了。"

"给这些养尊处优的孩子当家庭教师，可是一件困难的事情，我猜你从小受到的教育肯定是更加理智一些的。"

"荣誉应该属于有功之人。"她说话的语气里有些苦涩，接着撩开眼角散落的头发，"理智？实际上也不算理智。"

"你的家庭教育肯定非常单纯。"

"倘若仅仅是单纯该多好啊，我也不会介意的，不过它是单调乏味的。我们家非常穷，但是那些痛苦也不全是贫穷引起的。你可以想象一下，十四岁之前，我从没有到过洛施维茨会是怎样的情境。不过，我们也会时不时地到那个平台上走一走。那时候，父亲领着哥哥和我去过普劳恩。在那里，他偶尔会喝上一杯啤酒，而我们也会如同过节那样高兴。那时还没有这么多工厂，在维瑟瑞兹的旁边有个景色宜人的山谷，我们经常爬到山谷里的岩石上。我还在那里找到过许多这样好看的鹅卵石。父亲有时也会在天黑的时候，领母亲到啤酒屋去，重温他们年轻时候的幸福生活，母亲那时候每夜都陪伴在他左右。倘若你八点时分回镇上的'苏尔卡茨'，就在城堡街，你就能看到有一个长得和我相似的老夫人，拿着酒杯坐在内间里。假如她的旁边有人，那么她肯定会深情地讲起他们夫妻俩一起度过的美好时光。在我们的记忆里，那些在'苏尔卡茨'的日子是我们一家人最温馨的时光，你就能够知道我与哥哥过的是怎样的生活了！我们受到的最好教育，也就是我们上学的学校还算比较好一些。父亲是个刚正可敬的人，而且受过很好的教育，遗憾的是，父亲很少过问我们的学习情况。不过知道这些事情的时候，我已经长大了。我的父亲不爱讲话，因此我也只能在零零星星的记忆里，知道些与父亲相关的事情。他与母亲的交谈也大多就是说说天气，也只在看过报纸以后，会因为政事争论一阵子。我父亲和母亲的立场是对立的，也就是帝国主义与萨克森的对立。母亲不喜欢普鲁士人，她根本不明白大联合的优势，觉得这么做也只有增加赋税这一个后果。首先因为我是她的孩子，所以受她影响很深；其次是因为他们用六十六年的时间把奥斯特拉大路上的那些树木都砍光了，这令我对普鲁士人有很大成见。所以我每次在街上，遇见那些腰背挺直、得意扬扬的军队时，就会很生气。除了这些，我的父母就没有再多的共同话题了。时间久了，我便更了解他们那深厚的感情了，我认为他要是娶了另一个女人，可能与现在不同，他会成为一个出色的父亲。我还肯定地认为，从某个角度来讲，他和母亲一起过的这些年里，由于他在各个方面拥有很高的素质，没有人和他有共同语言，因此后来他越来越不爱说话了，最后竟然变成了一个古怪的人。用'古怪'来形容他再贴切不过了；他的怪异经常在孩子身上表现出来。最令人气愤的是，只要家里来了陌生人，要是被他看到了就会大发脾气。倘若他在家里，那我就不敢让我的朋友来家里一起玩。我记得那是我十一岁生日的时候，我的母亲赞成我在楼下的花园里举行一个不大的庆祝宴会，我们都清楚那天父亲会去上课的。可是，不知道为什么，那天学校刚好不上课。就当街上的父亲马上到家时，满脸惊恐的母亲立刻飞快地跑回来通知我们。我们这群人也从相邻的花园飞似的逃掉了。你肯定能理解，因为我们觉得他十分恐怖，所以我们全和母亲站到了一边，她对待我们的态度要好太多了。可怜的是，这类事情发生得太频繁，使我们越来越不喜欢他了，包括他的一切。在母亲的怂恿下，我们总是躲着他，有事情也不和他说。只是这些事情如果他不赞成的话，原本是能够给我们一些建议的，可是假如他反对，我们就会认为他的脾气太差，而逐渐离他越来越远。我不该和你说这些烦心事，让你烦恼。"

"你愿意跟我说，一定也清楚这些也不会让我不高兴的，而且相反此时此刻我非常想听你说的这些。我非常感激你能让我了解你的童年。小时候，我过得非常开心，可能是因为这样，我非常同情你。不过你也应该享受生活的美好，弥补小时候的缺憾，我相信你一定能抓住这个时机的。"

明娜没有出声，仅仅认真地瞧着自己收集的那一堆鹅卵石。

"你提到你的哥哥。以前怎么没听你提到过他呢？现在他不在德累斯顿了？"

"两年前，他就死了。"

"太不幸了，你竟然还经历过这种痛苦。肯定很伤心吧。"

明娜只是摇了摇头。

"不是这样的，我和他感情并不深。我的童年因为他变得更差，因为那时候他经常欺负我。我们长大之后，我还奢望着他也希望能享受人生，不过我从他那里得到的只有悲痛。"

她以叛逆的眼神瞧着我，仿佛在说："我能理解，你肯定会觉得我无情无义。随便你如何想吧！就因为我喊他一声哥哥，就得爱他吗？……另外，你不要认为我有多善良。"

"你就不能依靠其他的亲戚了吗？"为了避免难堪，于是我便岔开了话题。

"有，是我的一个姑婆，同时还是我的教母，因此她自己认为照顾我是她的责任。她想以自己特有的方式照顾我，可惜我不喜欢她的方式，甚至有些讨厌。她对任何事情都不满意，甚至连我的鬈发她也能指指点点，而且她总觉得自己没错。与姑婆生活在一起就像是与父亲生活一样，唯一例外的是，她是真心关心我的人。很长时间之后，我才弄懂他们对我的爱，而她的爱隐藏在平日里对我的严格中，看似她对我的事情并不上心，实际上很爱我。她和我的父亲那样怪异，因此她与我的父亲走得很近，但是她瞧不起我的母亲，因此她并不喜欢我遗传母亲的那些特点。如果她帮助过我，肯定下一步会恐吓我。例如，她赞成我订购古典文学期刊，同时会先把钱给我，这就是她一贯雷厉风行的作风。古典文学期刊就是一套有一百册的小型丛书。她当时递给我钱的时候说：'假如以后你卖掉了或者弄没了这些书的话，就算是被迫做的也不行，到时候就算我去世了，也要变成鬼回来报复你。'我确定她是那种说到做到的人。不过我也不害怕，因为我经常翻看那些书。只说这份礼物的话，我还是非常感激她的。我的手里总是少不了那些有名的文学著作，因为我和别的女孩子不一样，没有别的娱乐方式，也可以说根本没有，我一直读书，读了很多，这是很多女孩子得不到的机会。实际上，有些书的内容并不适合我看。但是有趣的是，我的姑婆从来都不会觉得那些经典著作里会有什么内容不适合我——这个十四岁女孩读的。当时订购这些书的时候，我的年龄还小，但是无论是她印象中的文学内容有误，还是她觉得德国的文学作品完美而崇高，总而言之，她并没有察觉到什么。那时候，我就已经开始读《奥伯龙》了。可能你不知道这本书。但是我不认为这会有什么不好的影响。晚上，母亲熟睡后，我便坐起来认真看那些著名作家的作品，那时候也是我最开心的时候。读书是一件高兴的事情，不过也有缺憾，作者在展现自己完美的幻想时，随之暴露的是阴暗的一面。我很清楚有一个与众不同的世界存在。我的意思不是我们生活的这个真实的世界，而是我们感观与精神方面的世界，是超凡的辨别能力，可以分辨出哪些是有价值的，而哪些又是没有价值的，由于母亲对我的干扰，她在我生活的四周编制了一张不确定而且有着弹性的规定性大网，而我原来的那种分辨能力也被蒙上了一层纱，越来越看不清楚了。

"可能你会觉得我应该在那些作者那里有所发现，是因为我受过基督教的教育。我确实不需要那些戒律，我希望拥有原本的生活。我们生活的小圈子里，没几分纯洁与高贵，更不用提什么修养了。我们见到过母亲的那些亲戚：兄弟姐妹以及叔叔、婶婶。在所有的亲戚当中，母亲是最优秀的。但是父亲不喜欢那些亲戚，因此当父亲不在家的时候，他们才会到我们家来，有时候偷偷跑到厨房聊上几句。哎，我一想到这些事情就会觉得恶心！那个臭名昭著的牧师为我施了坚信礼（他的布道竟然感动了我的母亲），我觉得这一定会对我产生坏影响的。因此，我还是钟情于席勒与歌德的布道，他们可不是最差的先知。反而，这给我进行了一番洗礼，我对此也有过怀疑和犹豫，这些对我的影响很大。我早上要做家务，因此我看书都是在晚上，这种生活非常累。另外，我们过着这种有害健康的简朴生活，只是当时我并不清楚这些，因此在某方面来讲，那些年我是饿着肚子长大的。我不仅贫血而且敏感，这都对我的身体有了坏的影响。有时我走在路上就会忽然昏过去，我曾经有着莫名其妙的害怕情绪。有时候，我感到自己一点用处都没有，甚至害怕自己会发疯。由于一天天长大，思想也越来越成熟了，我感到父亲可能会帮到我，但是他的第二个特点就是沉默不语，况且那个时候他身体也不是很好。他在前一年就去世了，我从没亲近过他，我觉得我也应该对这件事负一部分责任。他从不在意我的精神世界，这使我也对他冷漠，我觉得他并不在我的世界里。我经常会决定信任他、走近他、爱戴他。但是我一想到自己绞尽脑汁地接近他，可能不会被接纳，就特别恼火，因此我常在重要时刻打退堂鼓。那是我最后见到他的时候，他亲吻我，并且亲切地说：'要永远做一个坚强的姑娘。'那时候，我几乎被感动得要放声大哭，不过我心里有个沧桑的声音对我小声说：'你曾经为了我的坚强努力过吗？你又有什么资格说这种话呢？'最终我也只是应付了事，还没有感情地拥抱了他。几个时辰之后，我下班回家，发现父亲已经不在人世了。"

明娜缄默了好长时间，脸色憔悴。她的嘴角抖动不停，我总担心她要哭出来。忽然，她睁大了两只眼睛，非常专注地瞧着我。

她的眼神犀利，没有哭，好像在思考我听到她的事情之后的反应是怎么样的。我想她一定会告诉自己："你一定会认为我很可恶！我也期望自己可以变好点，但是不管怎么样，我都无法勉强自己变好。"她的神情悲痛不已，我确信我的猜测便是她难过的原因，并不是因为想起了难过的往事。

我深受感动，试图抓住她的手，但是我们相距比较远，周围还有很多工人。我觉得自己的肢体语言要比那些甜言蜜语更能说明我此时的感动，但是此时语言的力量实在太苍白了，我只能羞涩地躲开。我说："长期以来，我都以为是曾经的那些不开心的往事影响了你的心情，但是我想不到，你小时候以及成长的过程里的这些事情竟然有着这么严重的影响。"

听我说完，她的表情时而疑惑，时而好奇，时而嘲讽，不过这些我都见到过。

"不过你一直放不下自己那些黯淡的生活，"我岔开话题说，"为什么你没提到赫兹夫妻俩？我猜那时候他们也生活在德累斯顿吧？"

"没错，但是我也是在父亲下葬的时候遇见他们的。我们与西娅婶婶并没有太过亲密的关系，和没有差不多，可能那样也是最好的！于是赫兹夫妻的家就成了我另外一个家：我不应该这么说，不该称它是'家'，这么更合适一些，但是你也清楚……听过我的故事以后，就更能明白这样的好夫妻对我有多么的重要了。"

她仿佛漫不经心地说着，也许是讲累了，又或许是责备自己竟然把这些事情说了出来。

这时候，房东走了过来，告诉我们可以再回刚才安全的地方了，因为新的爆炸点已经做好准备了。

我差不多已经不记得刚才坐的位置了，为什么会这样呢？她讲那些事情的时候，语气里包含着无限的悲伤，这些话总在我的耳边回响，就算这个时候也是这样的。我的脑海里对那些事情做了整理，甚至要比她说出来的更有秩序，实际上，很多事情是后来她又说给我听的，这点小失误没有太大的影响。最令我感动的是，她描述和评论自己生活中的那些事情时，那么清楚和淡定。很明显，她经常会想一些小事以及它们之间的联系，她总是想挖掘出把它们联系在一起的由来和后果。从这里可以看出来，她天生就比我想象的更忧愁。这都是因为这段时间里，我的脑海里总是出现她那青春活跃的快乐，从而有了错误的认识。

第二次也和第一次那样，岩石并没有被炸倒，虽然它的底盘已经开始松动，好像被架空了似的。长着红胡子的那个男人走上前认真察看了一下，他把那些没被炸开但是已经松动了的石头扒拉下来。就在岩石后的角落里，有些没炸开的石块仍旧勉强撑着整块岩石。这时，房东与那个衣着破烂的人紧紧地盯着那块岩石，只要发生意外随时做出补救措施，可是红胡子男人在那些位置用力地砸着。起初他砸一下就停顿一下，随时准备着逃开，不过他逐渐兴奋起来，也失去了刚才的谨慎、他不断地敲打着石块，身旁的碎石块溅向周围。石块的坚固已经把他惹火了。形势十分危急。人们看着这使人头晕眼花的石头外表，眼睛睁得有些累了，但是也不敢眨一眨，大家仍旧不敢放松警惕。自始至终只有两次提醒，就在人们两次失望后，他便继续凿起来，危险随着他敲打得越激烈也变得越严重了。

明娜紧闭嘴唇，面色惨白。我也因为中间停顿的时间太长，也没有那么害怕了，我便又上前几步，想看看他这么费力地砸石块会有多大的作用。明娜此时跳了过来，一把抓住了我的手臂，拉着我回到原处。与此同时传来一阵尖叫声。我发现有道很长的影子掠过，随后就是一声巨响。岩石整个倒在了不远的地方，周围几步远的地方散落着一些石头块。我脑海里立即有了那个红胡子工人。他毫发无伤地在那块巨石旁边站着，这时朝我们微笑着点点头，好像在告诉我们，"还好没发生什么事"。明娜浑身都在发抖，我把她扶到一块岩石上坐下。

第十章

　　午后，阳光发出的所有光芒都投射到那块岩石上，但是岩石顶上飘着一朵朵的乌云。忽然，天空掉下大颗大颗的雨滴，大大的雨滴好像向人们宣布自己的主权。我们不得不跑过长满灌木的河边，跑进采石场那个锻铁坊里。明娜在这之前差不多吓得脚都站不稳了，但是在雨中奔跑一阵子之后，她便有了力气，再跑上最后的那几个台阶后，就已经和平常一样了。

　　由刚才宽阔敞亮的室外，跑进这拥挤的小房子里，而且外面是阳光普照的白岩石，屋内却是烧红的炭火放出一片浓浓的黑烟雾。有个长相非常俊美的青年人在锻铁炉边站着。他举起自己一只壮实的胳膊，握住那根绳子，有规律地推拉一根有个大弧的长棍子，发动风箱。点燃的煤堆发出的火光更加明亮了，他拨弄了几下燃着的煤堆，接着朝上添了一铲煤，然后把那把已经磨钝的锄头放到火堆里，再把另一个烧红顶端的锄头取出来。只见他把自己的一根手指涂上口水，把烧得通红的锄头顶端上的煤灰轻轻揩去，立即把它伸进水槽，只听水中发出"吱吱"声，随后冒出一缕青烟。

明娜看着他的动作笑起来。

"这个时候，我们看到了齐格弗里德正在与一条龙搏斗，在采石场的锻铁坊，我们看到了真实的齐格弗里德。"

她再次用丹麦语和我讲话，其他人都莫名其妙地瞧着我们，更是惊讶明娜说出的这番外国语。而那个铁匠毫无反应。他就在那里，把烧过的锄头拿到砧铁上去，这时它已经变成灰色的了。然后，他用锤头敲着锄尖，火花到处蹦跳，我们不得不朝后退开了几步。看到明娜赞许地看着那个铁匠，我有些不高兴。

"你没看出来他非常俊秀吗？"她问我，"他在那里锻造的时候，就和一幅画一样。如果古德郝斯有他那样的长相该多好！"

"当然，他长得很英俊，不过倘若你在大庭广众之下这么称赞他，他会骄傲的。如果他变得自负起来，那他可就看不上那些可怜的农村姑娘了。"

"他正忙着呢，一定没有听到我们说的是什么。"

"但是其他人会转告他的！"

"不过，谁看着这样英俊的人，能不喜欢呢！"

无论理由多么充分，我都不赞成。

"我想他应该来自萨克森。"过了一会儿，她再次开口说话了。

"您弄错了，小姐，我是石勒苏益格人。"那个铁匠说的也是丹麦语，他一边淡定地回答，一边把锄头放到旁边，认真地拉动风箱。

人们可能会认为，他把一片红霞吹上了她的脸。瞧，她脸红起来。四周的工人都笑了起来，好像弄懂了那时发生了什么。起初，我觉得给她点惩罚也是应该的，于是也因她的窘态笑了起来。但是之后又开始同情起她来，因为她始终看着地面，也不敢抬头。幸好屋外的雨就要停了。我们向房东以及红胡子男人礼貌地辞别。那个站在墙角的矮个子男人一直盯着我们，而我们身后的那个铁匠阿多尼斯高兴地喊了声"再见"。

我们当然不敢再走原路回去了。房东就让小汉斯领着我们通过旁边的采石场离开，不过我马上给年幼的领路人说，我们自己可以找到回去的路的，最后终于摆脱了这个孩子。

这里很多采石场都已经倒闭了。四处都是白围墙与白地面，河堤上到处是灌木丛，一排排的石块看上去都是切割好的，另外就是一大片一大片状似废墟的岩石堆，四处有碎岩石就像一场大爆炸留下的场地一样，就是冬天那次河面冰封时炸石头留下的。我们紧贴着岩壁朝前走，很快就看到了一条能通行的小道。采石场彼此没有关联，中间基本上都是碎石堆。人在上面走的时候，很容易滑倒，这样，我就有了再次扶明娜的机会。明娜在前面走，笑闹不停，她把胳膊伸出来，可能是想保持平衡，又可能是她觉得我会滑倒想扶住我。她不能放下的是自己那伤心的过往、炸石头时的紧张与兴奋，以及她在锻造坊内的尴尬，好像只是短时间内被掩藏了自己的快乐，而这个时候，她越来越高兴了。就在那次，我们一起摔倒在了地上，她摔倒在了我的身上，幸好只有我自己受了伤。明娜边笑边把我扶起来，毫无害羞的样子。倘若这时我们不得不再次从那座山爬上去，她可能会不记得提醒我先走了。她确实没有再想什么，只剩下高兴了，可能也顾不上我，顾不上我们刚走到的那片山林中的美景。

由于太阳光的照射，山坡上的鲜花原本是浓郁的熏香似的香味，然而雨后，花香变得清新诱人，连飞鸟也沉迷在这诱人的芬芳里，唱着欢快的歌。夕阳照进冷杉树丛里，那低垂的枝叶在太阳的余晖下闪着亮光，就像一颗颗挂在枝头的星星。而人们俯身穿过树缝，看到犹如一条透明光带一样的小溪。仰头看向上面，树枝顶被风吹得轻轻摇动，一块有着裂缝的棕色岩石就在上方，历经风雨的冷杉屹立在岩石旁边，那淡蓝色的冷杉高耸入云。

　　偶尔会有风吹过，就像波浪朝我们涌来，天空中又有大颗大颗的雨滴打在我们身上，明娜裙子也斜斜地飘在一侧。她腰上的那条浅岩羚羊颜色的皮腰带出现褶皱，而且松松的。她在山坡上谨慎地走着，就算晴天的时候，山坡上也会因为布满球果核与冷杉针叶而变得非常滑。她经常打滑，每次她都会发出轻轻的叫声，然后伸开右臂，而她肥大的衣袖就会滑到胳肢窝的地方，她的左手因为不戴手套，所以晒黑了，这会儿她便用这只手抓紧坡沿上的苔藓。

　　忽然，我笑了起来。明娜转身笑着疑惑地望向我，我指着她倒映在旁边的那块岩石上的影子给她看，影子是变了形的而且非常粗大，她看后笑的声音更大了，也指向我的影子，正好和她的相反，我的影子拉得非常长，两条腿与鹤腿相比有过之而无不及。我们走了很长时间也没走出去，我们的影子也因为我们缓慢的速度变得异常可笑。我们最终走上了一个缓坡而且树木茂盛的地方，影子也变得有趣起来，一会儿它们躺到了草地上，一会儿又转移到树桩之间，一会儿又落到远处那片浓郁的亮光处。

　　"我告诉你，"明娜说，"假如你是彼特·席勒米尔，这会儿你就被瞧见了。"

　　"不过就算我是，那又能如何？"

　　"无论怎么样，我讨厌那样。"

　　她那可爱的耳朵变红了，因为太阳仍旧在我们后面，所以并不是太阳光的照射。我内心一阵喜悦，我想她说的是那本著名的书中的情节，那个不幸的无影人——席勒米尔与他心爱的人一起在花园里走着，就在他们来到月光照射的位置时，只有他爱人的影子朝前展开。马上，明娜也懂了我说的那句直白而简洁的话，不过这不是愚蠢的表现，而是一种无礼的行为，因为不久前她刚把那本书借给我，这就是她之前提到的古文学期刊里的一本。

没错，倘若我真的没影子，那她也许会因为惊吓昏过去，那我们也永远不会再见面了，而如今，我好好地站在这儿，和她的影子在树丛间、夕阳下玩起了游戏，我会遇到哪些阻碍呢？很明显，我并不是有钱的人，但是我的影子是完整无缺的。它正在那山坡的岩石上，黑白相间，正好可以证明我是一个有诚意而无坏心的人。难不成那通红的耳垂并不是垂青于我的姑娘的吗？不过我的内心里怎么没有高兴的成分呢？

"你也渴了？"突然，明娜问我道。

"我也不清楚，但是我的确很渴。"

"你瞧，那边有很多浆果，不应该让它们在那里风干浪费掉。"

我非常赞成，于是我们就飞快地跑进灌木丛里。不过弓着身子站的时间太长了，让人觉得很难受，我们便一起在浆果丛里跪着爬进爬出。没多会儿，我们就感到一颗颗地往下摘实在太费力了，我们便把它们整枝折下来，用嘴巴一串一串地撸下来吃掉。我们头一次感到这种解渴方式太爽快了。明娜把两只手交叠放在胸前，发出像小动物一样满足的饱嗝声。她看我笑起来，于是她便更加搞笑起来：只见她双手撑住地面，随后把嘴巴伸到那些浆果中，一口便咬住了一颗。然后，她用滑稽的眼神瞥向我。与此同时，她还摇头晃脑地打起嗝来，眉头上的鬈发不停地跳动着，嘴唇也变成了深蓝色。她咧开嘴笑的时候，可以看到她原本洁白的牙齿变成淡蓝色了。这种随意的行为令她的嘴唇比从前显得更亲切了，我也不清楚，是不是这种有趣的色彩令我不再拘束。这时，我们都看到了有颗和樱桃差不多大的浆果，结果我们同时去摘的时候，脑袋撞到了一起。我边笑边摸了摸脑袋，她便趁机抢到了那颗浆果。于是我便吻上了她的双唇，久久不愿松开。我满怀深情地望着她的眼睛，她慢慢地把眼睛闭上了，那道金色余光也在眼角内侧闪耀着。我们双手仍旧和动物前掌那样撑着地面。就在我想把自己的手环住她的肩膀时，就在我陶醉于这诱人的亲吻、半痴半醉中的时候，她猛地跳了起来，顺着小路跑走了。我在一条仅有数英尺宽的小道上追上了她，小道太窄我们无法并行，而且山坡仍旧险峻。她也知道这一点，于是非常谨慎地走着。

"明娜！"我胆怯地轻声喊道。

她好像没听见一样。

"难道你没有看见我的影子？"我想通过开玩笑来缓和一下刚才的尴尬，"只要我一跑开，转头一瞧，它仍旧在那儿，虽然已经模糊不清了，不过你的也是一样。"

她依然没有说话。

"生气了吗？"

她摇了摇脑袋，没回头继续朝前走。不过，她的动作已经让我放下心来。我也不知道应该说什么，更不愿意打搅她，我们就这么排成一列静静地走在陡坡上，这使我非常不舒服。我们终于走到了一条山路边上，路的两边是冷杉，顺坡而下的就是河岸的一片草地，从这里去莱森几分钟就能到。不管怎样，我必须要看到她的面部表情是不是平静的。

她就像一只受困的小鹿，转过身子望着我。

"我们就在这里分手吧。你不用送我了，就要到家了。"

"这是为什么呀？你是不是有什么想法？"

"我想一个人静一静！就让我一个人回去吧，我只有这一个请求，因为我，因为你……"

"不过，无论如何，请跟我说清楚吧……"

"再见！回见吧！"

她差不多是跑着下去的，到了草地，便听不到她的脚步声了，只听见她腰上的那根皮带发出的声音，仿佛是马身上的肚带。这声音就和她穿行在灌木丛中的时候发出的咔嗒声一样。那声音随着她的远去也消失了，留下了还在伤心的我。

我站在原来的地方没有移动，一直看着她消失在远方。

第十一章

　　我就像做梦一样在河边来回走了很长时间。渐渐地我又高兴起来，心中再三想着：如今她不但是自由身，而且今后依然是自由身，可能我遇上的苦难不一定比她少。我居然荒唐地妒忌那个铁匠，而且更荒唐的是，我对那个虚构的"丹麦诗人"也心存妒忌。毫无疑问，这些事情便是那些老妇女们吃饱喝足之后的聊天资本，听那个校长说起过，"她原本应该受到别人的优待"。另外，明娜也常常说起那些老妇女们总喜欢说闲话。

　　她属于我，难道她不属于我吗？我的唇间还留有她的气息。不过她为什么突然离开了呢？而且还不允许我送她回去。女孩子的心思真不好猜啊！谁能了解她们，谁又可以不理她们啊？

　　天色越来越暗了。夕阳还是那么耀眼，远处的景色已经模糊不清了。上面的岩石沿边也被盖上了一层淡淡的光芒，有张灰色蜘蛛网好像要伸到河对面的草皮上。

　　前方传来一个男人与一个孩子的声音。原来是房东与小汉斯，他们这是要回家了。小汉斯拿着一个白色的东西跑向我。

"你的信。"他大声喊起来。

"信？"

"对，我猜这是你没有寄出去的信，"房东说，"收信人的地址是丹麦。"

"他们凿石头的时候，我发现这封信就躺在你们待过的位置。"小男孩说。

他把那封湿透的信递给我，我却是一脸的不高兴。

在暗淡的余光下，我费尽心思才看清楚这封信的收件人是一个名叫亚克瑟尔·斯蒂芬森的艺术家。我打算再确定一下，这个名字对不对，但是光线有些耀眼。

"没错，这是我的，太谢谢你了，再见。"

那个丹麦艺术家的名字突然出现在我的眼前，这要比我的身后忽然出现一个幽魂，更让我感到恐怖。

的确那个名字是亚克瑟尔·斯蒂芬森！当然，我知道这个人。就算是我国不出名的一代青年艺术家的名字，我也知道！这对我来说，也算一点安慰吧，不管怎么样，我要对付的并非天才。我认识他，我的意思是，我曾经在一家咖啡厅里碰见过他。我记得我们学校里还有他画的一幅优美的风景画，我还时不时地听别人说起过他，虽然那也算不上吹嘘，实际上人们都在传他是个放纵不检点的人。更巧的是，我今天收到表哥写的一封信，他在信里隐晦曲折地批评起这个艺术家来，他说这个丹麦艺术家就是巴黎的一个纨绔子弟，整日里和那些我们知道的某个女人暧昧，他真正被吸引的不是她的容貌而是她的钱。他给她画了一幅谄媚的画像，而那个女人与她的家人对这个艺术家都很满意。对那个艺术家来讲，最倒霉的是，最满意那幅画像的却是它最终的主人——一个海军军官，他已经通过了测试，因此得到了奖励，他们对外称已经定亲。

在明娜心中最重要的人就是那个斯蒂芬森！我从校长那里知道了，他与明娜在德累斯顿相识已经好多年了，时至今日他们还有书信来往。这不但说明了一种情意，一种隐秘的原谅，或者类似的事情，还能说明什么呢？但是另外，她把自己的知心话告诉我，她的天真，还有那个吻，我觉得她并不反对我偷吻她，我怎样才能调和这种亲密的关系，要么她就是一个本性轻浮的姑娘！我越是想这些问题，就越不懂。

终于，链船发出的一阵响声打断了我的胡思乱想。

天色越来越暗了。

河对面的冷杉枝头，依稀可以看到月亮，月光还没照到河面，水上的小船掌起的灯在河面上照出长长的影子，慢慢朝前漂动，这让我想到了那镶有红宝石、绿宝石的金桶首领。

看到这些画面，我想起了在河岸边的开心日子，这使我非常悲伤。

我带着那封令我绝望的信缓缓朝回走去。

到家之后，我便点上灯，开始仔细研究这封信。信封上的胶水已经被水汽蒸开了，只有一点点依旧粘连着。

于是，我想我可以看完信后，毫不费力地再把它封好了，看上去还和原来一样，不会有人发现这封信已经拆过了。

这个想法把我自己吓了一跳。我立即把它丢到桌面上，在屋子里走来走去，而且还一直瞥向它。

突然，我又拿起这封信，想再次打开确认一遍，我急忙合上信，急忙看了看地址。

倘若我之前还不确定这封信是明娜写的，那么这次，我是得到了肯定答案。

突然，我的脑海里出现一个想法。这个地址与那数行歌德的诗全都是用红墨水写出来的，墨迹也是非常暗淡的，我觉得这种墨水应该只有莱森商店有的卖。不用说，假如这是真的，倘若明娜是因为我才摘抄的那段优美的诗句，这还让我心中有些安慰，也能坦然地面对这封不讨人喜欢的信。

我取出一张纸打算写信告诉明娜，她的一封信掉了，别人捡到之后就送到我这里来了，但是我不能做主把它寄出去，因为收信人的地址已经看不清楚了，我觉得她肯定希望我能把信还给她。

然后，我用一大张包装纸把这两封信包在一起，写上地址，然后出去把它投进"埃布格西特"的那个邮筒内。这么做完之后，所有的烦恼与诱惑也都随之而去了。

寂静的小村庄在清新的月光下入睡了，这里仅有几栋房顶比较高一些的屋子的玻璃窗会照进月光。村子后面，那些险峻的岩石沉浸在朦胧的月色中，显得更加亲密。远方河湾外的采石场泛起淡淡的亮光，就算是这样，我也能够看到我们白天里一同去过的地方。

我也在这寂静而清爽的美景下平静下来。我朝山上的租住房走去的时候，突然一阵困意袭来。

我思索着那"就要发生的事情"，没多会儿就进入了梦乡。

第十二章

次日清晨，我立即跑下山来到商店，买了一瓶商店里仅有的一种瓶装墨水，假设这是犯罪证据。我的做法已经得出了结论：那个笔记本上和那封信使用的就是这种墨水，很快我便以乐观的态度看待这件事情了。

我又想起了那些"就要发生的事情"。可能我的信她已经收到了，并且我认为她一定会给我解释一番。我觉得她最好的选择就是写信。她会不会自己送过来呢？但是那么做会招来别人的非议。可是，她刚收到信也来不及给我回信，而且还得让当天的邮差送过来。我这一天都沉浸在等待的折磨中。

我要怎么做才能让时间过得更快一些呢？起初，我准备去远行，但是一想到有可能我在路上也会不断地回想这件事，又害怕起来。所以，我情愿以一种单纯的想法，以一种欣喜，去认真拜读一本饱含德国民族特色的小说，把时间静静地熬过去。然后，我便订了外卖。

天气越来越闷热难忍了，外面一点风都没有。我把衣服一件件地脱下来，最后只剩下一件衬衫了，然后我就躺到床上。这和小说里的人物一点也不一样，他们可都是优雅的代表。我不怕有客人来，赫兹老夫妻不可能爬这么远的山路到我这里来的。但是突然有个想法冒了出来：要是她来了，怎么办？这好像不可能，但是这种状况下，我应该时刻准备着应对出现的任何一种情况。

　　于是，我立即又把衣服谨慎地穿上。如果阳光没有这么强烈的话，我还想把胡子刮一刮。当我的目光望向那条桦树小路的时候，另一个想法又冒了出来，"索菲行宫"！她曾经说起过，这个时候别墅里的那些人不可能到那里去的。我便凭此猜测，倘若她想在那里遇见我，怎么办？她一定会这么想的。想到这里，我便一路狂奔下山去了。

　　为了平复内心的激动，我在那边数步距离的位置停住了。这时候，有位高个子的绅士出现在我的面前，他长着德皇威廉风格的胡子，可能是被我打搅到了。

　　"很抱歉，"我磕磕巴巴地说道，"可能……可能这是您的地方……"

　　"没错，这就是私人的地方，先生。"那个高大的绅士严肃地说。然后，我在他恼怒而高傲的注视下，慌忙逃开了。

　　我回到家里，接着看第二本小说，心情有些沉闷。就在这个重要的关头，我的脑海里又冒出一个想法：她可能与赫兹夫妻在一起，我怎么没有想到这些呢？不可能。昨天，她还说自己不去那里。我的大脑又被小说里的那些悲伤情节如同汹涌的波涛般冲击了一番，直到蜡烛变成了一堆蜡油。于是我便走出那个牧师的女儿和伯爵的故事，进入了梦乡。

第二天，我并没有按时收到信。

心啊心，邮差并没有给你送来信。

我接着看第三本，这本和前两本页数一样多，都有五百多页。看完这本书，我发现阳光已经照到了一根窗框上，然后我打算急忙刮一刮胡子，感到有件早就预料到的事情就要发生了，这时梳洗干净是非常明智的。接二连三的送信时间很快就过去了，我没想到会有这么令人失望的结果，因此也没事先做好准备，而且我也不认为会有失望在等候着我。当我看见那个高高瘦瘦穿着制服的邮差爬上这条曲折的山路时，我刚刚弄干净右边脸颊的胡子，刮胡子的手忍不住抖了起来，因此我只得放下手里的刮胡刀。我平复了一下心情，站在窗子前看着这个如同莫特科笨拙的人物画像似的邮差，只见他绕过房屋一角，我专注地听着踏在楼梯上的脚步声，但是没有任何动静，然后便看到他走下了那边陡峭的山坡。

恐怖的失望再次袭上我的心头，伤心的我一下子躺倒在床上。这时，一阵沉闷的赤脚踏在地板上的声音从楼梯口传来，接着有人敲门，为了防止有人看到我看书时的邋遢样子，门已经被我锁上了。于是，我去开门。谁知门刚打开，就看到一只湿漉漉的大手一下子塞过来一封厚重的信。

第十三章

　　果然是她写来的！我把信封撕开，拿出里面几张写满字的信纸，有封小一些的信一起掉了出来，就是那封给斯蒂芬森先生写的信，信封早就打开了。明娜的直率让我大吃一惊，但是这好像是个好兆头。起初，我并没有仔细看这封信。

　　这封信包含了女性特有的风格，信里没有注明时间，信是这样的：

　　亲爱的芬格尔先生，我想，在你的心里我是什么样的，虽然我确信你也不清楚要怎么看待我。我很明白不是由于雨水把地址淋得模糊，你才没把信寄走，而是想知道"这是怎么一回事"。我觉得你有权利让我解释一番，又或许是，无论如何都想得到一个解释。就算没有这件事发生，我也早就应该在合适的时候给你说一说，或者不管怎么样应该让你知道信里写了什么才对。我经常想，如果当面告诉你可能不太合适，我们独自在一起的时间不少，同时还能照顾下孩子。但是我最终还是决定写信告诉你。有些事情，我必须告诉你。等我说完，你就会发现我并没有你想象中的那么美好。也正是这个原因，我才觉得应该让你知道我更多的事情，无论这么做会不会毁掉我在你心目中的美好形象。

曾经在一个合适的时候，我对你讲过我的家人以及我成长的过程。其实这也说不上是一个好机会，因为在这之前，我就想过要告诉你，我的这些事情，而从前我也只是说过一些而已。所以，请你尽可能地回忆一下我说的那些事情，我觉得当中的一部分重要的内容能让你更加清楚地了解我的生活，就算我说的没有那么清晰，但是如果没说过这些，你可能会严厉地批评我，就算那是我罪有应得的。

但是我仍旧要说！这个时候，我多想和你坐在一起讲一讲啊，想要把这些事情写出来实在有些困难。

我不知道我在你面前有没有提过，我的母亲是姐妹七个中的一个。我的外祖父是一位富有的旅店老板，那个旅店接待的主要是本地人。她们姐妹几个在家里都要干些家务，因此也没有受过良好的教育。一家子差不多没有任何家庭休闲的活动。因为外祖母要料理家务事，而外祖父要做生意。有时候，他还会打她们，这便是她们受过的所有教育，但是教育的效果很差。（幸运的是，我还会写字。）她们姐妹七个里，有五个竟然是未婚生子，唯有我的母亲与她的妹妹觉得什么事情都能做，只有这种错误不可以犯。

我就是被这样一个母亲养大的，而且我与她的关系也非常亲密。从小我就和她是好朋友，我和她分享快乐与难过，但是父亲从不搭理我。我还很小的时候，她就给我说一些她的感情事，因此我从小就有了这种想法：喜欢你的人越多，在别人心中就越重要。

我受过坚信礼之后，没多久，便与一个校友重逢了，她大我几岁。我们是邻居，她常常让我去她家里，没多久，我就发现，每次我们一起出去散步的时候，艾米丽就会偷瞄一旁的那座带有花园的房子，后来她告诉我，她喜欢那个住在里面的那个人，而且她还嘱咐我不要给她的妈妈说。有一天，两个青年男人正站在窗子前朝外瞧，那是她喜欢的人和他的伙伴。我不敢相信的是，他的伙伴向我点了点头。我把这些告诉了我的母亲，她很高兴。我已经忘了当时是因为什么，只记得母亲陪着我去约会，我仍旧能够记得与那个不认识的人一起走的时候，那种自豪又讨厌的复杂心情。从此，他便经常来看望我们。那个时候，我才十四岁。我们并肩坐着，他还吻了我，然后我们也一起出门。哦，我的朋友，这是多么恐怖的事情啊！你能想到，我觉得这是对的，但是那个人那么无情。他离开了，我们有时会写信，天晓得我们写的是什么！我模糊感到事情不该这样，特别是首次和男孩子接触，并没有告诉我的父亲。

　　没过多久，有个青年音乐家来了，他和我们一起住。我只得像伺候别的客人一样伺候他。和其他的客人比起来，他与我们之间的关系更紧密一些，但是我察觉到自己渐渐喜欢上他了。但是，芬格尔先生，请一定要相信我，只是那种单纯的喜欢，没有别的。每次他要出门的时候，我就会急忙把帽子戴上，套上外衣，装作母亲有事要我出去做的样子，实际上，我是想和他一起走一走。有一天，我亲戚的姐妹们准备去野餐，我希望她们能允许一位音乐家参与，但是她们不赞成外人参加，因此我也没去。于是，他请我和他单独去洛施维茨，母亲也同意了，和之前一样，没有告诉父亲。

　　后来有天晚饭之后，我们一起玩了一个处罚游戏，他要吻我，但是被我回绝了。他回房间去了，母亲不知道是不是有意的，就让我到他的房间去。他又要吻我，并且真的亲了我。从那之后，我就深深地陷进了这场恋爱里。以我当初十五岁的角度来看，我这一辈子只爱他一个人，不会再爱上其他人了。虽然从前那段感情困扰了我很久，但是没过多久我们就没有什么来往了。

那个青年音乐家希望母亲同意我们先订婚，不过母亲说订婚可不是小事，而且我的年龄还小，还没到考虑这么重要的事情的年龄。后来，听说他与别的女人订婚了，尽管后来知道这是假的事情，但是我仍旧很失望。不过他还是走了，两周之后，斯蒂芬森先生便来了。那天夜里，那个音乐家离开之后，我在地板上跪着把那个他在射击比赛里赢来的花环扯碎了，那是他想留作纪念的。

斯蒂芬森先生在那间房里住下之后，他对我说，实际上他并没看好这间房，只是为了我才租下它的。他说是我把他吸引住了，后来，他还对我说我是那么高不可攀、望尘莫及。我也必须说明，这几个先生并没有冒犯我。所以，后来我也能够懂蜜妮安的情感，因为它们都是纯洁的。

斯蒂芬森住在我们家已经两周了，有天夜里，那个音乐家过来和我告别。我把他送到门口，他想最后吻我一次，我没有拒绝，斯蒂芬森……

我隐约看到这里有个"亚克瑟尔"的名字被画去了。

由于妒忌，他躲在门后偷偷听我们说话。他说从那之后，他就觉得我与别的女人没有什么不同，并要我按他的想法成为他的专属。

哦，我的朋友，我一听到这种话，心里难过极了，我也不明白自己到底做错了什么，竟然失去了一个人对我的尊重与爱，他已经觉得，我是一个不值一文的女人。我永远记得那种滋味，当我明白了，在一个鲜少知道我的人眼中，原本是高高在上的，如今却被贬斥到这种地步。后来，我发现自己竟然爱上了他！我曾经多次流下痛苦而绝望的眼泪。我也只有安慰自己，我是无辜的！每次我仔细考虑这件事情的时候，就会想，倘若一个男人凭自己的感觉对一个女人的印象是美丽又纯洁的，后来他就不应该由于一个偶然的发现而改变初衷，而且还颠覆了整个观念，我觉得最好是平静之后再做理性的辨识。我想一个真爱我的人不会把我推开的，而是毫无理由地宽容我，他能想到我有这种失误也是由于我生活的环境以及成长的经历造成的，然后是更加爱护我，使我避开其他伤害，而且帮助我提高并且达到他早就预想的美好形象。可能是我的希望太大了，但是造成我这么想的原因，是因为我对感情的事情存在太多的幻想。看到这里，可能你很同情斯蒂芬森先生了。可能你还会认为，如果换成是你的话，你也一定会这么认为的。

自从你吻过我之后，对过去所有的记忆全都浮现在我的脑海里了。倘若你知道了你吻的是什么样的女人，可能你会……哦，远不止这些……那不是我的初吻！甚至他的这个吻证实了我就是一个淫荡的女人，可能你也察觉到了这一点，所以便利用了这点。但是我们这段时间纯洁的交往之后，我觉得你不是这种人。因为这个吻和从前的不一样。可能这就是一个天真的吻，一个随意的吻，一个玩笑般的吻，而并非犹大的爱之吻。可是，我不但不了解你，也不了解自己，我总担心我们两个人。那天回家之后，我哭得非常伤心，但是我又不知道这是为了什么。

我继续讲我的事情吧。之前我告诉你的那些事情中，斯蒂芬森先生讲了许多话，他觉得所有事情都太不可思议了，他把母亲传给我的那些不对的想法纠正了过来，他让我对曾经没接触过的事情有了更多了解。他觉得我在艺术方面有着独特的鉴赏能力（魏玛时期，席勒的那个画家朋友雅格曼，可能你也知道他的创作，他也是我们家的祖先，我的父亲青年时期也曾经画过画），后来他还经常和我讨论他的艺术。我和斯蒂芬森先生经常一起进出我们这个美丽的画廊，那时候，他还正在临摹着那里的两幅画。我在那段时间里，极力反对他向我表露越来越明显的爱意，而我只是沉默不语，因为我真的爱上了他。另外，我还想着他会和我结婚，但是他不想和我谈这个事情。他告诉我，他没有钱，而且成家会影响到他的艺术发展。但是我向他保证，会成为一个贤内助，不会浪费他的时间的，他却给我说，艺术家要到处旅行，要把所有精力投到创作里，不应该有羁绊。他不停地说服我，要让我清楚我的这个想法是自私而愚蠢的，而在当时的情形下，男女之间的交往是不受约束的，是值得珍惜的，甚至算是一种完美的关系。我不同意他的说法，但是他总会有恰当的借口，他经常说我需要道德方面的教育，但是我觉得他的道德观念是多么邋遢，可能这是我的一面之词，但是不管怎么样，我都无法赞成他的想法。我也清楚，我不会耍心机，也不懂世故，只是无法迈过感情这一关。另外，我知道了一个无法改变的事实，我爱他要比他爱我更深。当然，他还爱着他的艺术，但是我只剩下了自己的爱。

他离开莱森的时候，我们就已经分手了。我也弄不清楚我们之间还有没有友谊存在，能不能再有书信来往。我打算找个好人嫁了，而且还要把我的经历告诉他，让他知道我犯的错误。

这就是我所有的感情经历，你能想到我是多么寂寞吗？现在，我非常讨厌母亲。我在世界上最亲密的人，唯一能够聊天的人，已经离我而去，而我连希望他回来的权利都没有。我想弹钢琴曲，但是每一首曲子里，那优美的旋律却让我觉得全都包含着不可言表的伤心，因此我只能放弃。

就在这个时候，父亲也离我们而去（我记得之前给你说过），而此时我与赫兹夫妻相识了，于是我和他们相处的时候，和家里有着完全不一样的氛围，另外，也和那个丹麦艺术家相处时的艺术气氛不一样，但是这些给我一种说不清的平和。但是我会一辈子记着斯蒂芬森先生，因为是他最先把我的傲气唤醒的，不管他是同情我还是对我感兴趣。而且他还做到了让我认识到周围的坏环境，并且有了警惕，不至于被它毁掉。

一直以来，我们都有书信来往，其间有过中断，偶尔会寄出一封信。每次我总会很快收到他的回信，而且每次他在信中都让我尽早给他写信。有时候，他也会给我寄过来一幅素描。去年圣诞节的时候，他寄给我一幅好看的油画。我想让你能明白这是一种怎样的书信来往，于是我把那封由你还给我的信再次给你，请你看一看。我不是因为你有疑问，才想这么撇清自己的，而是想让你就算不了解我，也不要对我产生误会。可能我自己也不清楚是因为什么，只是觉得应该把这些告诉你，我觉得现在你有权利知道这些，倘若我把这封信撕毁，那对你来说是不公平的。我也没打算把这封信寄出去，看日期就可以知道，这封信是两周前写完的。我也想这封信早就被我寄走了，而且最好是邮差送来了他的回复。

就说这些吧，再见！我写了很长时间，已经很累了，但是希望这次交谈之后，你不会把我批判得太严重。无论如何，你都要把你对这封信的看法告诉我，也不用保留什么。只有你坦诚地回答我，才不会辜负我写了这封信。你应该清楚，我非常在意你对我的看法，这些你也能从那封我给斯蒂芬森先生写的信中看明白。

——你亲爱的朋友，明娜·雅格曼

虽然看完信之后，我内心里各种矛盾的感情混乱不已，但是我也不着急弄清楚这些，而是立即把前两天那封让我心痒的信打开。我一点也不怀疑信中描写我的那部分。

我急忙扫了一眼开头那几句话，全是些和天气、乡村以及解释没有及时写信的原因的客套话。在信里只是简单地描绘了一下她任教的这家是赫赫有名的人家，但是也没有讨好的意思。我觉得她没有把自己当成一个小说家，因为许多青年女孩子都很喜欢假扮小说家写信，特别是有知识的女教师之类的女孩子，非常愿意扮演这种角色。于是，我接着往下读着，心一直狂跳不停：

在这里，我和一个名叫芬格尔的大学生相识了，他和你一样是个丹麦人。我也是因为他和你一样来自丹麦，才想和他认识的，而且我们很快就熟悉了。我去赫兹夫妻家里的时候，常常会在那里遇到他。他长得说不上好看，但是面颊很明朗，特别是他笑起来的时候，让人觉得很亲切。他略微有些弓背，但是个头儿挺高的，就算这样，我还是觉得他并不是很结实。倘若真是如此，我会十分伤心的。他很关心我，而且我觉得他对我也是十分欣赏。不过，时间长了就能看出来这到底是不是暑假短暂的想象而已。他只有二十四岁，非常年轻，看上去没有什么生活经验，缺乏历练。以我的角度来瞧，我也弄不清楚，如果事情突然有了变化，我会受到怎样的待遇，我也找不到自己准确的地位，这不符合我的性格。如果一个人由于"鼓励"一个青年男子（我觉得这么说比较合适），甚至可以说和他有了亲昵的关系而备受谴责，是不是说明了这就是天生的放荡，或许是心情的原因。倘若他们一定要保持距离，那么这就说明了他们不会结伴到天南海北。如果这个人本就是令人讨厌的人，或者说遭人唾弃的人。但是从我的角度来说，如果两个熟悉的人由于互相喜欢，却落了个彼此刻意躲开对方，那是多么愚蠢的行为呀，毫无疑问，结果肯定是很糟糕的。另外，男女之间纯洁的友谊也没有多少作用。然而，我也想不了那么多，那么做也只能让我觉得庸俗愚昧。总而言之，我很喜欢这个芬格尔先生，和他聊天是一件高兴的事情，而且收获不少的事情。可能你会觉得我虽然没有走错路，但是已经迈出了危险的脚步。

后面是结束语，以及署名"朋友"。

第十四章

我想一字一句地再认真读一遍，于是又打开了明娜写给我的信。我是带着害怕的心情看的第一遍，因为她提前告诉我了，她说的那些事情会使我看低她的。我每读一句，那种害怕的心理便会增加一分，我也不停地看向远方。但是，我越朝后看，害怕的感觉越来越小了。她过分的内疚竟然都是源自这些无伤大雅的原因，这让我觉得好笑的同时，又非常可怜她，而让我生气的是这位名叫斯蒂芬森的行为。同时，我还要感谢他，幸运的是他离开了明娜，让我有了机会。

我感到一阵欣喜：通过这封信看出来，她是把自己交给了我。我感到整封信里都是：我们已经到了非常关键的时刻，从前的事情全都弄明白了。她要让自己明白："我要在事情发展之前，把所有事情都告诉他。"

如今，倘若我一定要说："听你说过之后，我对你的认识并没有变差，反而使我觉得你更加值得我珍惜。因为我对你的认识更清楚更深刻了。"那她会如何答复我呢？这不正是一个我对她吐露真情的机会吗？

她给斯蒂芬森写的信中说明了，她也曾经考虑过我们俩的关系能不能进一步发展，虽然她在这方面，说得并不是很清楚。但是我们的关系变亲密，也是从两周前才开始的，就像她说的那样，那封信是写于两周前，时间正好吻合。自从知道这些，我的那些不满早就抛到九霄云外了。

我想马上回复她。

不过，我得把自己那左半边的胡子刮干净才行，上面还留有泡沫的痕迹，由于阳光已经照到了窗棂，肯定一会儿就没法刮了。我一边刮胡子一边整理好心情，思考着如何回信。当我放下刮胡刀，便立刻拿起笔，快速地写下下面的信：

8月14日，莱森

　　我的朋友，我被你的来信感动了，你的坦诚让我对你的认识更进了一步，在我心目中你的形象更完美、更高大了。我希望你能相信我。

　　你说你要重新写封信给斯蒂芬森先生。但是现在，我觉得你最好把那封信重新抄写一遍，就写到你说你觉得我身体不够强壮的位置，我可以肯定地说，这是没有任何依据的。

　　不过，你再往后按下面的内容继续抄写：

　　"他已经明确了对我的关心，这使我没有理由不相信他。所以他现在表明，希望我能接受他对我的感情，这些我也没有感到惊讶。他没有多少个人钱财，但是近期他肯定会得到一大笔钱财，他在英格兰有位富有的舅舅，能帮到他。一刹那间，我决定把自己交给他。……"

倘若你打算把这样的信寄出去，那么请和往常那样，到赫兹夫妻的家里。如果我去的时候没有遇见你，我会认为这说明我只能把你放在内心深处，而我们之间的友情，也不会成为幸福的开端，那只不过是一个已经消失的梦而已。

假如是这样，那么我只得和你告别了，希望你会幸福！

——爱你的朋友，哈罗德·芬格尔

然后，我用一个信封装上我写的信以及她给斯蒂芬森写的那封信，喊来一个男童帮我送到那座别墅里去了。

第十五章

我下山的时候，午后的天气比较温暖，风景也依旧美丽。我顺着小路跑下去，经过农舍与树篱，路过花园通向易北河的小路。好像每一步都把我和自己的命运拉得更近一步，而且就要赶到的时候，我便放慢了步子。就在看见面前那通往小房子的台阶时，我就停了下来，已经可以看见花园旁边的凉亭了，再朝前一小步，就能看见小房子一角了，仿佛是一个人卡住了我的脖子，而我的两条腿好像没有了。

闪着亮光的瓦片下面，是在阳光下发光的石灰墙，葡萄藤与树影下便是凉亭，而灰绿色的桌面上映出曲折的金光环，我凝视着这个光环很长时间，想缓和一下紧张的气氛；桌布的一角被一部分果树枝叶挡住了，热气腾腾的咖啡壶在桌子上放着。我能看见赫兹老人正在那里，这时赫兹夫人也走了出来，但是没有别人了。

我没有上前，想再看一看有没有她的身影。就算太阳多么炎热，我仍然觉得自己浑身冒着凉气，就像站在夜里的浓雾中一样，于是我定了定神，勉强控制住自己，但是在这之前，我根本就做不到。我第一个想法就是悄悄溜走，因为我想倘若她打算来的话，早就应该到了。可能她去楼上拿东西去了？或许她因为其他事没有来，又或者她已经给我捎来了口信，但是我没有收到。我替她想了许多没有出现的借口，然后又一个接一个地否定它们，我一直觉得这是我内心的弱点，总是不敢面对出现的问题。

一声石头的松动声，或者是某个动来动去的模糊影子，吸引着我朝相对的方向看去。那是河道边的泉水池，距离我站的地方还没有五十码，有个熟悉的身影出现在我的面前……

那是明娜！

我本想飞奔过去，但是赫兹先生已经发现我了，他喊道："芬格尔先生，快过来，过来！"我还看见他朝我挥手，我不知道他为什么这么兴奋，但是我仍然向他跑了过去。我跑的速度有点快，在走廊的位置差一点就和一个高个子瘦女人撞在了一起，她握着一块彩色格子的呢布和一个袋子正跑出来。

"你终于来了！实在太好了！"赫兹先生说道。

"我们正要派人去喊你呢，但是明娜说你肯定会过来的。"

"你瞧，今晚我们就要到布拉格去了！立即动身。"

"但是我们不能因为这样就让你再回去。我们更希望你能送送我们。特快列车不可能在这里靠站的，因此我们必须坐船到尚导。天气很好，你也能与我们一同去，随后再坐九点的车回来。明娜已经同意送我们一程了。"

当然，我立即就同意了。

我的脑海里很乱，一时间出现了一个念头：也许明娜没收到我写的信，她在这里并没有什么特殊的意义，而今天晚上我可能会失望。但是赫兹先生说的话平复了我的心情，因为他说明娜相信我肯定会来的。

　　这时候，她穿着那身浅岩羚羊颜色的裙子走了过来，然后她坚定而意味深长地和我握了握手。她握手的动作很独特也很真诚，她的眼睛在笑，而且她能看到我的内心里，她的眼神和过去不一样，就像"我爱的人"和"我的朋友"不一样。我浑身的血脉涌向心头。她松开我的手之后，我的四肢都在颤抖。如今，我确定她已经收到了我的信，而且我也渐渐镇定下来，陷入喜悦之中，我头一次体会到恐怖的紧张和害怕有着多么大的力量。

　　明娜也出现了，她不停地偷笑，而且可以说是高兴，她倒了一杯冷泉水给赫兹先生，因为赫兹先生喝咖啡的时候，喜欢喝上冷泉水，这就和咖啡屋的喝法没什么两样了。他喝一口咖啡，再呷一口水，还兴奋地讲话：

　　"有一件有趣的事情要告诉你，你肯定愿意听，说不定你也会和我们一块到布拉格去。你有这个打算吗？但是你最好别有这个打算，这样就可以和明娜做个伴了，我们把她托付给你也放心。有人在布拉格找到了《浮士德》手稿，就是伟大的《浮士德》！好孩子，可以说那就是第一场的部分内容，只是有些细节不一样，但是这也是大家感兴趣的地方。听说用词很苛刻，也许是第一稿的部分内容。有个领抚恤金的怪老头儿，他是一位上校，天晓得那是多久以前的事情了，他从哪个姑婆或者是姨母那里继承过来的，而这个亲戚曾经在魏玛宫廷当过差，她和歌德的关系非常亲密，虽说没有任何依据！但是，这不是重点。不过从这可以看出来，咱们现在的军事德国是怎样的！他继承的财产中有个装满草稿和信件的箱子，假如他不是那么短见的话，早就应该想到那会是歌德的东西。但是他瞧不起关于文学的所有东西，所以他就连箱子都没有打开过。他只要钱，很明显他是一个奢侈浪费的人，我想他早就已经欠下了高额债务，虽然他的阁楼里还有够他能买下整座城堡的钱财。尽管曾经有人暗示过他，我们也猜到他可能会有东西留下来，可能是手稿又或者是资料与信件，我亲自给他写过信。但是他不赞成，私人信件，可能是一些会损害到一个家族名誉的秘事，他觉得这些东西不应该交给那些讨厌的文人手中。他肯定是这么认为的。然后，他便整天在酒窖里待着，沉醉在那些高档的白葡萄酒里，他是一个声名狼藉的品酒师。而他把这些珍贵的东西丢弃在阁楼里。都是报应啊！这是个令人讨厌的家伙！但是今天，我的朋友，我收到来自那里的一封邀请信，让我以专家的身份到那里去，你能够想象到那会是个怎样的情境……"

赫兹先生的这番话，我一字不落地听进心里去了，仿佛明娜的喜怒哀乐都被我看在眼里。我觉得自己的脑袋多么广阔、多么灵活，能够同时兼存各种令人愉快的事情。这个老人从来都没有碰见过这么有默契而且愿意专心倾听的人，不过他的激动的确触动了我。我仿佛吸食了鸦片，出现轻微的沉迷，如同听到音乐感到妙不可言。我祝贺他就要走上令他倍感荣耀和有着特殊意义的旅途。而且我问他的同时，还回应了他的长篇大论，也把明娜给我的那杯咖啡喝完了。我不仅觉得这杯出自我爱之人手中的"棕色琼浆"无人能及，而且心中暗想明娜肯定对萨克森忠心无比，从而调制出"布莱明翰"咖啡，总会有那么一天，她能够懂得如何更加充分地运用这些咖啡豆。

如果不是听见河里传来的一阵螺旋桨沉闷的声音，我肯定会再要一杯咖啡。其他人觉得时间还早着呢，但是没多久，汽船的烟囱便出现在采石场下面的那个荒废的石坡上，仿佛一根黑线出现在白色幕布中。

我们很快就坐进了甲板的雨篷下面，船慢慢朝前驶去，房屋前那座凉亭里的绿桌布闪着亮光。前方就是百合岩以及和它相似的康尼格岩，这两块巨石对立相望，阳光照到岩石边沿与建在上面的瞭望台上。黄色的采石场在河面上闪烁着强烈的光芒，那道紫罗兰颜色的光芒，在这里竟然变成了一条明亮的光环。河岸上，果树、灌木与梯田投在河面上的影子也是绿莹莹的。船头迎水前行，激起的水波被划向两边，水波撞上河岸，反射出来的光芒就像液体碰见管道那样，流进的是发着亮光的蓝水波，那些拉长的影子变成一幅彩色的画面，直到全都混在一起。水纹波动，变成舌头形状与螺旋形状的彩色，清澈得如同镜子。

赫兹先生很激动，他反复说着布拉格的奇特景观：泰恩教堂，丹麦有名的第谷·布拉赫的墓地就在这里；杂乱的犹太区与那里黑暗的犹太教堂，还有那密密麻麻的坟地，平整的东方墓碑紧紧地靠在那里，十分紧凑，仿佛是相互推搡着，要把对方推出去的感觉；波希米亚的赫拉钦卫城与它梯形的宫廷风格的花园，沿着岩石边在那里耸立着。假如我也与他们一块去了的话，第二天，我就可以欣赏到这些奇特的景观了。他总以为我最后肯定会与他们一同前往的，仍旧慈祥地听着我说的那些模糊不清回绝他们的借口。

他一直激动地说："对啊，对啊，如果有人能陪着明娜也好，虽然我肯定她不会害怕一个人回去。"然后，明娜也对我们担保，她能一个人回来，而我也"不会因为她而放弃这开心的旅行的，况且有这么好的人做伴"。明娜开着玩笑，自己却笑个不停，双眼眯成一条线，不住地眨着，使我无言以对了。我们放肆地享受着隐藏的秘密带来的快乐，而慈祥的赫兹先生仍旧不知道事情的原委，只是和我们不停地开着玩笑，他肯定不会想到这会是怎么回事。今天晚上，我是不会和她分开的。与我们相对坐着的赫兹夫人，有时摆动一下自己的白色发卷冲着我们微微一笑，好像有些累了，与此同时，她带着疑惑的神情盯着我们，好像在探寻这场对话里暗含着什么秘密。

到达尚导之后，所剩时间就不多了，也只够在河岸上的旅店花园里用晚餐。天色已经越来越暗了。赫兹先生提醒我们不要耽误太久，要及时回家。但是明娜说汽船出发的时间和火车相差无几，往常在火车出发前的十五分钟内再赶去也误不了事，可以通过火车出发的时间表来判断汽船的出发时刻。因为火车站就在河对面，距离镇中心以及船靠岸的位置差不多都有半英里的行程，只是到河对岸必须要乘船才行。赫兹先生觉得这样的小汽船不安全。他又要犯旅行焦虑症了，每分钟都要拿出金怀表看上一眼。

最终，明娜说我们可以离开了。

栈桥旁边没有汽船。漆黑的河面上是灯塔上的灯发出的亮光，河里的水自由地穿行在桥板下，上面也不见有行李箱和旅行包。

赫兹夫人说："我们一定是走错了，这边一定是汽船经过的那座栈桥。"

"没有，是我们早来了。"明娜说，我们的怀疑好像令她伤心了。

我们走来走去耽误了好几分钟，没有人也没有其他东西。赫兹先生来到那个敞篷的候船室里坐下。有个工人用帽檐遮住眼睛，躺在角落里熟睡着，此时那正冒着烟的油灯仍旧有点刺眼。赫兹先生看了几次表之后，站起来走到那个工人面前，在他身边转过来转过去，同时还假装咳嗽，最终忍不住小心地问那个工人是不是在等船去坐到德累斯顿的火车。

"我要去布拉格。"那个工人痴呆呆地小声嘀咕道，他闭着眼睛，没有抬头。

还有一丝希望。我看见有个搬运工筋疲力尽地来到桥上，于是我走过去问了问他。"到火车站的船早在十分钟之前就走了。"他告诉我。我假装不高兴的样子，心里却非常兴奋地走回去，把这个消息告诉了明娜和赫兹夫妻。他们在离灯的不远处站着，因此我可以看清楚，此时的明娜因为刚才的保证而有了点羞愧的神情，但是还隐藏着一种无法言明的开心，幸好我明白她这种表情的含义。她好像刻意避开了我的视线。

"还早，肯定会有船来的，可能他说的也不一定对……快瞧，那里是不是？"

有盏红灯笼由河对面的火车站附近朝我们这边移来。有两根绳子若隐若现，风把汽船冒出来的蒸汽吹向前方，不过汽船是渐渐地逆流而行的，仿佛是飘在河面上玫瑰颜色的小云彩，还听得见那螺旋桨发出的声响。

一股挫败感涌上我的心头，赫兹先生嘴里念叨着"好极了"，同时急忙朝桥上走去，我有些烦躁地看着他，仿佛就他自己去德累斯顿似的。

黑色的河面上出现了汽船，汽笛声萦绕在左右，搬运工和船上的人打过招呼，然后，有根套绳掠过桥灯，正好在赫兹先生的后面几步远的地方落下了，差点儿打在他的身上。小汽船靠着栈桥边停住了，它那黝黑的船身还没有停稳；机房仍然发出"噗噗"的声音，舱内的光线落在那肮脏又低矮的船舱壁上；令人厌恶的燃油气味，和着煤烟，一起飘到夜空中那清新的空气里。

"是赶坐去德累斯顿的火车吗？"

"不，我们是到维也纳去的一趟快车。时间还早着呢，我们要在这里停上三十分钟。"

"噢，我现在要赶坐去德累斯顿的那趟火车，怎么办？"

"我们刚把去那里的人带过去。"

"但是还有一段时间，我们可不可以找到一条过河的小船？"

"已经这么晚了，可能没有小船了。嘿，亨利，这里还有小船吗？"

"没了，肯定没有了，"那个搬运工一边说一边朝河里吐唾沫，"以后要按时到这里来等船。"

终于，我心中的石头落了地，我猜此时明娜也长舒了一口气。但是赫兹先生的表情非常冷淡。很明显，他觉得都是他的原因才让我们遇上了这种困难，被迫滞留在这里。

"但是也有你的错，明娜！如果不是你那么保证，我们不会耽误时间的，这时候不应该靠从前的经验，每年的时刻表都会更新的。也怨我没有想到这些。太让人烦恼了。"

赫兹夫人对他说道："哦，亲爱的！这不算太糟糕。尚导有不少旅店，住一晚再走也不迟，这里的旅店任你挑选。"

听到妻子的话也有道理，他才安静下来。

"还好明天一早有班车，不过可能你们赶不上了。"赫兹先生对明娜说道。

"噢，没关系，我能在大家没醒之前起床回去的。"她说道。

我们在这里徘徊了没几分钟，赫兹先生便把我喊到一旁。

"芬格尔先生，没想到会碰到这种状况，肯定你也没想过会在这里留一晚上，我的意思是，你有住宿的钱吗？"

我急忙回答。我出乎意料地带了不少钱，足够付住宿费的。

赫兹先生惊讶地望着我，犹豫着把已经掏出来的钱包放回了大口袋里，而且嘴唇抽动了一下好像想说什么。

"女士们先生们，今天晚上可能得在这里留宿了，"汽船上有个船工喊起来，"北去的船已经没有了。"

"但是，我们是要朝南走的。要去布拉格。"

"你不是问开往德累斯顿的那趟火车吗？"

于是，赫兹先生把我们的状况解释给他听。

河对面有艘汽船响起了汽笛声，火车如同一条闪着亮光的蜈蚣轰隆隆地行过。那就是我们要回莱森的火车。我和明娜站在一起，我发现没有人看我们，于是我开心地向行过的那趟火车做了个鬼脸。明娜扑哧一声笑起来，离我们不远的地方，有阵嘶哑的笑声随之而出。我转过身惊讶地发现那里还有个搬运工，他好像看明白了似的。

"你在笑什么？"赫兹夫人问明娜。

这时，赫兹先生正急着上船，仿佛担心汽船会丢下他们离开似的。他们仍然在船舷的扶栏旁站着，我和明娜偶尔找个话题说着，我们已经等得有些不耐烦了。赫兹先生给我们推荐了一家很不错的旅店，他觉得很好。铃声终于响起来了。赫兹先生想到那个在候船室里躺着的人。

"要是他想上船，就把他喊过来吧。"那个船工说。

但是赫兹先生非常激动。我跑进候船室里把那个傻头傻脑的人喊起来，他竟然有些不高兴，不过还是跟着我出来了。他跳上船之后，汽船就离岸而去，在黑夜里慢慢消失了。明娜不断地摇着手帕告别。

　　我正打算抱住她的时候，突然，我想到他们可能在船上能看到我们。另外，那个搬运工仍旧在几步远的栏杆上坐着呢。

第十六章

　　我们慢慢地朝回走。有个蓝色大邮筒立在候船室的一侧。明娜一边笑，一边把一封信从口袋里掏出来，递到我的面前，我正好能够看清楚上面写的地址。我想，那是寄给斯蒂芬森的。接着，她带着询问的眼神望着我，仿佛是在问我："我能把它寄出去吗？"她把那封信朝邮筒口盖子的下方塞去。只听"啪"一声，那封信掉进了邮筒。虽然这封信发出的声音已经回复了我预想的答案，与此同时，这也像一个不好的兆头，使我恐慌不安起来。我记得特别清楚那种稍纵即逝的感觉，虽然我从来没有屈从于它。我早已把明娜揽入怀中，很快她就热情地回应了我，说这是热情，不如说这是柔情更贴切。她的胳膊用力地抱紧我，好像要让我们绑在一块儿，不管什么都不能把我们分开。当她感到我的呼吸越来越急促时，便一下子朝后退开了。

　　"我实在太鲁莽了，把你弄疼了吧？"

　　看上去，她特别害怕，仿佛她真能把我勒碎似的，我忍不住笑出声来，然后吻在了她的脸上，接着她又把我推开，把手指竖在半张开的嘴唇上"嘘"了一声，睁大双眼朝四周望了望，她故意装作吃惊的样子，这使她看上去更可爱了。但是周围没人，我们被候船室挡住了，正巧在角落的阴影里。

我们一起离开，顺着河岸走了一段，不过她讨厌黑暗，于是我们打算朝小镇走去。"我们应该早点去找个地方休息。"她说。我们传递着彼此的关爱。

我们手拉手在码头上漫步，一直朝灯光明亮的小镇走去，那片灯火就像零零落落的火花，与天空中的星星连在一起。就在我们前面，紧挨着河岸不远的地方，绿瓷釉一样的旅店花园零星散落在闪着金光的河岸上。只看见河对面的两盏彩色信号灯，照得阴暗的岩石堆就像没有星星的夜空。

列车在河对面飞驰而过，像在告诉我们已经到什么时间了。这时，我们前面的光芒变得更亮了，形同珍珠母，而且山脉幽深的拐角被光芒照得更亮了。水中有几只木筏的桅杆在天空下屹立着。很快光线变得如同火焰般通红。倘若是莱茵河边，这多么像布伦希尔德岩石发着亮光的顶端，在温特贝格茂盛的树林上面高耸入云，而途中显现出树丛的凹陷处。没一会儿，月亮升起来了，渐渐地金色光芒隐去，越来越明澈了，山河相映的美景展现在月光下，仿佛是混沌里开辟出来的黑夜，而且越来越完美无瑕。

所有的一切实在太美妙了，因此我们没有想过分开。我们顺着河岸反复走来走去，由那个孤寂的候船室来到近处的旅店花园，看到形形色色的人穿梭在树丛下。

我们仿佛一对蜜月中的小夫妻，来到这个陌生的地方，我的内心无限感激那个把我们强留在此的意外。

"起初，我也非常高兴，"明娜说，"但是接着我就感到一阵焦急，内心有些恐慌。我不应该这么肯定的。因为我的口袋里仅剩几芬尼，倘若你也没带钱的话，我冒失的做法会让我们身处困境的。看见赫兹先生与你说话的时候，我还担心你得向他借钱呢，还好你有。当时我真有些害怕，可能这是个警告：出门的时候，一定得带着钱！"

　　我们很快便沉浸到对未来的向往以及算计怎样才能花最少的钱解决住宿的问题。很明显这是一个无聊的话题，但是在一对青年恋人（没钱但是恩爱的夫妇）的眼里，这与令人兴奋的爱情相比，更令人着迷。尽管我们热情高涨，但是我也有疑惑，是月亮在幽暗的水面上投下的金光有诗意，还是房主让我们按时缴纳房钱更实际呢？而我也必须承认这两样都是虚的，没有一点实际意义。

第十七章

最终，我们决定找间旅店。我们找的那间旅店正对着一个长方形的广场，而背对这个广场的都是些高档旅馆，东边那个教堂占了一半的广场。教堂的钟声刚响过十二声，而覆盖在塔顶的小瓦片就像泛着光的鳞片。

一盏灯发出暗淡的光把门旁照亮了，但是楼梯的地方依旧很暗。有个大耳朵、满脸粉刺的招待员正怒气冲冲地望着我们，仿佛期待着我们拿出小费，又像是瞧我们带没带旅行箱，肯定后面的那一项没有后，他眨着一双小眼睛，抓了抓一头红发，非常粗鲁地说："两间房吗？它们要连在一块吗？好，不过我也说不定……"

"那就定下来吧，就算不在同一层楼也不要紧，但是要快一些，这里可不只你们一家旅店。"我也怒气冲冲地说，竭力按捺住自己要去揪他耳朵的想法。他的粗鲁把明娜吓得脸上升起一团红晕，而且有些害怕的样子。

有个女人，出现在伦勃朗风格中的光芒里，就在那楼梯的第二个平台上，俯身伸出脑袋来。她对那个招待员喊出一串数字，那个招待员立刻熟练地做出优雅的邀请手势，于是我们踏上那铺有褐色旧踩垫的楼梯。我们以及他手里的蜡烛都被他交给了那个女人。他没有感觉到，正有大块的蜡油滴落在他红灰色的燕尾服肩头，仍然小声说着我们订的房间号码。我们嘱咐他一定要在第二天清晨喊我们赶在第一趟火车前起床，随后，就按照他的指示到楼上去了。

我们两间房是紧靠着而且是相通的，尽管我之前提过要两间不在同一层楼的房间，但是我必须承认，因为我和明娜突然就在彼此的隔壁，所以感到高兴。不知道是不是巧合，我们脱下鞋子，竟然是同时放到幽暗的走廊上的，走廊深处只有一盏灯，离我们比较远。我们偷偷走到中间，彼此给对方一个深长的吻告以晚安。

回到房间，我脱外套、马甲时，突然想起来，房门钥匙还在她的门上挂着呢。这让我立即进入兴奋而紧张的状态里，不过想到刚才那个服务员令人厌恶的眼神，我又特别恼火。不过接着我便记起了当时明娜羞红的脸，很明显她是故作平静的，想控制自己惊恐的内心，这样的情景让我高兴不已。我一时心猿意马起来，手臂上还挂着马甲，眼睛总是看着那个有着特别意义的锁孔。钥匙旋转了吗？我轻手轻脚地来到门旁，两只手搭在门把手上，不过没敢打开它，因为担心吓到她。

我不得不返回来，接着脱衣服睡觉。我总是禁不住悄悄地偷瞄门上的锁孔，就像两天前的夜里偷瞧她写的信那样。尽管当时我没有看她的信，但是后来我得到了看的资格，这算是我最好的奖励，与此同时也使我的道德心得以加强。"只要我有足够的耐心，总有一天这些阻碍会消失的。而且到时候，我们也不再因为什么事情责备对方了。"

就在我把灯关闭躺到床上打算入睡的时候，被一阵柔和的敲击声吓了一跳。我正打算坐起来，却突然察觉出来，这声音是由床头传来的，我才记起来这面墙隔在我们两张床的中间。我马上又敲响墙壁回应了她，接着她便以更温柔而且更坚定的叩击声回应我，我听出来那是手掌与指关节击打墙壁的声音。如同电报发出的节奏、韵律那样，敲击声继续交流彼此的感情。这是没有语言的对话，但是清楚地传递着我们因分开的亲密、期望，还有我们的渴求。

　　我很清楚，没有修女在墙壁两边监视我们，而且墙壁两边的人有着相同的心情、感觉以及想法，虽然这对于她来说，并没有太多的吸引力，也没有那么激动。这时竟然把我们拉得更近。我激动的原因是，我明白自己可以大胆去爱了，而我此时被幸福包围着，沉醉在被别人期待与分享的感觉里。

　　我看见明娜早就在旅店的小起居室内等我了。我们就像新婚夫妇一般在茶几边坐着，她提起那个陈旧的咖啡壶把咖啡倒进碗内，而那碗上正是标志着蜜月的蜜蜂。屋内比较暗，窗子上的雾气仿佛挂着的窗帘。由于不经常这么早起床，因此我有些烦躁，而且头脑有点不清楚。

　　我们离开旅店的时候，教堂的轮廓还不明朗，就是广场另一侧的房屋也是模糊不清的。路面湿滑，几乎害得明娜摔了跤，幸好她抓到了我的胳膊。有两位清洁工正在乳白的晨曦里蠢笨地行走着。理发店的招牌如同天上飘浮着的月亮一般，下面就是玻璃门，只听"哐"的一声，有人把门踢开了。从拐角那边的杂货铺内传出一阵阵的香气，偶尔迎面扑来。

　　我们抵达码头的时候，汽船正好要离岸。

　　汽船才离开栈桥，浓雾就淹没了整个河岸，让我感觉就像身处大海里一样。只看到那细弱的浪花仿佛鱼鳞那样发着光向我们这边涌来，浓雾就像蒸汽一样覆盖着整个河面。甲板上都是烟囱里蹿出来的黑烟。汽船不断地发出"呜呜"的鸣叫声，有时是悠长的嘶鸣，有时是短短的尖啸或者沉闷的叹息声。其间少不了别的汽船发出的汽笛声随之唱和着，然后便紧贴着我们的船滑过去。

明娜走到我身旁，把手搭在我的肩上。

"可别撞上才好。"

"肯定不会的！"我对她做了保证。

但是我心中暗想到：这艘小汽船会不会翻啊？易北河里经常淹死人，就像在大西洋里那样。

对这种危险的恐惧要比我们对将来的憧憬更接近我们。同时还是这造成我们恐怖的浓雾又以阵阵刺骨的冷气赶走了我们的恐惧。这时我们对感冒和咳嗽的担心吞噬了浪漫的气息，就连同舟共济的想法也一起被吞噬掉了。

这趟旅行如同浓雾一样杂乱，所以船轻轻触碰河岸之后便靠岸了，我们仍旧沉浸在迷茫中，还想是不是又返回尚导了。我们在月台上等着要去德累斯顿的那趟火车，这时已经鸣笛慢慢驶进站台，我们还以为这是一趟去博登巴赫的火车。

但是，很快我们就发现了这趟车就是去德累斯顿的。幸好我们给了不少的小费，才有了二等车厢的座位。灰色的树枝以及灌木丛的身影从迷雾覆盖的玻璃窗外飞速倒退着，接着一颗颗的水珠滑落下来。

火车摇晃得非常厉害，我们总是互相碰撞着肩膀。我握住了明娜的手，但是她没有任何反应，只是偶尔说一句话。我原本想把她拉近点，让她紧挨着我，但是她总躲着我，她用手羞涩地指了指窗子，列车员的影子映在上面呢。

列车员查完票之后，我就转身把窗子关上了，正为没人再打搅我们而开心的时候，明娜突然站起身。谁知火车猛地一晃，我摔在了软软的车座上，而明娜趴在了我的脚边。我边笑边打算把她扶起来，但看到她脸上露出的害怕而悲伤的神情，手停在了半空中。

"我想对你说一件事，哈罗德！不过你一定不能生气……不，你无须做什么保证，可能你会控制不住怒火。"

"你在说什么呢，明娜？亲爱的，快站起来！"

"不要，不要，你一定要先听我说完。我昨天做了一件错事……我把他们骗了，也把你骗了。"

"你说的都是什么啊？这是什么时候的事情啊？"

"你不明白吗？难道你没猜出来？"

"我发誓，我没猜到。"

"你再仔细想想！"她接着说，一副悲痛的神情，"你一定没想到我有这么可恶……如果你知道了，肯定就会这么想的。"

"那到底是什么事呀？你什么都没说呀。"

"就在昨天夜里。都是因为我，才没有坐上渡船的。其实我是故意把小汽船离岸的时间朝后推迟了，我是假装……"

"就这些？"没等她说完，我就笑着问她。

"你这是笑我吗？你不如打我几下解气。和一个会撒谎而且这么骗你的女人结婚好吗？……你不认为这么做不应该吗？"

于是，我做了一番解释，但是她急忙接着说："因为这件事，赫兹先生还觉得他拖累了大家，还为把我们陷入困境而责备自己。我也没想过，没有得到你的允许就花了你的钱，而且如果你带的钱不够住宿，那会令你很难堪的。这都是我犯的错。最可恶的是，当你为这个错误感到幸运的时候，我竟然不敢坦白自己的错误，反而坚持自己的谎言。因此，我很讨厌自己。"

"那你为什么没有勇气坦言呢？"

"也许那个时候，我没有勇气做，但是如今我一定要说出来。虽然我原本下决心一直保留这个秘密，或许很长时间之后……哦，也是你无法明白！但是我们两个人在一起的时候，真的很开心，是吧？因为那个时候，我们的确没机会单独聊天，但是这要比站满人的汽船上或者烦闷的火车上都要好很多。我不喜欢拥挤的火车，你明白吧！还有就是……"忽然她把脸靠近我的膝头，小声说，"昨天晚上，我们那么亲密，是不是有些，有那么一些甜蜜啊？"

我对着她弯了弯腰。

"你叩击墙壁的时候。"

她吃惊地大呼一声："嘘！"又把一根手指竖在嘴唇上，惊奇而且有点恐惧地看了看我，但是突然她又露出生气的表情。

"但是你那么淡定地说两个房间在不同的楼层也不要紧。"

"亲爱的，那是因为接待员在面前啊。"

"对，对，我知道。"

突然，她跳起来急忙亲了我一下，我的脸好像被一个柔软的球打中了一样。

"你不会生气了吧？"

我把她拉到我的身旁坐下。

"生气？我向你发誓，明娜，我根本就没觉得这算什么。"

"但是你应该生气的，没错，你应该那么做。"

"哦，别胡说八道了！我现在明白那不是巧合，而是你的想法，我的心里特别甜蜜。"

"真没办法，你一定会把我宠坏的，我真不敢想后果会是怎样的！"

明娜一边说一边温柔地揽住我："你看，今天的天气多好，无论如何，今天我们肯定会很高兴的。"

窗外的白雾逐渐向四周散去，隐约可以看到果树的树梢、冷杉的树顶，还有那带着天窗的房顶外形，但是所有接近地面的东西仍旧看不清楚，仿佛是一幅刚刚成形的画框。

有团黑影覆盖在这些东西之上，可以瞧见百合岩的那块高台子了，它就像悬在空中的一座岛屿，浓雾就像沿着粗犷的岩石边流动的溪水，而岩石的裂痕也是暗紫色的狭长一条，所有的冷杉树顶直上云霄，淡蓝色的天空如同蛋白石一样。

"今天，我们要做什么？"我问明娜，"我们明天下午才去接赫兹夫妻，但是我想之前就能看到你。"

"对啊，我们必须抓紧时间，因为我们的阿兰胡埃斯的旅行很快就结束了。那你后天真的要离开吗？"

"哦，亲爱的，没错，我必须要走了！假期也要结束了，而我租的房间也已经被房东租给了其他人。"

"一个星期之后，我也自由了，就像小鸟那样可以到处飞了……我打算带这几个孩子去玩一玩。倘若你有时间，就到那个林间小路找我，从那里左拐就到了，那个地方你知道，就是学校院后。到时候我过去找你。"

火车一声长笛后停住了，原来已经到达莱森了。

我们从渡口走出来，眼前的迷雾就像蛛丝那样弥散着，太阳光把潮湿的草地照得发光。

第十九章

不用想，我提前赶到约定好的地方等着明娜。

这是我头一次和女孩子约会。我也弄不清楚，现在我的愉悦感是不是要比以前的幻想更强烈，就在四个星期之前，我曾经在这里的小路上走来走去，想偶遇明娜，但是全都无功而返。如今，我觉得就算是那些日子，空气中也弥漫着阳光的快乐，我能体会到林荫小路带给我的舒适，森林中到处是花香，鸟儿欢快的鸣叫，轻柔的微风吹过直耸云霄的树顶，伴随着树叶的沙沙声。而如今，一样的风景，光线依旧，夏天的味道仍在，往日的情意更加浓厚了，这使我激动得如醉如痴！我把帽子朝天空扔去，让它把我对天空的敬意带去，但是它连松树矮小的枝头都没有碰触到。我对那只站在枝头鸣叫的知更鸟放纵地喊道："嘿！小家伙，你也在等心爱的人吗？我要等我的爱人，我的挚爱，可爱的小明娜！"

然后，我朝周围察看了一圈儿，担心有人看见了我刚才愚蠢的行为。就在这时，明娜领着几个孩子出现在拐角处，我竭力平复着激动心情，急忙跑上去迎接她。

"我有朋友陪伴哟，"明娜对我说，又急忙说，"你要叫我雅格曼小姐，倘若你想说些她们不该听到的话，就用你的母语给我说，我听得懂。"

"小孩子的耳朵灵着呢。"我说。

明娜明白了我的意思，笑着指向前面那个大一些的孩子说，因为她从小就有招风耳，而且这会儿在阳光的照耀下发亮变红。

明娜不仅高兴而且浑身充满了活力！虽然她看上去要比实际年纪大，但是这时她就像一个孩子，我不由自主地告诉自己："这就是那个像女人一样爱着我的，但是曾经又是很不幸被别人爱过的姑娘吗？"她头上那顶田园帽是用黑稻草编织成的，像一个网兜一样。我曾经在"索菲行宫"见过它，有着实用价值，它为她的整张脸挡住了所有的阳光。森林把一抹绿光投影到帽檐下面平静的影子上，她深邃而明媚的双眼看着周围的花草树木，还有我。她穿着轻盈的裙子，那有着蓝白相间的花色条纹，狭长的褶皱直到腰间，由一条淡蓝色丝带系着，这不是她平常系的那种腰带。

没过几分钟，我已经用丹麦语讲了好多无关紧要的事情，但是明娜的预言成了现实，我非常兴奋而且毫不犹豫地喊道："明娜，这条裙子和你太般配了，穿在你身上实在太漂亮了！"我早就习惯了用德语倾诉我的感情，这个穿着合适的语言外套的小丘比特飞出了我的嘴巴。明娜用力拧了我的手臂一下，才让我意识到问题的严重性。这时，那边的孩子斜过来身子仔细听我们说话。

明娜用牙齿咬着嘴唇。与此同时，那个小一些的孩子转身抱着洋娃娃朝她走来。

"雅格曼小姐，我们可以去那边的树荫下吗？要不然卡洛琳的脸上就要长出雀斑了。"

我们正为有机会大声笑出来感到高兴，但是那个小姑娘以为我们是在笑她，因此表现出一副受了委屈的样子。

"那我就告诉你的妈妈，这都是因为你才发生的，到时候妈妈会把花露水喷到卡洛琳身上。"

"嘿，明娜表妹！"突然身后有个声音传来，"天气真好！嘿，芬——芬格尔先生！"来人是校长。他身穿衬衫，脱下来的外套搭在肩膀上，手杖也扛在肩上。他来到我们身边，明娜和他打招呼时有些不自然。

"哦，你好，斯托奇先生。"我喊起来，就像是掉进他挖的陷阱里一样。

"是我。"他说话的时候，还给我递了个眼色，好像说：你看见了吧，这个小家庭教师很漂亮吧，就是我的表妹明娜！我说得没错吧？

"天气很好，就是有些闷热，呼——（他吹出一口气）！今天可是假期的最后一天了。"他感叹了一声。

"你要到哪儿去？"

"我打算到海恩斯坦，你要和我一块儿去吗？"

"谢谢你的邀请，我改天再去吧。"

"芬格尔先生，你不用为了我……"明娜说。

"哦！你们在约会呢，该怎么样就怎么样吧。如果我是你，也不会去的，'无须朝远处瞧，最美的就在自己的身边'。还好记得些名人名言。只要有一个人能咏诵歌德的诗，能喝慕尼黑的啤酒，能抽上阿尔斯塔德·泽吉尔的烟草，能翻越群山，还有……我没勇气在明娜表妹的跟前说的，只要守住波兰，就算每天要用六个时辰把知识塞进那些蠢笨的青年的脑子里，或者用那时尚的话说，投身于伟大的教育事业，又算什么呀。哦，再见！"

他又轻哼着曲子，没一会儿就消失在远处了。

晚上高兴地玩，

白天高兴地玩，

一生高兴地玩……

"这个人真有意思！"那个小不点儿说，"他喊你表妹呢！"

"面包房的缇卡告诉我，他经常打她们的脸，"稍大的那个孩子过来说道，"多好的表哥呀！不过他的衬衫太脏了！"

"妈妈告诉我们，那是'内衣'。"

"苏菲，那说的不是一个意思的！"

明娜有点不高兴地向远处那个穿着衬衫的人瞥了一眼，带着怒气说："你们不可以对我尊敬的表哥这么不礼貌。"

我把我们相识的经过告诉了她，还有和他在一起做过的事情，另外就是我想怎样做才有收获。

"这么说，那个时候你就打听过我了，"她一边说一边拨弄着自己的手指，开心地笑着，"倘若我早知道是这么回事的话……"

"你想干什么？"

明娜又笑了起来，她把太阳伞收起来，抬起它指向那条林荫小路，在炎热的天气中，它散发着一股凉气。

"我们去那里吧，要不然，卡洛琳真会长雀斑了，那样我们看上去也和游客一样。"

路面是茂盛的杂草，草叶狭长，看不到任何车痕。密密麻麻的是绿色的小星星形状的植物覆盖在沟渠上，植物上闪着晶莹的露珠，这片棕色的苔藓草地周围是各种不同的蕨类。

"瞧，太好看了！"明娜惊讶地喊起来，指着那棵叶子状似柳叶刀的单茎蕨类。这些蕨类植物一般不会超过九英寸，但是这里的植被竟然高达一英尺。"我想把一两棵带回去栽着。我家里已经有几棵蕨类植物了。这一种也很好看。"

她摘下丝绸的手套，蹲下身子。与此同时，我也跳到了水沟对面。

"倘若我们可以把它们整棵挖出来那就太好了！你带刀了吗？"

"没带，不过我们家乡有句俗语：'五指赛过船钩。'"她甩了甩散落的头发，笑了笑，然后我们便刨起土来。终于，我们把那棵蕨类植物刨出地面，就在我跳过水沟的时候，没注意把一只脚弄湿了。明娜谨慎地把它的根部包括土一起包在手帕里。我们彼此看着对方满是泥土的手，接着一起笑了起来。笑够之后，便向那两个小姑娘追去。我们已经看不到她们的身影了，她们已经开始在喊我们了。

冷杉幽暗的树梢上面，蓝色的天空泛着红晕。太阳的光束就像一把把长矛闪着金光，斜斜地刺进灰树桩之间的幽暗的影子里，巨大的蕨类植物发出幽幽的银光，正如大鸟张开庞大的翅膀一样；黄澄澄的虎耳草闪着明亮的黄光，散射在树与树之间的岩石边沿上，仿佛一座长满蕨类植物的花园，而小山毛榉长到了微倾而平滑的房顶上。冷杉清香的味道与新生菌类的鲜嫩气味弥漫到空气中。

现在我已经忘记那个时候我们又聊了些什么，但是就算聊天的内容吸引人，也是浪费，因为明娜的眼睛一眨不眨地看着我，而且还带着那种奇怪而不屑一顾的笑意，我想一定是什么有趣的事情，她越来越忍不住笑了，仿佛四射的阳光。

“有什么可笑的？”我有些不好意思，于是问她，“我说错了？”

“你说什么？”

“哦，我的意思是……”

“我不懂，没听到任何话。我根本不明白你说了什么，而且我不会介意的。”她急忙说，“不过，你可以接着说。我只听你说话的声音，就只听声音。我没有心思听你说的内容，我是想观察你的嘴唇是怎么动的，外形是什么样的。哈罗德，你不知道，你的嘴唇外形很漂亮，你说话的嘴巴非常有趣。你说话的时候，下嘴唇就这么停一下然后朝上噘起。不过，这么做显得你的酒窝特别深，而且鼻子也跟着做出漂亮的曲线，这太好了，宛如席勒的鼻子一样。你和席勒都是理想家。亲爱的，没错，就是那样。”

她急忙朝前看了一下，发现孩子没在面前，接着她一下子亲了我的脸一口。

“明娜，你说的是真的？”

听到她的赞赏，我高兴极了。有生以来，我头一次为了自己的身躯感到骄傲。从前，我经常听别人提到的是“鹰钩鼻子”，我的下巴也朝外伸出来，但是我觉得仅仅是一点点罢了。但是如今，这个美丽的姑娘却非常欣赏我的这副模样，也就是这种特别的地方，如同童话一样美丽。我觉得自己轻飘飘地已经到了天空，谁知道我的行为有多蠢，如果不是孩子们跑来对我们说，她们发现了很多好看的成熟了的山莓，我仍旧在天上飘着呢。

长满青苔的台阶上覆盖了许多矮小的灌木，树林也变得稀稀疏疏的。我们走的那条路也成了狭窄的小路，我们停在了路边岩石的影子下，小姑娘们都在灌木丛中来回爬着。明娜把头上的帽子摘下来，仰头看着高空，突然，她笑了起来。

"有什么好笑的？"

她用一只胳膊撑住地面，半蹲着身子，说："哈罗德，你知道，茨温格宫里有些农牧神的小人像，它们的腿都是山羊腿，很肥。你说，它们会有小尾巴吗？"

"什么？"

"我刚才想着，如果这些小东西可以动，多有意思啊！它们可以跳到我的腿上，我可以抚摩它们。"

"没错，我也想瞧瞧。你太有意思了！"

"我有意思？"她夸张地喊出"我"。

恰巧这时，有个东西在灌木丛里蹦来跳去。那个最小的孩子被吓得尖叫起来，接着有条温驯的猎犬钻了出来，它的嘴唇干巴巴的，那条长舌头伸到嘴巴外边来了。随后有个小胡子护林员，他扛着一杆猎枪出现在我们几步远的地方，谨慎地观察着我们。他的心中，一定没有人类的感情，因为他竟然瞪视着明娜。而明娜被他吓了一跳，原本要梳理头发、整理帽子的胳膊也放下来，紧握着裙子的上装衣角。这个人就像一个树林里的妖精！

"这里不是游客来的地方，你们为什么要到这里来？"他大声呵斥道。

"你千万别责怪我们，因为路口没有设立牌子说明'此地不准进入'。"

"你们就没发现这是条林业小路？……那么多路你们不选，偏偏走到这里来，真是不可思议。"

"路不就是让人走的吗？不让人走，也太不讲理了！"我也大声地吼起来。

"不行，就是不行，这里不可以走！"他被气得面色通红，向我回击道。

"我们真的不知道这里不可以进，否则也不可能走进来的，"明娜仍旧坚持温和地说，"但是我们也没做什么坏事啊。"

"这也不能算是你们的错，"他小声嘀咕着，终于控制住了自己的脾气，"在朝前几步远的地方，有很多大小不同的冷杉树苗，小孩子不懂这些，肯定没那么小心。我想你们也是这样的，因为你们心不在焉。"他为自己的解释生起气来，然后他继续说道，"那你们现在可以离开了。"

他吹了一声口哨唤走了猎狗，然后不屑地吐了口水，从另一条小道走向森林的深处，还时不时地转身瞧一瞧我们走了没有。

我们懊恼地转身朝回走去，这样的心情，不管有没有道理，不管是谁遇到这种情形都是免不了的。

"那是赶我们走的老人潘，可不是你想的农牧神。"

明娜学他的声音，嘶哑着嗓子，生气地说："就是头狗熊！"

孩子们被她的样子逗笑了。

"不过，我觉得虽然没挂牌子，但是他还是没错的，"她说，"倘若我是个护林员，我也不喜欢有人在森林里跑来跑去。但是你应该比我更理解才对，你可是一位护林员的儿子。哈罗德，你的父亲也是这么认真吗？"

"我的父亲是一个皇家护林员，但是他只是一个鲁莽的管理员。"

"贵族！"

"不过，你可不像那些民主人士随便议论森林里到处乱跑的人。"

"那是完全不同的。"

"不，只是。"

我们剩下的路上都在小声争执着这个问题。后来，我们还与孩子们一起玩起了捉迷藏。我回到家的时候，不但感到特别热，而且有些喘粗气，真是太好玩了。

第二十章

　　第二天，赫兹夫人早已铺好了凉亭里的桌布，而赫兹先生坐在那里正看着报纸，我和明娜挽着手一起来了，很远他们就发现了我们的关系。

　　就好像明娜是他们的女儿，而我是位百万富翁，收到了他们真诚的祝福。在这间小凉亭里，我们陶醉在旅馆送过来的莱茵河谷的葡萄酒中。夕阳的余晖悄悄透过枝叶，在棕绿色的窗玻璃上照射着金色的光芒。赫兹先生讲了很多与《浮士德》手稿相关的有趣事情，他一点也不怀疑手稿会不会是假的。不过，手稿和成稿相差并没有他想的那么多，甚至可以说不值一提。然后，我们就继续议论发现的这部分手稿要不要出版，或者按作者本人说的那样，这是一篇还没有结尾的名人诗稿等这类问题。赫兹先生说了很多很好的创新想法，来反驳那些崇尚修改版而反对运用手稿的那些人，但是那些手稿倾注了对人性的关切，这对那些艺术性的心理学来讲都是有着特殊意义的。

只不过他的语速很慢，而且没有平日里那么有力，还总是不断地咳嗽，这让赫兹夫人非常担心。易北河岸边，薄雾就和有名的莱茵雾一样，只是它仍旧联系着莫尔道峡谷。布拉格小镇虽然是狭窄的地方，迷雾也已经覆盖很久了，整个镇子沉浸在潮湿的迷雾中。另外，赫兹夫妻俩连续在阁楼上待了好几个时辰，根本受不了如此湿冷的迷雾带来的气流。

任何人都没有想到最好的方法是把这个盒子里特别的东西放到更适宜居住的房间里，另外，赫兹先生还担心那些书柜以及装着特别东西的箱子，他一件接一件地翻找着这些箱子、书柜：有阿玛利亚公爵夫人与卡尔·奥古斯特的来往信件，数本赫尔德与维兰德的原创书稿，还有那些附加的剧目与献词等。有的是他自己掏钱买的。太阳落山前，我们回到房间，他就兴奋地拿给我们看。这会儿他的咳嗽声也轻了不少，已经不会妨碍他高兴地解说了，也无须考虑他是不是花了太多的钱收集这些宝贝东西的。

我们比平时提前离开了，回去的路上，明娜满脸的担心："赫兹先生身体越来越差，这里的寒气太重了，他可能受不了。"

"对，但是我们也不要总担心。"

"哈罗德，我是改变不了自己的了！可能我会把你也一起带进忧伤里。我经常在半路上就想些不着边际的东西，但是这些想法又都不能解决问题。你瞧，我又陷入了那位慈祥的老人已经离开人世的悲伤里了。"

"实际上，无论是我的好友伊曼努尔或者他的夫人，都可以说是一次痛苦的折磨。这么亲密的父子关系，也是世间少有的。这使我记起了古时候的父母们。"

"对啊！我对此也是颇有感触，因为我们家里从来没有过这种现象。"

"难道你觉得伊曼努尔不好吗？这是一个很好的人。"

"对啊，的确很好。"

让我吃惊的是之前她从未这么详细地说过赫兹先生的儿子，更吃惊的是小赫兹先生也从来没有对我提到过明娜。以前去他家里的时候，我也从没遇到过明娜。也许那几天正好她没有去，或者她去的时间总是在固定时刻里。实际上，我和小赫兹先生之间越来越熟络，也是在年底，他打算到莱比锡之前的时候。

我挺喜欢和明娜接着聊小赫兹先生的，但是她却转移了话题。

"对了，你要到镇上的时候，可以给我的母亲打电话，我给她写过信，提到过你。你千万别用苛刻的眼光去要求她啊。"

"哦，亲爱的，你怎么会有这种想法呢？"

"对啊！我也不希望你有过高的期待。但是她也有优点，她向来不会刻意去伤害他人的，而且她非常爱我，是真的。"

"有这么多优点，而对我来讲，你说的最后那一点就已经够了。"

"哈罗德，你不知道，有一点让我非常满意。"

"什么？"

"先别着急高兴，我没多少优点，而且还有些自私。你不知道，其实你现在没有父母，我很开心。"

"啊？这又是为什么？如果他们在的话，肯定也和我一样喜欢你的。"

"不会，不会。"她的语气里充满了恐惧。

"那倘若他们还在的话，又会怎么样呢？他们一定会选一个和我一点都不一样的儿媳妇，他们那么做也是对的。但是只有你才能对我有要求，倘若你可以像我这样满意我自己，那就好了。"

"哦，亲爱的妻子！你怎么又哭了？"说着，我的嘴唇吻上她脸上的眼泪。

"不要紧！可是听着很幸福，再叫一次！"

"我的爱妻！"

在小村庄里，我们来来回回已经走了好几遍了。现在已经是深夜了。

峡谷两边散布的窗子里发出点点星光，给这里增添了朦胧的亲切感。隐约可见的岩石与高空闪耀的星光，散发着永无止境的热情，偶尔能够看见天空中划过一颗流星。除了石涧里溪水流动的声音，就只剩我们两个人的脚步声了。河岸上的柳树偶尔会晃动一下，就像庞大的野兽摇晃着身体。

我们已经是第三次走近泽德利兹的别墅了，窗内的亮光吸引着我们，于是我们放慢了步伐。

"你在感叹什么？"明娜问道，我们终于不情愿地停住了步子。

"我有种感觉，可以算是无法控制的预感。我觉得就要离开这里了，心情非常低落，也很伤心。我觉得我是在担心什么事情。"

"在这里，我们的确很开心。但是我们要回自己的都市去，我总是希望能和你一起在那里散步。"

"那是当然。我们之间的爱就像是在这里成长起来的植物，现在只能进行移植了。"

明娜平静而睿智地笑了一下。

"也不能那么说，我们就是搬了个家而已。因为这是在心里扎根的植物，其他地方是没有的。"

我们久久地抱在了一起。然后她便离开了，在黑黝黝的夜空下消失在碎石小路上，她脚下的细枝嫩叶发出一阵"噼啪"的声音。此时，所有的一切全都静止了。

　　她那清脆的声音在夜空里传过来："亲爱的，晚安！"声音就像在我的耳朵边响起。

　　"我的小精灵，晚安！"

　　声音再次从更远的地方传来。

　　"晚安！"

第二十一章

第二天下午五点，我已经到了德累斯顿。我存放好行李，去了那家我经常去的饭馆吃了饭，然后我马上想起来要去看望那未来的丈母娘。既不是一种礼节，更不是想知道什么事情，只是觉得这么做就像我和明娜在间接接触一样。

雅格曼夫人居住的那间"热拉咖息"并不远。周围邻居的房屋都是一样的。走进打开的正门，就到了那条粉刷雪白的拱状连廊，这里直通花园，其间有个已经磨损的螺旋状的石梯子，可以直接走上楼。我站在楼梯第一块平台的窗子前，看向窗外，房内的布置已经使我感到一股熟悉的喜悦，窗外的景色也使我觉得似曾相识。以至于令我想到了曾经住过的那些地方，想到了住过的朋友家。总而言之，这样的家庭在德累斯顿非常普遍。

庭院只有一面没有和其他人家连在一起，而其他人家也和周围的邻居一样三面相连。这便像在一个大庭院的广场一样，而四周是不高的两层楼房。德累斯顿特有的布局，可以使各个位置的人们都能得到阳光和空气，就算是陈旧而窄小的地方也能做到。夕阳余晖照耀在各种花草树木上，此时的草坪与人行道静静地躺在枯燥的树荫下。邻居家的几个小男孩正在院子里追逐玩耍；另一个院子里，几个小女孩也在嬉闹；有个地方，晚风中，不知谁家晾晒的衣服飘动着；好看的樱桃树与刺槐的树冠差不多挡住了整个院子，还有接骨木，那是克莱斯特时期恋爱的象征，但现在的人们已经不会想到接骨木与恋爱有什么关系了。这时正是八月底，因此接骨木并没开花。

有张雅格曼教授的旧名片挂在一楼的那张画框里。我按了好多次门铃，都没有人回应。我不会走的，因为在这里，这座房子是我找到的唯一能和明娜有关系的物件。我走出院子，坐到了凉亭里。

周围一片寂静，就像置身广阔的野外，只有路上的马车发出的声音总在告诉我，目前我在城镇里。那个院子里不停地传来小姑娘们唱歌的声音：

围着桑树绕啊绕，
沿着桑树绕啊绕，
围着桑树绕啊绕，
瞧，我起得有多早。

这有趣的嬉闹不仅使我想象到十年之前发生在这里的事情。

其中就有一个是明娜，穿过灌木丛，可以看到她身穿粉裙子转来转去，就像陀螺一样。由于她父亲的原因，她只敢去朋友家里找伙伴们玩。但是有一次她玩耍的时候，差一点被她的父亲逮到。接着我又想象着她从哪家的院子逃跑的。我的身后就是隔断道路的木板；左边那道栏杆后面，是山楂树围成的篱笆，看上去是新种的；而与我相对的是稍微高一些的栏杆，墙根的地方偏高，是为了方便盘上树篱的。进门的时候，很难发现这个地方。我认真观察着周围的一切，正如一个史学家认真勘察法尔萨莉亚的地势那样，就是为了对恺撒的战略计划做进一步了解。我特意查看了周围的房屋和窗子，明娜说过她朋友的爱人以及他的伙伴曾经在窗子旁边和她们问候过，那可是第一个喜欢明娜的男孩子。

最后，我被那棵年岁久远的接骨木迷住了。它在角落里站着，依靠在邻居的院子旁。树下是一条小长椅，这是由几块木板拼接成的，看上去非常陈旧。我走出凉亭，坐到了这条长椅上。倘若是一个犯困的老人想在午时的闷热中休息，坐在这里并不舒服，但是如果是一对恋人，就不会觉得有什么不好了，反而非常合适。这代表浪漫的接骨木！现在不是花季，但是它曾经也开放过，是为了他开放的！曾经我那恐怖的妒忌心已经因为明娜带给了我无限的幸福，我的心也被它笼罩起来了。我要拥有整个的她，打算瞧一瞧她小时候的样子。有个画面浮现在我的脑海里：她和朋友告别，只是为了想见到我，把她那柔软的胳膊搭在我的脖颈处，拥抱我。如果是上辈子，这也是我的。但是如今，她少女的情怀都是别人的！她人生中最美丽的篇章属于另一个人，那个人却没有珍惜，只当是些装饰所用的珠宝。不过，我是最终的拥有者，他只是满足了那些没有实际意义的东西。我想到这里，心里释怀了很多，因为这些已经满足了我的自尊心。

我站起来，走上街道，天色越来越暗了。街道旁的院墙上伸出的那些枝叶，被淡灰色的光芒照得散发着玫瑰色的光彩，而另一旁的房舍间却是一片漆黑，窗子里透出金灿灿的灯光，楼下街道上的路灯发着亮光。我毫无目标地朝街角一处明亮的地方走去。

那里就是啤酒屋。

虽然天气闷热，但是有个又瘦又矮的老妇人仍旧身裹一条羊毛质地的披肩，颤颤巍巍地走进了啤酒屋。这使我想到了明娜的母亲。每到傍晚的时候，她就会到"苏尔卡茨"去喝酒。因为明娜告诉我这个地方的时候，我就记住了这里特别的标志，所以我清楚记得这个啤酒屋的位置。

我径直朝小镇中央走去，没多会儿就来到了施洛斯街，那里灯火辉煌，人山人海的。饭店里，有几位老人正坐在那里。我一看就知道这是不可能吸引很多游客的饭店，平常也只有些老主顾光顾。我走近他们的时候，有张桌子上放着一摞报纸与一个公文包，一个老人坐在那里正气愤地瞪着我，就像一条愤怒的狗盯着那个接近它骨头的人一样。那边有个穿着整洁、脸上刮得很干净的绅士正给那些落魄的人说着最近发生在皇家剧院的丑闻。

最里间的门开着，我弓身走进去，看见有个老妇人正在门前坐着，从对面那间大房间里陈旧的镜子中看见了她的影子。然后我又急忙退了出来，我不想让她看到我。出来后，我便坐在了那个读报的人身旁，我的举动又吓了他一跳。虽然没有得到他的允许，我便拿起旁边的报纸假装看起来，他也只能气愤地嘟囔着。然后，服务员把一杯啤酒放在了我的跟前。

我不敢相信里间那个老妇人会是我的未来岳母。听明娜说过，她们母女俩长得很像，但是我没有发现她们有哪些地方相似。她的额头很低，但是很突兀，她的眼眶很浅，嘴唇太过单薄，就像她苍白的脸一样没有一点美。看上去好像在水中泡肿了的东西。这个样子，我想从前即使再相似，现在也看不出来了。

我把服务员喊来，结账的时候，顺便问他这里有没有一位叫雅格曼夫人的常客。他说："小屋里那个就是。"然后我便站起来急忙朝她走去。她在角落里坐着，生硬地换了个姿势。我走上前问候了她，她好像很害怕，正如一个坐在候车室里的人，旁边突然出现了一个不认识的人。

我告诉她我是谁，以及我和明娜的关系。我猜她肯定在信里都知道了。

"噢，没错，明娜写的信里说起过你，是个好孩子，噢，天啊！……很高兴见到你……你过来了，腾格尔先生……"

"我是芬格尔。"

"哦！是的，是芬格尔先生，请别见怪。我看着信中的大写字母有些像，我的眼神有些差，明娜又没写清楚……你说对吧？我的丈夫写字清晰，而且他还会拉丁语，教授写作。哦，他是一个有文化的人……明娜也和他一样，受到了良好的教育，和那个时候的我们不一样，但是现在的青年人……你坐下吧，快坐。"

我把一张椅子拉到桌前坐下，她想给我叫杯啤酒，我便抢先让服务员送来几杯。

"你太客气了。要不是想陪你喝，我一点也不想喝，就给我来一小杯吧。我猜你一定很喜欢喝酒。青年人嘛！我的先生也是非常喜欢喝酒……当学生的时候就很喜欢。你在你们国家也喝不少酒吧？"

我想在喝酒的时候，重新说一个有意义的话题，但是失败了。她有时两眼无神地看着我，也不讲话，只是嘀咕"哦，天啊，对"。然后她便像德国的谚语说的那样"胡说八道"起来。很明显，她这不是因为聊得高兴，而是因为内心的不安，特别是不想讲起我和明娜的事情。我觉得她对我们的关系有些怀疑，她可能觉得明娜和她一样，年轻的时候对感情很不认真。有时候，她觉得我没有认真听，然后就充满审视地瞧着我，好像在说，"明娜怎么找了这么一个人啊"。倘若我忽然看向她，她就急忙把酒杯举到嘴唇边，杯子中的啤酒便洒在了她那条染了色的黑披肩上。

走出啤酒屋的时候，我想把她送回家，但是她坚持不让我送。实在拗不过我了，她就对我说她还想去其他地方买别的东西。她在幽暗的街角处消失了，而我还没把自己的打算告诉她呢。对她来讲，我要第二天去看她可能算是一种恐吓吧。

第二天，我直接从学校去了她的住处。

我按门铃的时候，看到楼梯相对的那扇窗子开着，又脏又小的窗帘被撩开一个角，窗帘后面有双眼睛朝这边看来，然后窗帘又被放下。过了一会儿，一阵缓慢的脚步声传来，然后雅格曼夫人便把门打开了，她用不安的眼神看着我，就算我是一个来要税的，估计也就是这个待遇了。我正想问她害怕什么，却又想到了自己便是始作俑者。她可能不记得我会来拜访，或者她只是认为当时我是一番客气而已。她仍旧裹着那条我看到过的黑披肩，好像她是想遮住那件没有袖子的衣衫。她的裙子和衬裙差别不大。她一边表示歉意，一边带我来到客厅里，接着就有半个小时不见了。"可能她给我去倒咖啡了"。

屋子虽然小，因为正对着我提过的那个院子，所以光线充足，给人感觉很明亮欢快，而且，房内的摆设很简单，并且已经有些破损了，看上去整个房间很凌乱。灰尘覆盖着那架立式的钢琴琴盖，有一摞乐谱放在上面，乐谱上放着一个盘子盛着剩下的一半鲱鱼。

不用想，我就知道它怎么会在那里的，很快我就察觉雅格曼夫人从来没有住过这间房，而整天都在厨房待着——吃饭，睡觉，看《德累斯顿新闻》。有个书架立在角落里，上面都是绿色封面的书，我马上就想到了那就是明娜的宝贝，是那个姑婆送给她的，如果明娜丢掉或者卖掉它们，那个姑婆就算变成鬼也要和她没完的。有扇门在一堵墙上，绿毯挂在门上，门旁就是沙发。有幅油画挂在绿毯上，画上是河岸边、沙丘旁的一些渔村美景。画上还有一些姑娘正在编织渔网，与此同时还在和一个来自城市的纨绔子弟嬉戏。最特别的是，画中的那个男子拿着画箱，和斯蒂芬森很像。她们笑着以及他朝上弯的食指说明了这幅画有着特别的含义。画中人物采用的是老式的画法，而且有些俗气，不过也不是没有新鲜点的，像描画的鲜活以及刻画出来的沙滩、阳光，小屋子也因为这幅画变得明丽光艳了，这和房内简朴的摆设对比鲜明。任何人也想不到这幅画是谁创作的。但是对我这个已经知道的人来说，这些又使我想起了那些不愿想起的事情。他肯定很看重他们的友情，因为这么久以后，他还愿意把一幅作品送给她。不过，他竟然把一幅暗示他与青年少女嬉戏的画送给她，实在是轻浮又失礼！明娜看到这幅画，会有什么感想呢？她是那么深爱着这个丹麦艺术家，而且总是沉浸在海涅创作的诗歌里！《美丽的磨坊少女》与《渔家姑娘》不停地对她高声歌唱，把她对丹麦的向往唤起，这又引发了永恒的妒忌。他的自负与狂妄使他竟然把自己名字的首字母缩写刻到了石头上，他又要把那双从来没有走过泥水的皮靴踏在这块石头上。

除了这一幅，还有两幅画也是同一个人的作品。它们分别挂在书桌和窗子的中间，一上一下地排列着：上面的那幅是明娜的画像，仔细一看还是彩蜡做的；下面那是一幅画着中年男子的铅笔画，他有着高高的额头，直挺的鼻子，紧闭的双唇，眉毛比较突出，一双深邃的眼睛——这副面容让人看起来痛苦而难过。他的头发不多，长着络腮胡子，但是挡不住他那个洁净的下颌。他的下颌与前额和明娜非常像，小巧的嘴唇也非常相像。不过明娜的鼻子显得要宽一些，短一些。这是一幅非常逼真的画，像是一个受过培训的专业人士画的。

不管怎么样，我都不会喜欢明娜的那幅彩蜡像，因为那幅肖像只画到她的肩头，是一幅半身像。画像中的她身穿黑裙子，浑身没有任何亮丽的色彩，这使原本就画得太苍白的脸颊变得更惨白了，整个就像在蓝雾里飘浮着一样，人们可能会觉得那是一个正在抽烟的姑娘沉醉在缭绕的烟雾中，唯一不能确定的是那股烟雾并非从她那紧闭着的、惨白的双唇间吐出的，而是来自她那朦胧而无神的双眼，这种艺术实在独特。这是很久以前的画法，如今这种烟雾似的画法竟然再次成为一种潮流。难道这就是他给心爱的人画的肖像？到底哪里体现出了爱意？就算是最细小的地方也应当保存着那种担心丢失的忧愁。这种写实主义的爱，也只能盛得下理想主义的爱，这又并不是要埋没性格，而是要把爱在最明亮、最真实的光圈里显现出来。可是这幅画缺少的正是这些。画的所有的一切都很拙劣，仅仅凸显出了那隐约可见的时尚，显摆出一种名为"意图"的艺术，而并没有刻画出人性的特点。我越瞧越觉得这个人实在可恶，令人气愤。他竟敢用这种形式描绘明娜，还是用剩余的配色勾画出来，明娜被他当成了"物品"，竟然全部难点都被避开了，实际上，一切都应该画得清清楚楚的。如果他来到这里，我一定要揪住他的领子，把他揪到这幅罪恶的作品前，用力摇着他，并且大声告诉他："你就是一个有着当代艺术的笨驴！瞧瞧，你这个玩弄调色板的家伙，你弄出的是鬼魅吗？难道这些在你眼中、心里算作最出色的画作吗？鬼也不会信的！"仿佛我能听到他说："你是谁，你又懂什么？起码我还可以给她画一幅画像，而且谁都能一眼看出来是她，每个人都会认为这是一个美丽的姑娘，只要是艺术家都能发现我的才能……先生，那交给你好了。干脆你拿着画布与颜料，把你那份写实的爱与迷失自我的个性画出来吧，我到底要看看你会画出什么精品佳作！但是无所谓，你不妨试一试，我敢说，这也不是什么好受的滋味。有个漂亮的姑娘坐在你的面前，你能够任意地瞧，她的脸会变红，那么你就得稍微把色彩调和。我提议可以把颜色调冷些……"我自己的想象使我的妒忌心越来越严重，倘若雅格曼夫人没有端着咖啡出来的话，我可能会把那幅画撕下来扔掉。

我站在那里，把她吓了一跳。然后她赶紧让我在那个沙发上坐下，并把萨克森咖啡放到那张破旧的桃木茶几上。她像完全换了一个人一样，身上穿着蓝色底白色斑纹的毛棉裙子，头上戴着顶装饰着紫色缎带的宽边帽子，穿着端庄得体。她坐在了对面的那把椅子边上。把嘴凑到杯子口上，轻轻地抿了一小口咖啡，一股香甜的味道传出来，而且越来越浓，没多会儿，我就发现有人在另一边覆着毯子的门后抽着那种寻常的烟草。雅格曼夫人好像明白了我的心思，然后就咳嗽起来：

"噢，天啊，没错……就是飘到这边的烟味。我们有个年轻的租客在这里住着，是个很好的人，不过他整日里都抽烟。你也喜欢抽烟吗？请别因为是我，就考虑完再回答。听别人讲，咖啡混着烟味非常好闻。你知道，我们经常把空出的房间租给客人，就是为了能支付公寓的费用，因为大家都已经过惯了舒服日子了……不过也会有些不方便的时候，比如现在，这样的烟味。不过也不全是些爱抽烟的客人，有的还不常在家里……有的从不抽烟，但是他们也有别的缺点。噢，芬格尔先生，世界上仍旧有不少坏人的！就像这位客人，他是什么都好，房租也是能全付上，虽然有时候要拖延一个月左右。但可恶的是，有人从不付房租。曾经我就碰见过很多这种人：他们毫无预兆地就搬走了，而且还许诺回来再付房钱……噢，天啊，那都是些坏人，芬格尔先生！"

我再次关注起那幅讨厌的肖像来，竟然脱口骂道："这就是个粗鲁的当代艺术笨蛋！"雅格曼夫人看到我注视着那幅画，于是马上称赞起它来。

"是的，你瞧，这是明娜的肖像画。就像照片那样，太好了。噢，天啊，多好啊！画得真不错！如今他们干得真好，芬格尔先生！看报上讲，美国都能拍出彩色的相片了。天啊，那些不幸的画家今后可怎么办呢？他们要做什么才好呢？有句谚语说：艺术的脚步不会停止，肯定会一浪压过一浪，某种艺术的消失便会有新的艺术诞生。没错，那是一个和你一样来自丹麦的画家画的，他曾经也在这里住过……他在这里住了六个月呢，是斯蒂芬森先生。"

她说话时，语速非常慢而且断断续续的。她一边说着话，一边有意用迟疑的眼神狡猾地瞧着我。

"你提到的这位丹麦画家，我听说过，而且还是明娜讲给我听的，她把所有的事情都告诉我了。"我对她说。

"嗯，是的，当然她不会对你有所隐瞒的！你们都来自丹麦，而且他还在艺术上有些造诣，你一定知道他的。"她迅速地说着，很明显，她是听懂了我话里的意思，才会偷偷乐的。不过没多会儿，她就意识到了问题，就想尽办法转移话题。

她语无伦次地说："哦，没错，他是有些本事的，你说得对！"我可没说过他有本事，"他是一个很容易相处的好人！他付房租很准时，甚至有时候会提前给我。虽然这不是我要求的，但是他想得很周到，因为谁的日子都不好过。他抽的是卷烟……可不是我们目前这个客人抽的这种。还有，他是一个画家，也可以说，他是荷尔斯泰茵人。他还会装扮房屋、储藏室和墙壁……只是斯蒂芬森先生抽的是卷烟。当时只要走进那间房，就能闻到教堂焚香的香气。对了，你有没有去过那里？噢，它非常高，是吧，祭台上还有蜡烛。对了，教堂里唱的歌也非常美妙！好像天使唱出的歌。明娜和我曾经到那里去过。她说他们唱的是拉丁文的歌曲。我的丈夫可是位著名的拉丁文学家。此外，我一般都到不远的安娜教堂，那里有个牧师非常好。有一天，我和他握手的时候，他还向我打听明娜。明娜的坚信礼就是他给施的，但是不知道为什么，明娜讨厌那个牧师。她是很容易就会产生想象的……不过可能她也没错，因为有太多坏人了。天啊，要想和坏人相处实在有些困难，因此才诞生了宗教信仰。如果我们没有信仰又会如何呢，芬格尔先生？"

"很抱歉，我不经常到教堂去，但是，在那方面我认为明娜和我……"

"噢，天啊！对，你瞧，你们都是青年人！年轻的时候，我也和你们一样，只要自己高兴就好。但是，在我眼里，没做坏事，为什么又非要去呢？"

"无论如何，我要赚些钱，赶紧结婚。我的舅舅，他在英格兰开了间工厂，他也想让我去。"

"噢，英格兰，我说呢！我的一个姐妹待在英格兰好多年了。噢，天啊！她说的事情实在太吓人了！伦敦肯定是一座恐怖的城市！那里处处都是烟雾！他们住在很多层楼的房子里，一家人都在厨房用餐。"

最后，我终于发现我自己根本插不上话，只得任由她说，也没再阻止她。起初她语音还算清楚，但是她越来越激动，方言都出来了，"维尔"被她说成了"穆尔"，"是"说成"信德"，中间还掺杂着很多口语和谚语。我突然想起来，明娜开玩笑似的说过德累斯顿的地方语，那情形与她的母亲非常像，包括表情也一样，太有意思了。后来，我成了她忠实而耐心的听众。

我离开的时候，她也没有挽留我，把我送到门口，然后一阵客套后，礼貌地分别了。

可以了，现在我也见到我未来的岳母了，虽然结果不太满意，但是也不是没有一点好的。我曾经想象过将来的情景：我娶到了爱人，满心欢喜，但是岳母的意思让我有些害怕，更恐惧的是有一群连襟联姻的姑嫂、叔伯、兄弟等。而现在看来这些根本就没有。如果明娜不会给我带来丰厚的嫁妆，那她也不会给我带来一大堆头疼的亲戚。我清楚，明娜已经对她的母亲有了和从前不一样的但非常理性的评价：她个性温柔，情愿静静地在厨房待着，或者到"苏尔卡茨"打盹儿；她已经习惯了德累斯顿的习俗，因此别想能带她到英格兰去。假如我的未来岳母是一位有威仪的人，她会如同母亲那样和我拥抱、批评我的坏毛病、担忧我的前途、忙着做家务事，有可能会暗示她的女儿与我对着干，还得按时去教堂！天啊，幸好是个温柔的女人，让我轻轻松松地摆脱了这些麻烦问题！

倘若我当时写日记，肯定会在我的日记里记下："我在一定程度上能放下心了，这是多么温和的岳母啊。"

第二十二章

两日后的五点钟，明娜乘坐汽船来了。当然，我会到码头去接她。我们一起走在街道上时，我觉得她有心事，但是我仍旧选择在她进家门前装作什么也不知道的样子。另外，我觉得还是赫兹先生的病情严重而导致了她的沉默。

用过晚餐，她的母亲出去之后，明娜就更加沉默不语了。偶尔她会用忧伤的眼神久久地注视着我。看到她的样子，我差点儿流出了眼泪。没过一会儿，她便垂头丧气地盯着某个地方，我也跟着难过起来。

"你是不是担心赫兹先生的情况会越来越糟啊？"我终于禁不住问她道。

"是的，没错。他可能要死了。这也没什么奇怪的，他的病越来越严重，全都是他赶着到布拉格看歌德的诗歌手稿的缘故。全是因为他的兴趣把他自己害死了，虽然当中少不了美好的东西。"

"但是他的妻子实在太可怜了！"

明娜站起来叹了一口气，来到窗子前。

她站在那里很长时间，看着下面的院子。西沉的太阳发出的光芒落在她的脸上，那副肃穆而忧伤的表情让她看上去老很多。她那轻便的前襟飘起又凌乱地落下。在她右手里有块小手帕，她偶尔把左手遮在眉间，好像在寻找什么不同的东西，但是不久她就不记得了，要不就把前额的头发撩开，时而敲打着窗框。

"亲爱的，你又烦什么呢？"

"我收到他写的一封信，就是那天晚上的回信。"

"后来呢？"

"这不是我希望的，所以我很难过。他没有把我当朋友，好像他还要伤害我。我不懂。"

"明娜，他都给你写了什么？"

"你自己瞧瞧吧。"

她回房跪在地板上，打开那里的手提包，接着从本子里取出一封信递给我了。这是用一种很精致的信纸写的信，信上写了几行对海涅的诗没有意义的说明，我没听说过这首诗。诗是这样的：

> 你温柔的内心再一次把我驱赶，
> 我深沉的爱，多么痴狂。
> 你温柔的内心再一次把我驱赶，
> 它愉快地萦绕在我身边。
>
> 马车滚动，桥梁抖动，
> 桥下，溪水伤心地流过；
> 我再次放弃了自己的喜好，

疯狂地爱上了你温柔的内心。

天堂上，星星闪烁着，
就像在我难过之前飞过——
再见，亲爱的！
远方，我的爱仍旧等待着你。

"莫名其妙！"我吼叫道，出于本能，我把这封信揉成了一团。但是明娜一下子抢了过去，立即把信展平。

"你这是干什么！"我无法掩饰自己内心的难过，对她说道。

她用责备的眼神瞧着我。

"倘若你已经离开我，而且说的话更加刻薄，我也同样会这么珍惜你给我写的信的，哈罗德。"她一边说一边把信夹回本子里。

她的言行举止中流露出她仍旧忠心于记忆里的那份感情。这让我平静了很多，但是有种厌恶。

"原谅我吧，是我的错。但是这封信里，竟然还把天使也给骂了，实在太过分了。"

"不是的，我没有看懂他说的什么。他说的我们只能是朋友的，他让我和一个憨厚的人结婚，如今他却责备我这么做。"

"对，他竟然是用这种笨方法！他怎么不明说他的心情呢？即使用海涅写的诗非常真切，但是也是蠢笨的方法，况且，事实上它并不确切。"

"是的，我就是感到这一点非常奇怪。要不我会因为它伤心的，要不我就会改变初衷。但是不管怎么样，我都非常恼火。"

"你为了另一个男人把他忘掉了，伤到了他的虚荣心，也就这些罢了。所以，他也没什么可以说的。很多人会参照《书信大全》，但是他是一个艺术家，因此，他选了海涅写的一首诗当回信。"

"但是倘若他仍旧爱着我，仍旧非常伤心呢？"她两只手紧紧地握着，喊起来。

"爱？表达爱的方法很多。为什么他要离开你呢？"

"他为了自己的艺术，在他心中比我还重要。"

"不可能，肯定不可能！他为了自己的艺术？这是多么愚蠢的话呀！他实在可悲！他竟然会觉得自己能够创造重要的东西呢，他是个缺少胆量的蠢货，没勇气面对现实。他连你都不珍惜又怎么会在创作中流露真情呢？"

"但是，如果他就是如此一说。倘若某天他必须要单独出去工作，而不想让我跟着受约束，但是他一定会相信我对他的爱是忠诚可靠的，他也是努力地工作着、等待着，但是如今他肯定对我失望了。"

在小房间里，我愤怒地走来走去。她竟然觉得亚克瑟尔·斯蒂芬森是个诚实的爱人。他仍在丹麦努力奋斗，就是想和她一起生活。我觉得这种想法和事实相差甚远（况且我早就听说过他的事情了），我忍不住就要轻蔑地笑出声来了，但是我注视着这个纯洁的姑娘，她错误的观点带给灵魂的是深沉的骄傲，我仍旧非常愤怒，也只能无奈地长叹一口气。

明娜没有离开窗子，只是转过身来了。她靠在那张有抽屉的柜子沿上，柜子上摆着褪了色的老照片和一些小摆件。她两只手撑着桌子沿，盯着地板。

"我得不到幸福，竟然也让别人陷于悲伤里。"她好像在自言自语。

我绝望地喊着她的名字："明娜！明娜！"来到她的面前，

向她伸出胳膊，"不能那么说，你还有我，我还在，你不可以这么说。"

她缓缓摇了摇脑袋，但是仍旧低着头。

"但是我在他的眼里是个放荡的女人，我不希望他这么想我。他一定要知道……"

"但是看到这封信之后，你肯定不会和他通信了吧？"我没有让她继续说下去。

"不，哈罗德，我要继续写。"

"这是为什么，亲爱的？我们每个人只能因此得到更多的痛苦。让一切就此结束吧，它持续的时间太长了，应该有新的开始。"

"就写一封也没有什么关系，就写最后一封。"

"我求求你，明娜！你就为了我别想它了。我不能向你表明，因为我也不清楚，但是我现在真的很害怕。"

"我一定要写，"她语气坚定地说，"我们的关系不能就这么结束了。"

"我多么希望你们根本没有见到过。"我大喊着。

她盯着我看了好一会儿，好像不明白我为什么这么说。接着，她走过来，搂住我。

"每次，我也很希望那时候我和他没有碰到。但那时你怎么没有出现啊？我们为什么没有早点认识呢？如果那样，所有一切都是顺利的。"

"会好的，都会好的，亲爱的。"我一边说一边吻着她的额头。

我们一起在窗前坐着，聊到了亲爱的莱森。明娜故意逗我笑，说我几天前写给她的信里，好几个地方的景色弄错了。我不但否认了，还要再看看她说的那封信。

"不用了，因为写信的时候，谁都有可能弄错。"她神色不安地说着。

"但是我确信自己没有出错啊，让我瞧瞧。"

"那可能是我没注意看错了，不要紧。"她再次拒绝了，而且脸变得红了起来，她这么做显明有其他原因。

我一直带着愤怒和她聊天的，因为她竟然那么在意他写的信，而且还郑重地保存着，我是出于妒忌，才想知道她是不是也这么收藏我给她写的信的，或者她已经把它丢掉了。我不能原谅她，就算我明白有时候最重要的信件也有丢失的可能，特别是在旅行的路上。

"别偷懒，你的笔记本就在那边桌子上。"

"没，没在那里，"她起身说道，"你太倔强了！我还要到走廊里搬我的行李。"

"不用费劲了，我早把它提进房间了，就在门旁挂着呢。"

她瞧了瞧那个袋子。

"我觉得可能在那边箱子里，"她两肩抖了抖，无所谓地说，"没什么大惊小怪的。"

我语带嘲讽地说："谢谢！"但是她并不介意，因为她正跪在那里笑着翻箱子呢。我觉得她的笑容实在有些生硬，很明显这种情况令人很难过。

"你不要看我的箱子，行吗，哈罗德？我箱子里有些乱。"

"好吧。"我说着，生气地转过头去。终于，听见她站起来走向我了。她把那封信拿给我，原本平展的信纸已经变了样。

"我猜你用它包了别的东西了。"我难过地说，把信递到她的面前。

她只是笑了笑，表情很怪异，但是没说话。她的笑容就和她本人一样，让我既爱又生气。

"好像你没有像保存斯蒂芬森先生写的信那样保存我的信，你不在意我写的信。"

明娜咬着嘴唇，带着逗弄而又爱抚的神情偷瞄我。我不知道她为什么这样，倘若我不知道原因，肯定会暴跳如雷。

她看到我把信在她眼前晃动的时候，说道："哈罗德，你好像不记得要看这封信的事情了。"

我根本没兴趣再看了，于是就把信丢到了地板上，说："哦，是的，你说得没错。"

明娜安静地把它从地上捡起来。

她用充满责备的眼神盯着我，使我觉得有些愧疚，虽然我觉得自己很有理，但是我还是把目光转向其他地方。她仍旧凝视着我，而且温柔地笑着，然后她把自己衣领边的纽扣解开，接着把信贴到了胸口，夕阳的余晖和那封信一起隐入她的胸口。我急忙把她抱住，亲吻着她的脸和脖子，为自己的无理取闹、妒忌以及愚蠢找借口，而她以这般甜蜜动人的方法包容我，使我无地自容。我的喜悦多于忏悔，因为她真心地爱着我，是我忍不住流下了眼泪。明娜打趣地说，我的泪要销毁这封信上的字迹了。我又哭又笑，这时我看到她也已经满眼泪水了。我们彼此把对方脸上的眼泪吻干。

我们还抱在一起，她的母亲就突然走进来了。我们俩特别尴尬，于是分开了。明娜急忙转身遮住自己凌乱的衣衫。老妇人咳嗽了一声以示歉意，然后她拿着咖啡杯退了出去。她穿着破损的拖鞋小心翼翼地走着，好像在小声嘀咕："不要紧，只有修女才会阻止你们相爱的，孩子们，我不会。曾经我也年轻过。你们可以继续了！天啊，千万别出格就行！"

此时的我们却异常气愤，原本我们的关系是多么纯洁，无须她的宽容和谅解。现在，这让我们感到有些卑微，我觉得明娜一定和我想的一样，只见她一边扣上领口的纽扣，一边无所谓却又有些气愤地小声说："我母亲经常会在这种时候进来，让人十分尴尬。"

"明娜，弹一曲吧，"我说，"我可很久就盼着听你弹一曲的。"

貌似明娜不想弹钢琴，我仍旧坚持拉她坐到钢琴面前。乐谱仍然很清楚。明娜把舒伯特的乐曲打开，她弹起那段《音乐的瞬间》。我看得出她比较紧张，弹的曲子没有感情，好像她很怕触碰琴键似的。

"是不是不好听啊？"她放下手，惊恐地喊道，"我能停下来了吗？你不要假装陶醉的样子。"

"不是，我当然没有。在我面前，你还会紧张啊？太丢人了。"

"我不是紧张，我浑身都在打战！"

"也许有些暗，我去把灯拿来。"

"别去了，算了吧，起码这也算是我的借口。"

这时，她即兴弹起的曲子，非常生动，不仅令人浮想联翩。她也不再紧张了，放开了胆子。虽然她偶尔会出点错误，听到如此优美的旋律，我心里不免感到一阵轻松快乐。我还以为这曲结束后，她会停住，所以早就准备好劝她再弹。但是一曲之后，她并没有放开琴键，还把钢琴上面那份贝多芬创作的《奏鸣曲》取下来。

"应该自然点，"她开心地喊起来，"我应该大胆一些。请你把灯帮我拿来吧，哈罗德。我已经有些看不清乐谱了。"

我还想，她肯定会弹奏《月光奏鸣曲》《葬礼进行曲》的首篇，或者是像这种比较简单的乐曲，这些曲子都是在平常客厅的钢琴上放着的，但是让我感到吃惊的是，就在我取来灯还没走进房间的时候，却听见房内传出了伟大的《瓦特斯坦因奏鸣曲》，并且感情十分丰富。很明显她是有意把我支开的，等我回来的时候她就已经弹奏了。她可能会认为：竟然已经开始了，还没结束，就得继续。而她做得的确也很好，就算是时间和空间都在帮助她。

　　我走进去的时候，她已经由那疯狂激烈的韵律和强烈的高八度踏进了柔和的和弦了，后面的节奏如同颂歌一般连绵。看到她铿锵有力而热情高涨的神态，我十分震撼。她弹奏这首贝多芬的赞歌时，她的神情深深地感动了我，我原本想称赞她的，但是话到嘴边又咽了回去。我悄悄把灯放到她身后边那张带有抽屉的柜子上。正巧灯罩少了一部分，于是我把那个位置转向这边，这样光线照到乐谱时更亮一些，因为灯罩好似整个夏季没有清洗过了，所以我觉得这么做最合适。我不想打搅于她，于是我便远远地坐在沙发上，但是仍旧可以看见她那线条柔美的脸颊，那条发带搭在她的脖颈上，被灯光照得特别柔和，我便陶醉在这种享受里，这应该是世界上最崇高的享受，我的爱人能弹奏出贝多芬的乐章。

　　由于这种心情的影响，相比之下，那没有结果的弹奏要有价值得多。四周的景象更是默契地配合着，却又和音乐会不同，就像战胜困难的音乐队伍，尽管有所损伤，但是仍旧忍不住露出获胜的欣喜；她偶尔因为弹错了音调而气恼，偶尔会因为弹错和弦而惊叫，就像一声轻骂，就在她的手指有些劳累但是突然有了灵感，她便高声哼唱声调，好像故意羞辱手指，逼迫它们赶上节拍。她弹曲的节奏如同快板打出的那般急速，弹出一幅明媚下的山河美景，再次降至慢拍缓和地创造出一种悠悠青谷的情境，清水环绕，谷静树明，河面清澈见底而且闪耀着寥寥无几的光芒，人们想在这河面上找到生命的精髓，但是仍旧期盼着渴望的美丽；然后，琴音就像飞到高空，在那片神圣祥和的云朵之间回旋，悠扬的琴声就像徘徊在星辰之间的灵雀。

明娜坐在那里没有动，我走过去，深深地吻上她的额头，轻声说道："谢谢！"

"你为什么要谢我呢？"她惊讶地盯着我，好像担心我要笑话她似的。

"你怎么会这么问？我非常吃惊。我只知道你在音乐方面有造诣，但是没曾想你会弹得这么好。"

我忽然看到，她的眼中充满了欣喜，但是她马上垂下了脑袋，嘴边挂着一个温柔而有些讽刺的微笑。

"没，没有！我可像鲁宾斯坦①那样，弹错了好多地方。"

"你为什么这么谦虚呢？虽然你弹得不是最完美的，但是很美妙呀。"

"哦！让我失望的是，它本身是那么优美，但是我却弹不出那股韵味，特别是我非常后悔当初为什么没有多努力练习，如果我能坚持的话，如今肯定能弹好。"

"嗯，不过现在也不晚啊，在我看来，你精彩的人生才刚开始呢。"

"可能吧，但是总会遇到相同的阻碍。我根本忍受不了那种精神压力，它已经影响我很久了，如今我已经没有什么精力了。我怎么会这么受不了打击呢？噢，倘若你可以想象到我在那几年里弹琴

①美籍波兰裔犹太人，著名钢琴演奏家。

的时候多么愁闷就好了！仿佛要把我吞并，音乐越动听，笼罩在我身边的黑暗就越深。有时候，我根本无法停下来，但是我更多的是害怕，所以没有勇气接着弹了。"

"不过，亲爱的，这些全都烟消云散了！有我在，你肯定会变得健康勇敢的，如果我喜欢你弹奏的曲子，肯定你也会非常开心的。我是一个非常出色的倾听者，就算今后你弹琴的水平总是这样，我也不会厌烦的，今后你也可以把所有的精力全都放在音乐上。"

好像她并没有被我打动。她坐到刚才我坐过的地方，把灯拿到桌子上，然后两只手托着脑袋。

"我能体会到它就在我的脑海里，不停地抽搐，敲打。"她机灵地一笑，"你可知道，倘若我要摆脱这些束缚，只要弹琴就能把它赶走了。"

"这是什么道理！"

"实际上，这属于自杀的一种。弗朗茨·摩尔曾经用这种方式自杀过，记得有这么一句'要想毁灭一个人，只要毁灭他的心灵就能成功'。"

"别那么说，明娜，这种玩笑可开不得。"

"但是无论如何，它实际上就是一个实实在在的'搞笑剧'。但是人们从来不会提前知道自己的生活到底需要什么。'要想这么做，就要先发明出来'。"明娜就像演戏那样模仿一个有名的演员，"他是不是在皇家剧院里出现过？他的行为太浮夸了！哈哈！……"她说着，又模仿弗朗茨·摩尔第二场开始的举止，一副无赖的滑稽相，我实在禁不住笑出声来。我的表现好像鼓舞了她，于是她效仿那个演员制造的深思后的对话，模拟出影像：她假装两种声音，一个假高音和一个低音，一个问一个答，这边她问完，又走到那里回答。"我应该是怎样的神情才合适呢？气愤的？那匹恶狼太容易满足了。喜欢？那条虫子吃东西太慢。伤心？那条毒蛇太笨拙。难道是担心？期望这能把它摧毁。什么？这些就是人类全部的杀手吗？哦，不是！哈哈！另外还有音乐！音乐可是万能的，就连石头都会为它点头，何况一个小小的明娜，杀她是易如反掌的。"

她开心地抱着我笑起来。

"我有些调皮了，哈罗德，你对我实在太好了，你竟然还为了我弹奏的这样的音乐感谢我，你真是个知心的朋友！但是虽然这些话全都一无是处，但是我很喜欢。它时常让我感到伤心，我却拿它毫无办法；我觉得它作为艺术非常美妙，它既能使人爱或者尊敬那些动人的东西。但是我保证会成为一个贤惠的妻子！不要在意我原来说的那些话；只要我们能在一起，并且你这么在意我，我不会让自己堕落在甜蜜的毒药里的。不过，哈罗德，倘若有一天，你觉得别人比我……"

我吻着她的双唇，她只得闭上嘴巴，这似乎不合乎事情的发展，但是这种情形下，可能这才是最有用的。

明娜的母亲进来招呼我，她一手端着茶，一手拿着白面包，还有用来蘸面包的鲜黄油以及蜂蜜。吃过之后，她坐在角落的那把奇特的椅子上。原本这是一组沙发的一部分，其他部分分布在房间的各个地方。没过多大会儿，老人就进入了梦乡。

明娜也是一路劳累，那块奇特的雪花石高柱钟表在那衣柜顶上不安分起来，吵闹了很长时间，最终敲完了四下，而且还在钢琴上激起了回声，久久没有停下来，这便告诉我们现在已经十点了，于是我打算离开，请她回床上休息。

我们没有吵醒她的母亲，明娜掌着灯给我照着路，陪我出去了。她在栏杆边弯着腰，她脸上的笑容被灯光照得发亮，我在陡峭的楼梯上谨慎地走着，眼睛却紧紧地盯着她，听她说的那是"眼睛粘在后背上"，使她一直担心我摔跤。

我走到下面，站稳后对着她狂打飞吻，实在不愿意离去。于是她便责怪起我来，但是没有用，她只好放弃了，竟然做了个鬼脸，就像恐怖的威廉·布施风格的嘲讽式的模样，把我逗得哈哈大笑。我这才转身朝学校走去。

第二十三章

明娜第二天就把给斯蒂芬森写的信抄写了一份，拿给我看。

我们坐在小凉亭里，一起看信。因为她有个"不应该那样"的阿姨来这里了，明娜不希望她知道我们在一起。

我的心情终于得到了平复，因为那封信貌似恰巧解开了这些误会，信的内容既没有诉苦也没有悲伤，这可比我想象的有尊严，要镇定得多。我原来还想，如果感情和过去已经遭到重击的话，她肯定无法保持镇定和尊严的。

当初在莱森的时候，我就特别期望能和她漫步在她家乡优美的风景里，所以如今我便急切地邀请她一起去走一走。

我们漫步在几条普通的街巷里，这些街巷都非常相像：路边全都插着旗帜，这里没有水沟和通向地下室的楼梯，这与同时节的丹麦来说，让人感到更洁净、更舒服。都是两层楼房，风格也都是一样的，只有颜色有些差别，有的偏灰色有的偏黄色；但是偶尔也能看见一些建筑物房顶有着大块的凹陷，同时上面镶嵌着萨克森风格的花格子窗户，透过那里能够瞧见下面的街巷，窗子也和半睁着的眼睛那样，紧靠着连在一起，房顶铺着瓦片好像一道道悠长的水波。那些老式的建筑是低矮的农舍，从这里能看出来，前不久这一片还是郊外。

自由而舒心的味道围绕在周围。一楼有扇敞开的窗子内，一位年轻母亲正在给孩子喂奶。而太阳散出的光芒照耀着二楼的窗台，有个男人身穿衬衣，嘴里叼着烟，正望着邻居家房顶的前面，有只白色的小猫在房顶边沿谨慎地走着。有个穿着整洁的男人端着杯刚买来的啤酒，那边街角就有个啤酒屋。他经过我们身旁的时候，我仔细瞧他，好像是个学生。

正在玩耍的孩子向明娜问候，当中有个三岁左右的调皮女孩子，一头鬈发，长着酒窝，跑向明娜，她光着的两条小腿仿佛弯曲的剑。她跑至走廊的地方被明娜逮住了，好像她还没跑够的模样。

那几个大一些的孩子用敌视的眼神看着我。明娜的身后有个女孩子，个头儿挺高，但是头上没有头发，穿着一双旧拖鞋，而且袜子也是脏的，只听她喊道："这个人是谁？"街中心是鞋匠的儿子吹着口哨，令人惊讶的是那曲调是《仲夏夜之梦》中的《演员进行曲》。口哨声非常响亮，他可能是觉得我长得有点像犹太人，所以不再吹了，但是冲我喊叫着"是讨厌的犹太人"。偶尔会有马车路过，发出的响声已经淹没了四周所有的声音。马车帆布质地的简状顶和一楼的窗子差不多高；一辆由几匹健壮的高头大马拉着的马车，缓缓驶来，同时车上那黄澄澄的铜铃与车顶随着摇动，车链的链环发出咯吱咯吱的声音，车轮经过的碎石路上，鹅卵石也被辗轧得发出相似的响声，让人心烦意躁。都是我经常见到的情景，但是有明娜在，反而有了另外一种感受。每个细节都有我的爱，因为这都与她的童年相连，甚至还对她的想象有所影响。

众人皆知的普拉格街切断了这座幽静的古城，这是一条现代住宅区的主路，街上人来人往，繁华热闹，来往的行人穿着艳丽，商店里是琳琅满目的商品。我们拐到另一条街道，虽然比较宽阔但是非常冷清，仅有些独自行走的人以及几辆出租车缓缓前进。灰暗的影子映衬着阳台的鲜花，显得更加明丽。这条街上差不多没有店铺，每两扇楼门上都写着"老年公寓"，附近就是几处旅店。这和我们的身份不符，倘若这几处街区距离都不一样的话，为了能够在别墅区里找到那种被我们戏称的"猎房"，我们原本应该可以走最便捷的途径的。

很快我们就走上了一条枫树小路，在枫树下走着，脚下是碎石小道。两边是树篱、矮墙和栅栏，后面都是高耸入云的深褐色洋槐树，闪着银光的白杨树，树梢透亮的桦树，宽阔的天空，山毛榉、酸橙叶和各种少有的树木、灌木混在一起。花叶也掩不住那些雕塑，处于茂密枝叶中间的喷泉，喷出美丽的水花。一栋一栋的别墅相连，一座一座的府门豪宅珠璧交辉，砂岩上灰黄色的沙砾闪烁着灿烂的亮光。打开的大玻璃窗内，风儿吹动着洁净的淡黄色窗帘在外边飘动，枝形的吊灯在房间的角落里发出菱形的光彩，金边框散发着幽幽的淡光。

那边有个凉廊，墙绘是庞贝风格的，天花板是卡塞特风格的，柱子是多立克风格。有人在那里喝咖啡。有着植物开着花排成了两个"之"字形状的楼梯，下面有位身材婀娜的女士手臂上搭着骑装，旁边有个骑士身穿青铜色的丝绒衣服陪同着。那边车道被棚子遮盖，成了别墅那边好看的走廊，形似伊斯特别墅。有辆马车在那里停着，两匹棕色的大马已经等得太久了，眼看着要撒欢儿了，不断地踢着地面上的红碎石。

我们也非常喜欢这样的车道，而那种铁质的或玻璃做成的总是令人不快。我们下决心要先拥有一辆马车，然后才能实现那些奢侈的想法。从前我们很喜欢那两匹棕色大马的，有两匹黑马我们也特别喜欢。关于别墅的特色，我们有着更多的计划，在这方面我们想法一致，我们对文艺复兴时的特点不是很突出的建筑非常感兴趣。我们发现公园附近有栋符合我们要求的别墅。那栋别墅规模庞大，充满了贵族简约的特色，并不俗气，我感到那仿佛是森佩尔或者是他的高徒所做。

"这就是，这就是我们想要的。"明娜立即吃惊地喊出来。她还沉浸在想象的城堡里兴奋呢，但是我已经有了比较现实的想法。那怎么会呢？我喜欢的是艺术而不是利益；另外，我还有一个有钱的舅舅，可能会得到一些馈赠。我再次想到，我为什么不通过自己一生的努力工作之后，变成富人再回到这里来呢？作为青年人的我有理想有抱负。我清楚自己已经得到了青年人向往的安全标准，于是我的想法和梦想逐渐朝成年人的方向转变了：努力奋斗获得成功。明娜对我能力的质疑，差点儿伤害了我，因为她竟然不信任我。

"但是，说实话，哈罗德，我觉得它并不适合我。一想到这栋大别墅会带来许多问题，要管理所有的用人。我还打算有了许多钱之后，要不停地考虑如何合理地使用它们，可不要以经常举办宴会的形式使用。我肯定这些都不是我想要的，反而那些穷人却能过上自己喜欢的生活，这才令人羡慕啊。就在我只顾考虑自己的时候，觉得这所有的一切都是为我存在的，是给我们结合时能看到这些好看的东西，能够成为我们胡说八道的借口。"

我们没有停下，顺着动物园的方向继续走着，来到了"哥洛莎花园"。我们走上了一条行人稀少的小道，就像林木小路一样向远处延伸，两边是粗大的松树与高耸入云的橡树。终于，我们坐在了一座小山丘上，那里能看到北边力士大街的美景，而我们的前方是一大片酸橙树投下的暗影。左边的易北河对面，是被阳光照耀得密密麻麻的高岗，山谷和河岸边的树木茂密，从高处往下瞭村庄，那里是村庄与庄园连成的一幅连绵起伏的房舍和花园美景。平台以及葡萄园的墙垣把那面陡峭的山坡阻隔住，意大利白杨围绕的高顶房舍散落在周围，再朝上是葡萄园工人住的小房屋点缀在高台上，如同一座一座的瞭望台。这样的景象连续再现，变小、聚集、模糊不清，直到山脊斜面下方的平地，形成了一种朦胧的色彩。再往后，一团蓝色的迷雾淹没了这些，依稀可以望见远处山脉的形状，不像平地突起，反而看起来仿佛一块蓝色的沉淀在大气中飘浮着。渐渐地地面上的阴影拉长了，山的形状越来越清楚了，我们很容易就能从这些影子里看出哪里是百合岩的轮廓。右面的洛施维茨河岸，闪动的窗玻璃，就像灯火辉煌一样。我们能看出百合岩的下面略微发亮的地方是采石场，好像是针指明了我们曾经度过快乐时光的地方。我们安静地挽着手，俯视下方，眼里饱含着泪光。在我们眼中，那恬静的田园生活仿佛一株好看的花朵，它不能移植，我们会把它遗忘在其他地方，我们只有到了那里，才可以找到它。突然，想起了远方的家乡，我们竟然无法分开了。

第二十四章

次日午后，刚走出家门，明娜就挽住我的手臂，很快把我转过来。

"你说今天我们要到哪儿去？我们到茨温格宫吧。我想看看你说的那些建筑的艺术美，特别是那些洛可可式的建筑。如今我们要重温这个伟大的梦想。"

从那之后，好多天的下午，我们都去了茨温格宫，那里是画廊和展馆的皇宫，是石刻的长篇史诗，不管是生命的喜恶还是喜悦都无法接受诗歌，但是能够接纳物质规律的时期。那个时候，人们能移民与享受，能喝酒，能比剑，跳舞，能去爱，能反复遛马，能在广阔天地之下的清泉沐浴。这个有些豪华而又奇特的帝国，毫无生机，竟然教育它的那些毫无创新意识的后代，凭着假古典的准则轻蔑它，但是现在世界各地已经认可了它的荣耀。好像是萨克森精灵建造了茨温格宫，是一个钟情于艺术的牧羊神引导……

在别的时间里，我们探望了莱森女神——易北河母亲。我们来到镇上，走进她的"住所"，她的住处是华丽的公寓，位于三座桥的柱子分出的两个宴会厅的中间。我们走上众所周知的"吕布尔高台"，我们陶醉于夕阳下的美丽景色里：水面上的旋涡闪耀着灿烂的金色光芒，一直通向远方那蓝色葡萄山脚下，变换成一道金弧。我们来到码头上，成排的卷白杨树，仿佛出自孩子的玩具箱。

我记得那天，太阳在最后时分冲破阴沉沉的云层，沿河窗子的倒影落在河面上，只是刹那间便消失不见了；犹如易北河母亲把自己的宴会厅敞开，柱廊并不是直立的，反而是纯金的浮雕。

我们乘坐小艇来到洛施维茨，那是一个有着许多藤蔓、田园诗般的地方，《唐·卡洛斯》就诞生在这里；或者到附近席勒的花园——布莱瑟维茨，那是《华伦斯坦的军营》里的戈斯泰尔住过的地方。

我们回家的时候，每次路过镇上，明娜就会买些东西准备晚上吃。我等在干净的香肠店外，而她站在大理石的柜台前面，仔细挑选需要的东西。

一天夜里，我们在外漫步回来，她的母亲不在家，不幸的是明娜也没有拿钥匙。我们俩实在饥饿难忍，看了看那热乎乎的香肠，我们便不假思索地做出了决定：明娜到角落的那家面包店买来一条长面包，而我去了另一边的啤酒屋买回一杯啤酒，我们在对方的脸上看到是满满的成就感。我们坐在暗淡的凉亭里，一边说笑，一边吃着我这一辈子中吃过的最满意的晚餐。

明娜从没提过到画廊去，我也没提起过，因为担心引起她想起伤心的过去。但是我们常常去欣赏石膏模型展上展出的各个时期的古代艺术。

明娜在艺术方面的本能反应与独到的批判精神，使我非常惊讶。她对"Aginets"风格的傻笑感兴趣，他们不管是被杀的还是杀人的，脸上总是挂着笑容，与此同时，人体与行为的艺术的处理技巧取得的进步令她感叹不已。第一次让她惊讶的是：有的艺术竟然可以达到这么高的境界，而且技艺在某个方面已经接近完美，但是其他方面，它竟然像孩子一样跟跟跄跄地朝更高的境界前进。她还怀疑我们人为的那些完美艺术是不是仍旧位于最低层次。

帕特农神庙大厅内的山形墙壁上，雕刻着她最感动的那具赤裸人体。但是那些后古典艺术佳作最让她惊讶了：《模仿工人》《米罗的维纳斯》《高卢人》。而那些爱神的雕塑吸引不了她的注意。有很多我不知道的细节，她都一一指给我看，同时还感到那些手脚上体现了如同生命一样真切的触动。在她眼里，现代的那些艺术家创造出来的作品实在太完美了。

有时候，她会因为这些雕像关心起那些个人的相貌来。"如果真有那么好看的直挺的希腊鼻子，那该多美呀！"她经常感叹，"如果是那样，你就更爱我了。噢，到时候你肯定会被我迷得不想离开我了。"

欣赏了那些女神雕塑之后，她说："她们的胳膊也没有那么细呀！"

"她们的胳膊为什么要细啊？"

"我认为胳膊太粗了不好看。"她回答我时背过身去了，但是脸已经变得通红。

这个人人都能感受艺术的镇子里，固然有很多值得欣赏的艺术，但是我们最痴迷的是瓦格纳创作的《瓦尔基里》。两个人物都有着瓦尔松格的风格，美妙的曲调使既高贵又悲伤的爱情升腾起来，热情音调永远都有着清澈和沉稳。它从来没有渗透到我们灵魂的深处，用一种无限的同情捆绑住！我们之间的爱情，在这么圣洁的音律中流动，如同水仙一样映照着自己，同时爱着自己。

起初，我们也会时不时地小声赞赏着，后来两个人就逐渐地沉默不语了。

明娜拉着我的手，唱出了下面的诗：

> 严寒的冬日里，
> 在旷野上，
> 我最早发现了我的朋友。

这时，为了能让寂静的剧院中每个角落都能听到，而瓦格纳才会给予的哀怨（他是唯一一个激发歌剧家灵感的人）被席格琳德清楚地唱出来：

> 你露出的额头
> 平阔又白皙，
> 我寻找你的鬓角
> 竟然有那么凌乱的纹理，
> 我兴奋地颤抖
> 随后在迷惑中安息……

从她瞧我的眼神中，我觉得自己可以躺到临死的床上了。但是最终幕布收拢起来，而非落下来……哦！我竟然看到她站起身来，用尽力气鼓掌，她的眼睛里闪烁着泪水，脸颊两旁是两行泪痕，这是我看到她最漂亮的时候，比看到的任何人或物更有内在美！

我们走出豪华的大厅，大理石质地的柱子和墙壁在傍晚的余晖下闪耀着光芒。这里很多穿着华丽的人们。虽说明娜穿的裙子很普通，但是也不是最差的，很多人的目光朝这边看来。她仍旧沉浸在刚才的感动里，对于周围的目光，她也毫不在意。

我们来到阳台，夏夜的新鲜空气迎面扑来。美丽的广场敞开着，周围是许多高大建筑，我们静静地注视着它的寂静和空旷。易北河的桥上人头攒动，阳光照耀着树木茂盛的高地，看上去就在眼前。此时的我非常开心，非常满足。

"你感叹什么？"明娜靠在我身边说。

"我实在太高兴，因为我觉得自己得到的太多了。"我说，"你是不是觉得，我的求爱方式有些粗鲁？"

她带着疑惑地笑，看着我。

"那个时候，我还不太了解你。我应该矜持一些，等我对你有了足够的了解再接受你。不过现在每天我都能发现一个新宝藏。我一天比一天富有。"

明娜沉默了，只不过胸口紧紧地靠在我的胳膊上。

第二十五章

　　现在，赫兹夫妻已经回到这里了，我们轮流去探望他们。有一天，他们按照莱森的习俗，请我们两个人下午一起到他们家喝咖啡。赫兹先生总要在晚上静养。他一直在心痛和咳嗽中煎熬，中午的时候，他会下床，就算这样，也不能说明他好点了就能够下床走动，而是因为他不愿向病魔屈服。医生告诉他不应该下床。

　　赫兹夫人非常担心他，她觉得我们一两周之后过来最合适，但是赫兹先生不同意："什么？不能因为我而这样。难不成我不能见任何人了吗？他们明天一定要来，如果我累了，再让他们离开。最近一段时间，我很容易感到累了。"他解释说。

　　那天，我们欣赏完《瓦尔基里》之后，已经差不多四点钟了。我们来到旧城区的中心，在那里仍旧可以愉快地看见旧式的洛可可风格的房舍，那种房舍有着不规则的房顶，螺贝形状的装饰。这里还有巴洛克式的微型华丽住房，墙壁的柱子正面雕饰着圆形的浮雕，这些浮雕是头戴假发的雅典娜和身披着盔甲的战神。那些普通的房舍就分布在这些建筑的中间，它们有着不同的特点，但都是德国式样；沿街排列着温馨的橱窗，它们形成了倒放的锥形，街角处是六角尖部，慢慢收缩成完美的尖，仿佛菠萝表面上那样错落有致，接着下面以一个大节结尾。有的店面装饰着花环，有的窗前挂着石珠帘，偶尔还能看见雕刻着矮胖天使的横梁，涂在上面的那层厚重的颜料，乍一看像是干枯的树枝、脱水的白菜或者失去水分的苹果。

那个十字路口的位置，就是赫兹夫妻住的房子。因为他们住在一楼，所以经常听到街上那些来来往往的车辆发出的轰隆声，有装满货物的购物车、铁道货车等，很明显这对柯尼斯堡商人夫妻并不讨厌来往车辆发出的嘈杂声，他们情愿待在这里，也不会到有着新鲜空气的地方。

赫兹先生的书房里摆放着他喜欢的咖啡桌。他甚少到客厅去，而他的夫人也是到书房里陪他，顺便做针线活儿。房间不大不小，摆设的家具都是陈旧的桃木质地的，这里没有放舒适的椅子，而仅有一把扶手椅也是从客厅搬来的。

站在墙边的是一张普通的书桌，八条细长的桌子腿。另外依着墙壁的还有张烟桌和书橱；有张书桌在对面，这与康德画像里面的书桌一样（那张彩色古画又被挂到了原来的位置——那张书桌上面）。在桌子的两边分别挂着两幅重要的油画，那可是如同真人一般大小的画像，是青年时期的腓特烈大帝和贝多芬。再朝上是一些金属版的照片，不过，人们根本看不出什么来，只有一些闪烁的金属点。

书橱的玻璃门后面，没有非常清晰的书皮，里面的书封面有的是皮质的，有的是又硬又脏的旧式封面，但是全都为原版，架子的中间有很多歌德的作品与席勒全部的著作，祖特修订版中的《强盗》插图是暴怒的狮子，而且还附有题字"暴君的管辖"，直至席勒亲自献词的《威廉·泰尔》。我们取出几本来看，并不是因为我们好奇，这个书架对我们一直是敞开的，我们那么做只是想使赫兹先生开心而已。

明娜还得到特许，拉开书桌上的那个抽屉，拿出最宝贵的东西——一个装在圆形大盒子里的鼻烟盒，是席勒赠予康德的，盒子的正面还印有精致设计的席勒小型肖像，这幅肖像出自格拉夫之手，此本属于摹本。赫兹先生突然说画上的人竟然和我有些像（当然我是无法和他相提并论的），特别是他的鼻子和长腿。明娜听到这些对我的称赞，非常高兴，还吻了他呢。

又下起了雨，房间里的光线比较暗。赫兹先生说话有些含混不清，还时常咳嗽。铜壶里的烈酒发出的蓝火焰，把他的白胡子以及湿润的下嘴唇照映出来，他曾经在里接待过两三年的时间，他在那里学会了做生意。生意场上有个习俗，破产者要在那种带有忏悔意义的凳子上坐着，并把丧钟敲响，以示说明已经得到了精神的惩戒。

"人们讽刺这种陈旧的习俗，认为它是粗鲁的，"他说，"但是可能也有优点。我非常清楚地记着那天，摩西·迈耶被迫无奈，没有钱再给员工发薪水了。他可是两大富有的犹太商业公司的管理者之一，他在与宿敌沃尔夫的竞争中失败了。生意场上到处是恐怖的喧哗，有人是故意的，但是犹太人异常沮丧。'沃尔夫能来吗？'人们互相询问着，但是大部分的人觉得他不会专门过来瞧手下败将是如何接受惩罚的。大钟敲响十二下的时候，仪式就会开始。迈耶正要敲响大钟的时候，沃尔夫乘坐的马车飞驰而来。他飞奔闯进大厅，喘着粗气大喊：'不要！迈耶别坐那把破产椅。'关键时刻，他犹豫了，最终决定支持他的对手重新振作，他不希望犹太人遭受屈辱，于是给迈耶提供一些必要的钱财。后来，这两位商业巨头互拥着哭泣。"

我们非常惊讶地盯着这个老人。这时的赫兹先生值得我们所有人尊敬——因为他仍旧保持着这家族风格的特殊记忆。

那个盛着碎石与尘土的瓶子，是里加的一位老人徒步朝圣踏上耶路撒冷的旅途中，虔诚地用手帕包住带回的。我们无比崇敬地凝视着那个瓶子里的东西。

话题逐渐从犹太的故事转向犹太人为自由主义的文学付出的代价，重点提到了海涅。

清理完咖啡桌之后，赫兹先生马上在公文包里掏出关于海涅的藏品。当中就有很多他的来往信件，包括部分校稿与一些小手稿。屋内光线实在太暗了，于是我拿着一张校稿来到窗子前，想看清楚那被涂掉的地方。

这时，我无意间望向街道的拐角处，发现了一个让我吃惊的过路人。那个人高高瘦瘦的，衣着很时尚，而且嘴角两边突出来银白色上卷的胡子，是亚克瑟尔·斯蒂芬森！但是又不是，这个人要比他高一些，看样子年纪也大。当他见到熟人拿下帽子的时候，我看到他的脑袋光光的。

我的心情平复了下来。

与此同时，赫兹先生那嘶哑颤抖的声音传过来，原来他在高声朗读一篇手稿：

你温柔的内心再一次把我驱赶，

我深沉的爱，多么痴狂！

这时，明娜看向我，我也看着她；她面色惨白，此时特别是在暴风雨造成的暗淡光线的衬托下更加苍白了。那苍白的光线仿佛是穿过那灰黄色的暴雨渗进来了。

"这首诗很美，"赫兹先生说，"你们说对不对？"

"没错，是这样的。"

"噢，你们还一起看过海涅的诗作，年轻真好，"赫兹先生惊讶地喊道，"实在太妙了！"

不久，我们就告别走了。

我们一起走向汉诺威的大花园。

天已经放晴。我们走了一会儿，明娜突然喊起来：

"太神奇了，他竟然会有那首诗的原创诗稿！"

"没错，实在是个惊人的巧合！"

"不，这肯定不是巧合。"

我们在城市和"大花园"中间的这条平坦而华美的街巷上走着，走到中间的时候，我忽然记起来我们定做的戒指今天下午就能完成。

虽然我们又得经过旧城区，但是我们还是打算立即返回。那个金店没有多大，是明娜知道的一个二楼或者三楼上的店铺。戒指早就预备好了，是个老妇人交给我们的，同时还送上了她对我们的祝福，以及希望我们替她转达给明娜妈妈的祝贺。

自从那首诗再次扰乱我们的心情时，消极或者郁闷就已经淹没了我们。如今这奇特的订婚戒指又把我们的情绪带动起来。天气已经转晴，万里无云，我们打算到不远处的平台享受这份难得的阳光。

　　每到晴天的时候，平台上便挤满了人，现在就是这样的。我们停下来欣赏着，河对面维娜花园里举办的音乐会上飘来的终曲——《瓦尔基里》。歌声里的缺陷也因为距离太远，不能被人察觉。在《放弃》这一场里，布伦希尔德拥有的神力被沃旦的吻驱散了，这使她无法醒来，从此永远沉睡下去了，悲痛的韵律在我们周围跌宕起伏。

　　"假期，我去莱森之前的那晚，听的就是这首乐曲。"我说。

　　明娜说："那一晚肯定很幸福，虽然当时我不知道有它，有个不认识的人做的决定竟然会把另外一个人的一辈子彻底颠覆了，实在奇怪。所以我觉得这不能说是巧合那么简单。"

　　"对我们来说，就是一种特殊的祝福，"我叹息道，"也祝福那里。你瞧，那天晚上我就是坐在那里，就在托尼亚蒙的咖啡厅门外的那些柱子之间。看见了吧？就是那个绅士在的地方，可不是那位老先生的，就是现在站起来打算结账的那位……"

　　突然，我察觉到有人朝后拉我的胳膊。

　　明娜早就站在那里停住了，注视着那里。但是，天啊，天啊，她那是怎样的神情呀！她不但面色惨白，眼睛也睁得大大的，就像朝臣把班柯的灵魂请就位的时候，麦克白看见他的表情就是这样的。

　　我也随着她的眼神看向那里。

　　这时，那位绅士结完账，转身看向我们这边，接着马上把他那顶高丝绒帽举了起来。

第二十六章

　　这位如此洒脱的绅士，便是亚克瑟尔·斯蒂芬森。

　　他走向我们的同时，拉下了右手戴着的手套，明娜也正脱她的手套，但是套得实在太结实了，所以当他来到我们跟前时，她仍在脱着她的手套。

　　"噢，明娜，别麻烦了，我们都是老朋友了。"

　　但是明娜带着奇特的微笑，坚定地瞧着她手上的手套，可能她也庆幸这手套的固执。终于，她还是把手套脱了下来，此时她的手指上正套着我送给她的戒指。我好像能够感受到她正用爱抚的眼神盯着这爱的象征，斯蒂芬森却是忧伤地注视着它。他们握手的时候，明娜扫了他一眼，接着把我们介绍给彼此认识，她的动作使戒指显露出色彩来。

　　"这是哈罗德·芬格尔，我的未婚夫。"

　　我们有些拘谨地弯身行礼，而且说了一些见到彼此很高兴的客套话。但是在这种情形下，他比我显得镇定，所以从他出现我就很气愤，现在这使我更加恼火了。

明娜就如她的母亲对我说话一样，说了些无关痛痒的话，不过她还是算机灵的，她说："你怎么突然来德累斯顿了呢？"她为了使自己镇定，头一次注视着他，说："你在两周前的信里可没有提到啊。"

德国可不同于丹麦，在这里，青年男女，包括兄弟的亲友、远房亲戚，还有熟人，鲜少有人直呼彼此的教名的，所以，明娜也没有注意到，她和一个丹麦人已经订婚之后，斯蒂芬森还称呼她的教名，可能是想凸显他们亲密的关系或强调我们现在是平等的地位。

她回身走上台阶。我们分别陪在她的两边。我看出来，明娜在我面前提起那封信，使斯蒂芬森非常生气。而我故意以挑战似的口吻说："先生，没错，就是从你写的那首海涅创作的诗中，让我感受到了你的情绪。"这让他更加恼火了。

"是的，"他说，"我把信寄出去之后，便受人之托来临摹《圣母像》的，这画是柯雷乔的作品。明娜，我猜你应该还没忘记两年前我画的那幅吧，你非常喜欢，还经常陪我作画。"他说到这里的时候，嘴角故意上翘，露出一副骄傲的假笑，这种不怀好意的笑让我全身血脉偾张。"无论如何，我也不会忘记我们在画廊一起度过的那些愉快时光的。"他好像沉浸在往事的回忆里似的，看着远方没有说下去，是希望明娜能表示出自己和他有相同的感受。但是明娜没有出声，只是一味地看着地面，他不得不用一种稍微轻松的语气接着往下说："我曾经在信里跟你说过，那幅画被一个商人买走了。而米西纳斯居然爱上了它。"

"你实在太过谦了，你的谦虚让人无法接受……况且我觉得没有必要这么做。"我看到明娜正用责备的眼神盯着我，因此最后我又加上了那句话，貌似她正担心我们会打口水战。

斯蒂芬森捋着胡子笑了起来。

"我只是期望这回的委托人的要求不会太过分，毕竟我也不是总会有好运气。但是不管怎么样，就要看到的东西原本就是熟知的，总归是好事，不过我早就发现了柯雷乔很出色：她读的书肯定不是《圣经》，可能是一本诗情画意的小说，我可以肯定，她不适合看小说。"

虽然我觉得这个想法很奇特，却禁不住笑起来，不过又感到气愤，没错，他得意中掺杂的假笑，实际上是在侮辱明娜，于是我便想象着揪住他的领子，把他从那级台阶上推了下去。到时候不知道会不会把他的脖子撞折，脑海里又浮现出明娜看到这种情景时，害怕的样子，人们全都围过来，包括警察把我带走的情境。

他肯定不会想到我有这个想法，仍旧站在那里详细地说着已经呈现在我们面前的小镇上优美的景色。他最喜欢天主教堂，那教堂的前面所展现出来的两层建筑，是由历经沧桑的庞大砂岩建造成的，属于高雅端庄的巴洛克风格。黄昏的光辉在群聚的柱子间闪耀着，铜塔顶部的栏杆处也有光芒透出，就像碧绿的田野伸展到栅栏外了，用作装饰的雕塑排列成凸显出自身那凛冽的外形。斯蒂芬森说，曾经明娜让他观察塔前附近的群像，有只赤裸的胳膊在那里伸向高空朝外阴郁地伸展开，从而显现出一种异乎寻常的结果。

"我每次想起德累斯顿，就会幻想着自己在这里站着，那只伸出的胳膊仿佛在呼唤我，可能是由于很多宝贵的回忆和那里有关系。但是那里的确是个不错的地方！那里是教堂的宝库，后面的殿塔庄严肃穆。不多时，守塔人便把上面的灯点亮了。你没忘记吧，我们当时常常在那里、在人们匆忙的生活里，想象着守塔人与众不同的生活……我最感兴趣的是看到很多人在乔治走廊里蜂拥进出，随后横穿一座房子走到镇上……对面是河岸：我们在玛丽亚古桥上站着，这座桥横架在河上，鲁兹利瑟山呈现出高贵的紫色，看上去多么端庄啊，禁不住让我想到了位于台伯河岸边的雅尼库鲁姆。不过这是一个并不恰当的比喻。人们都觉得易北河上的德累斯顿便是佛罗伦萨，但是亚诺河岸的佛罗伦萨可没有这般好看的广场，实在相差太远！"

我没有到过更远的地方，因此无法用优美的词汇恭维明娜的故乡，她非常高兴听到那些赞美她家乡的话语。自从再见到斯蒂芬森，明娜头一次友善地望着他。他已经陷入对小镇的沉思中了，但是仍旧低着头，不过肯定能感觉到她正在看他，甚至有时他想抱住她，这种感情，可能有些真实，但是和他并不般配。

"非常遗憾的是，现在不能在这里住了，每天也欣赏不到这里的美景了！艺术家应该住到充满艺术气息的环境里，才能有艺术的灵感。我每次走出哥本哈根的时候都能感到：在这里人们就会沉沦。哥本哈根是一个恐怖的地方，你不这么认为吗？"

"的确令人讨厌！"虽然我并没有这种体会，但是我仍旧这么回答，满脑子想的是要比他强。

"但是它仍旧把你带回去了。"明娜一边说一边瞧着我们缓缓走下宽大的台阶。

"生活所迫，我也没有别的办法啊，明娜！"

"可是你刚才还说艺术家只有住在这里，才有灵感创作出更优秀的作品。"

"没错，但是我要靠卖画才能维持生计啊。艺术家非常自然地融入社会里，他的作品才会有人买。当时，我的心情非常沉重，于是离开了这里，现在再次来到这里，感觉更加深刻了。唉，倘若我能幸运地在这里出生……"

"你也能到柏林去啊！"我不高兴地打断了他的话。

他说话的时候，明娜眼睛里噙着泪，可能是想岔开话题，她说："噢，没错，倘若有那么一天，必须离开这座小镇的话，我肯定很难过的。"

"无论如何，无论你要离家去哪儿，都不会独自一个人去的。"斯蒂芬森故意加重语气说。

我接着补充上："我们不会总在外面不回家的，就算我的事业重心不在德累斯顿，就算因为货物，我也不会找借口出外应酬。不过……起码我们慢慢变老的时候，我能理直气壮地带着我的财富回到这里，那时候，我们肯定还会住在这里，我已经对明娜保证过了！甚至我们现在已经打算找房子。倘若我有钱了，一定要在哥洛莎花园不远处建造一栋豪华的别墅。可能到时候明娜会请你给我们装饰房子，作为老朋友你肯定不会拒绝的。"

虽然这仿佛只是为了博得一笑的玩笑，但是我还没有熟谙人情世故，因此根本做不到隐藏语气中包含的赤裸裸的讽刺与粗鲁。很快我就为此感到懊悔，因为明娜正惊恐地注视着我。

斯蒂芬森语气中毫无温度地说："我可当不了设计师！"但是接着他就回过身去，面带儒雅的微笑接着说："不过我没有蔑视那项艺术的意思，要不然你会误会我对事物的认知能力。很明显，装饰性的创作被丹麦人错误地定位了。总而言之，我不赞成部分丹麦人的误解。反而我非常看好装饰艺术，但是有人假装清高，歧视从事这门艺术的人。事实上，只是由于他们自己在这方面缺乏想象力罢了。我就是这样，但是我绝不会故作清高。所有的艺术都是一样的。我们没有实用的想象力装扮灵魂，因此只会效仿它，随后装作关爱生命、尊重生命的样子。这都是胡说八道！第一，我们多为悲观主义人士，因此我们既不关爱生命也不尊敬它；另外，即使我们拥有这些，但是我们存在着矛盾，因为生命如同一个女人，她们一直都喜欢被别人称赞。说来说去，一切艺术本来就是属于装饰性质。就好似阿波罗原本就是一个住在奥林匹斯山那个风趣的人。不过住宅装饰，天啊！有谁可以完成呢？鲁本斯可以。现在我们太热衷于此，换句话说，我们脾气特别差，但是也有原因的。因为我们一直很紧张、精力不充沛，而且倘若整天装饰，我们便会脑袋痛。我们假装说自己没心情跳舞，但是实际上是因为我们的两条腿早就疲惫不堪，变得僵硬了。但是，你可能反对这种想法，芬格尔先生，我很清楚它们并不是现在的潮流。"

"我很赞成。"就算只是其中的一部分，他可能是想这次辩论会使他成功上位，但是如今我并没有给他机会，让他失望了。不过，我很清楚他说的这通废话没有任何价值，只不过想告诉大家，他很聪明早就听出我对他的嘲讽了，最关键的是，他打算在明娜跟前表现一番。他不时地瞟向明娜，笑容里满是得意之色，好像在说："这个笨蛋想让我们掉进陷阱里，而我及时反应过来，岔开了话题，你听到了吗？我期待着你对我的感激。我说的艺术很有意思吧？他也可以试一试，但是他识相地选择了停止。我明白这个时候不应该再继续下去了。这么做已经很完美了！"

剧院门外已经有些绅士和小姐站在休息室的阳台上了。我记起昨天这个时候，我和明娜站在这里，我对她展示了我的才能，以及会不断增加的财产。"他在自己的宫殿顶上站着，波利克拉提斯！波利克拉提斯！"

"哦，还没告诉你，"斯蒂芬森停顿了一下说道，"我已经去探望过你的母亲了，她的身体依然很健康，行动也很灵活，我真为她感到开心。"

"真的吗？昨天你就回来了吗？"

"哦，不是，我是今天坐早班车回来的。"

"什么时候走呢？"我迫不及待地问。

"还没决定明天走。"他有些挑衅地笑着说。

"你那么着急去探望明娜母亲，"我说，"我还以为你明天就要走呢。"

"但是画那可不是一天就能画完的。"明娜说道。

"就像罗马！还好没人用过那幅画。我已经和管理员商议好了，明天我就可以开始工作了。"

我早就经忘记那幅画的事情了，很明显他也一样。

我们已经缓缓地穿过了茨温格宫，目前已经走过花园来到后庭。在那些枝干互相依靠的刺槐树后面，街灯发出一道暗淡而模糊的黄色亮光，正与夕阳那最后一抹余光搏斗，苏菲教堂精致的哥特式砂岩的正门在这片亮光下显现出来，而细小的露天塔尖直竖在暗淡天空中的幽幽树顶上，就像鬼魅一样，天空上几朵轻柔的白云仍旧闪烁着玫瑰红的淡光。夜间漫步的时候，我经常发现这里被迷人的光芒覆盖着，但是如今，我讨厌的是，斯蒂芬森竟然提到它，并且还以艺术家的角度把它占为己有。

"瞧，它就在对面屹立着，实在太美了；就和凡·德尔·内尔一样。"

"没错，在这里就能看见那美妙的光照效果了，"我说，"有一次，我们在萨克森—瑞士发现了'真的普桑'。"

明娜紧闭着嘴唇。斯蒂芬森有点不明白我们说的什么，他觉得我是在讽刺艺术家的艺术形式。

　　"没错，我也坚信不疑。哪里都可以有话聊。不过，就这么结束吧！我在韦伯宾馆住，我现在就要回去了。可能我的出现已经打搅到你们了。"

　　当然，我们客气地回答他没有。他急忙走开了，他脚下踩到的碎石发出嘎吱的声音。

　　我们朝家里走的时候，谁也没说话。在邮局附近，我们看到许多黄色的车缓慢地行驶在回家的路上，正像蜜蜂们劳作之后返回蜂巢时拥挤的场面，四处接连不断地响起喇叭声。

　　我心里悄悄地咒骂着那些邮差和所有的邮局。

第二十七章

　　雅格曼夫人给我们开门的时候，露出特别不安的神情，她拉着明娜走到幽暗的走廊里，小声说着话。我关门的时候，正好听见明娜说："是的，是的，我们知道了，已经遇见他了。"

　　"噢，天哪！"她的母亲吃惊地喊道。

　　这并没有使我的心情平复。我不停地走来走去，忍不住朝那幅斯蒂芬森的油画像挥起了拳头。听到开门的声音，我才意识到自己的行为，接着我便把手放进了口袋里。

　　明娜倍感疲惫地坐到沙发上。

　　"他想让我怎么做？"她担心地大喊。

　　"这和你有什么关系？他是来这里工作的。"

　　她摇摇脑袋："他是想重新占有我，这才是他真正的目的。"

　　"真是可笑！你怎么会有这种想法？"

　　"你不是也这么觉得吗？"她好像有些怀疑地盯着我。

　　"可能是有那么一会儿我是那么想的。不过这样的情形下，有这种奇特的想法也不奇怪。不过，有什么能证明吗？"

"你发现他在说'无论你到哪里安家'的时候说话的腔调了吗？这些话太露骨了，我对他的表达方式太清楚不过了。"

"不过，他实在有些太肆无忌惮了。我们现在已经订婚了！不过，也许就算我们早就在几年前结婚了，他肯定还会觉得自己是有机会的。"

"太丢人了！你这么说实在太讨人厌了！你怎么可以这么批评他啊。"

"你这是维护他！"

"有什么奇怪的呢？你也清楚这样说是不公平的。另外，你应该知道你诋毁他的时候，我会很难过。因为不管怎么说，我曾经爱过他，而且我现在……今天下午你说的话，有些过分；你总是攻击他，我原本就非常紧张，你却一点都不为我考虑，实在太尴尬了。"

"明娜，是我的错！原谅我吧。我自己也察觉到了，但是你应该理解我，在那种情形下，我无法控制自己。"

"这就是说你怕他，你和我一直都在怕他，不只是你说的那一瞬间。"

"没有，没有，只能说他的出现使我很恼火，你的从前曾经是属于他的，我肯定对他非常厌恶。"

"这是无法改变的事实啊，我过去是属于他的，那些都是有意义的经历，让他现在还觉得他可以继续影响我，可能这也是事实。"

"明娜，明娜？你到底说了些什么啊？！"

"噢，我也不知道。"

"你要明白，你是属于我的，而我也属于你。"

她轻轻点点头，嘴巴紧闭着朝前看去。

"你要知道，你是爱我的。"

明娜起身，抱住我。

"对，我爱你，我知道。"

"因此，你不用怀疑任何事情，就算是他也没有区别。他确信你肯定不会屈从于一场有着利益的婚姻关系，而他也很清楚，我并非公爵，更不是什么有钱人。"

我们坐在沙发上，握着彼此的手，我一直安慰着她。屋里光线很暗，我基本上看不到她的样子。她不怎么回答我的话，我不知道她听没听到我说话，或者她在走神。忽然，她拉住我的手说道："哈罗德，我们一起到别的地方去吧。明天就离开这里。"

"走？但是我们要到哪里去啊？"

"到山上去，可以去布罗肯山，厄尔士山，哪里都行！"她因为这样的决定反而高兴地笑起来。

"那也行。但是明娜，这么做真的好吗？"

"我可以的。我都想好了，我不用考虑亲戚。我能自己做主，我可以的。"

"好，你在关键时刻抛弃陈旧的习俗和观念，让我很欣慰。不过我觉得在这样的情形下，你应该知道对我来说，你的名节是世界上最宝贵的，因此我认为不能那么做。"

"可以的，而且必须那么做！"她近乎是命令地说。接着她把嘴巴伸到我的耳朵旁，几乎谄媚地说："走吧，哈罗德。就同意吧！"

"好吧，亲爱的，我同意。"

"真的吗？"

"那我们明天就离开。"

"对啊，有什么不妥吗？"

"不过我没多少钱，突然做出这样的决定，我没有任何准备，现在我不知道应该怎么办。在这里，我只认识赫兹夫妻。"

"不要，天啊！赫兹夫妇！不知道他们怎么看。我把他们给忘了，那我多尴尬啊！"

"没错，你说得没错，这非常重要，我们必须详细盘算，如果草率决定，那么后果不敢想象。"

事情的转变正中我的下怀。我接着安抚她，觉得她几乎就要放弃这个打算了，但是突然她说道："倘若我们有自己的钱，那我还是打算离开……钱竟然有这么大的作用，实在太恐怖了。"

正在这时候，她的母亲举着一盏灯走了进来，明娜满脸的恐惧把我吓了一跳，可能是因为被忽然出现的光晃到了，才表现得这么夸张。她好像要不得不面对无法躲避的命运，同时我也感到莫名的恐惧和不舒服，仿佛危机就在眼前，虽然我无法想象它马上来到的情形。就算不幸的明娜和斯蒂芬森相遇、听到他的那些荒谬的训斥以及毫无益处的诉说，会感到难过，但是所有问题都能解决的，所有的事情我都可以包容。

我把自己预想到的事情埋在心底，没有说出来，也正是因为这些符合常理才得以成为现实。明娜好像也赞成我的看法。

我们都是用丹麦语说话，她的母亲听不懂也插不上话，因此打算安静地离开，明娜却把她叫住了，并且和她说起萨克森地方语言以及德累斯顿的俗语；她快乐地说着这些有意思的话，高兴地笑起来。还有明娜表现出来的那副怪模样，使我的心情也轻松许多，暂时把刚才的事抛至脑后了，她的母亲更是笑得眼泪流了出来。

喝完茶之后，她的母亲就睡着了，明娜坐到钢琴前，弹起了肖邦的那首《摇篮曲》。她还弹奏了《华尔兹舞曲》，不过她停顿了好几次。

"今天好像手感不是太好，"她一边说，一边走到我身边，"我还是读书吧。"

她取出那本《海尔布隆的小凯蒂》，我们已经一起读完一部分了，还打算去欣赏这场表演呢。

很快我们便沉浸到那优美的情境里：蹚过小溪的时候，凯蒂忘记提裙角了，这时老用人喊着："孩子，把裙子提到脚踝以上就行，凯蒂。"但是她仍旧跑去找来木板。

"哦，赫兹先生觉得你就是凯蒂，非常对。"我说道，"你记不记得我们去采石场爬山坡的时候？"

"哦，我没忘记。你太倔强了，那么讨厌！你不知道当时你有多逗，如同一个戴着一副不合适的面具一样。"

接下来就是一个震撼人心、最浪漫而寓意深刻的恋爱情境，她读得很投入，因为这部分也是所有戏剧文学都有的：接骨木下是凯蒂休息的倩影，她在蒙眬中答复着伯爵的提问。"没错，你在爱情里，像一只甲虫。"

"这就是你的真实写照！"明娜大喊，"那几天我应该这么喊你才对。"

我们相视一笑，并互相亲吻着。

她流利地读了大约三十分钟之后，忽然不读了，脸色变得通红。我仍旧没有发现这一点，那书已经打到我的脸上了。她原本就是要把书丢到一边，但是我恰巧在对面坐着，于是书就顺势打在了我的脸上，可能是我想让她继续往下读，因此她有些恼火。

"哦，我这是干什么啊！"她大喊着，跳了起来，跪在我的身旁，"我太卑鄙了！是不是打伤你了？"

我微微一笑，告诉她，我只是被她吓了一跳罢了。

"我不可以再读了，他怎么能写这些东西呢？我都恨不得跳过这部分。"

我打算把书捡起来，但是她一把抢了回去，抚平书页，随后放到书架上去了。

"倒霉的家伙！你会不得好报的！"

"对，就回你该待的地方去，自我反省去吧！"

我们肆意地笑着。书打到我的脑袋时，老人就已经半睡半醒了——我们发出的笑声最终还是把她吵醒了。

"孩子们，你们的声音太大了，值夜的人要被你们引来了。"她说，"现在很晚了，哦，天啊，没错！还是床上睡觉舒服！"

她把柜子上的那截儿短小的蜡烛端起来，缓缓地走出去了。

往常这个时候，我已经该离开了，很少会待得这么晚，因为明娜每天都会早起床。

不过明娜没有让我离开，她说她可能要很长时间无法入眠。

"我读了那么长时间的书给你听，应该换你给我讲故事听了。"她说着，坐在了我的身旁，"我给你说了很多我的往事，但是没听你提起过你的经历，和我说说吧。"

当年，我在泽兰省南部的一个护林场生活得很平淡、很寂寞，因此，我把这些事情讲给明娜听。我对自己的母亲印象不太深刻，当说到刚去世的父亲时，我却很伤心，因为我觉得，他一定会喜欢明娜的，而且明娜也会把他当作自己的父亲一样看待。从一些方面来说，他比较奇特，他信奉叔本华，是自然哲学家，所以他经常和当地的牧师吵架，因为那些牧师想要转变他的信仰。我是跟着他一起生活的，过的是一种隐居的日子。因此，周围的邻居也不喜欢在他的影响下长大的我。

这时，明娜唱起歌来，那是《瓦尔基里》的一个选段，西格蒙德描绘他年轻时代的生活：

> 随着父亲逃亡在外
> 没有亲戚朋友；
> 在森林里和野兽一起生活
> 一晃数年过去
> 我已经失去了青春。

"我问你，丹麦有没有狼？"

"有啊，不但有狼，还有坐着滑板的北极熊上蹿下跳的。"

明娜把手覆在我的手上，轻轻敲着。

"是的，一切都是可能的！波兰也有狼。我曾经在表姐家住过一段时间，她就是嫁到了波兰，当时我就听过狼嗥叫的声音。没错，和你见到的一样！没错，你怎么没有学林业学啊？我非常想和一个林业专家结婚！"

"哦，那你怎么没有早告诉我啊。不过如果真是那样的话，我们就可能碰不到一起了。"

"这是为什么？到时候你肯定到萨兰德上大学。只要我们有缘，肯定会相遇的。"

"你就是一个宿命论者！"

"哦，你早就应该知道我是那样的！不过，说实话，我真的认为你应当学习林业学。"

"我曾经非常喜欢它，但是后来我想做建筑师。我的舅舅在伦敦一个庞大的瓷器厂里当负责人，他告诉过我，如果我能考上理工学院的话，他能帮我安排工作，所以我才决心考取理工学院的。没错，那是很好的机会，我的父亲也认为我应该把握住机会。另外，他觉得我应该踏踏实实地工作，就不会像他那样，变成一个幻想家和遁世者。"

"我敢说你仍旧会变成那种人的。你是个热心肠。你从来没有告诉我关于你爱的人的事情。难道你没听说过，只要订婚的夫妻就会马上告诉对方自己曾经有过的恋人吗？那些订婚前就告诉对方的人，虽是罕见，也与传统不符，但是你好像准备打破它们。"

"不是，不是这样的。我发誓，肯定会对你坦白一切的。我在情窦初开时，曾经喜欢过一个护林员的女儿。"

"噢，还是乡村爱情啊！"

"也不是，只能说算一部分。因为她并不好看，我一直都在幻想中度过的。不过我一直认为，应该有一个人让我以狂热的心情把她名字的字母缩写刻到树上去。"

"对，你们男人都是饱含讥讽地说着你们曾经喜欢的人，就我们女人最可怜。下一个是谁？"

"没了。"

"什么？哈罗德，看着我，哈罗德！"

"是真的，你要相信我，没有了。但是我曾经走在大街上特别喜欢看那些偶遇的漂亮女人。我也曾经有几次在梦里建造虚幻的亭台楼阁……"

"哦，你是一个伟大的建筑师，做那些是轻而易举的事情。但是我敢肯定你没说实话。"

"为什么这么说？你要知道我社会经验很少，没遇上几个漂亮的女人。"

"是的，可能有其中的原因。也许是因为那样你才会爱上我的。倘若以后你知道我和其他人没有区别的时候……"

"但是你和她们有区别啊。"

"是你没发现罢了。"

"我非常肯定，你和她们是不同的……再者说，我为什么要喜欢那些和我没有关系的人啊？"

明娜高兴地拥住我。

"你说的都是真心话，因此，我应该奖励你一个吻……倘若你总是这么想就好了！不用向我保证任何事情，保证是没有用的。快吻我！"

十字教堂的大钟敲响了十二下，我必须走了。

当然，大门已经关闭了。明娜只好陪我走下去打开门。在犹如冰窖一样的凄冷门廊上，我们拥抱了很长时间。走出门之后，我没有停下来，反而是急急忙忙地走开，避免路人与邻居看见她。当她打算关上门的时候，她的裙角被走廊上的风吹出来了。于是我返回去帮她，尽管还有路人走过，我仍旧忍不住偷偷吻了她一下。

那盏被她放在门廊的小灯发着微弱的亮光，覆盖着她那暗淡的身影，灯光随之闪烁了几次就熄灭了。

她急忙低声说道："再见，再见！"接着就把门关上了。

第二十八章

我健步如飞，心中默默念着："梦想在心中，唇边有热吻。"就像朗诵的一首德国的抒情诗那样。我兴奋地深深呼吸着深夜中清新的空气。我的手杖击打在街道的地面上，步伐如此坚定。只听到马路对面有个男人发出的脚步声和我同步前进。整条街上仅剩两家亮着灯的房舍，而且都在我行走的这边，我扫了一眼那个路人，但是没有看清楚是谁，可能他看到了刚才那甜蜜的情境。突然，他横穿马路，故意清了下嗓子，随后把自己的帽子举了起来——是斯蒂芬森！这个发现使我大吃一惊。

"很抱歉，芬格尔先生，"他说，"这时出现可能吓了你一跳，似乎……说实话，我一直等候你呢。"

"是吗？那你肯定站在这里很长时间了。"

"你和你未婚妻分开要比平日里晚多长时间，我就等了多长时间……这说明我多么想和你谈谈。"

"你太瞧得起我了。你想……"

"我打算和你聊一聊，聊一个和我们都有关系的重要事情。"

"没问题。"

"我们到一个我经常去的啤酒屋喝一杯如何？我们能单独聊聊吗？"

"就一杯酒，当然没问题。"我答应下来，尽可能表现得毫不介意而又很高兴的模样，虽然我觉得这就仿佛是别人在请我一起喝毒药似的。

"你喜欢德国棕色的啤酒还是比尔森啤酒？我觉得我已经受不了丹麦产的啤酒了。"

"是的，那简直就是开水添入杜松子酒似的。"

"是的。不过那也是我们的骄傲！是呀，就像德国人说的幸福那样，无论如何，它仍旧给我们带来了几尊雕塑。我们就到'三只渡鸦'怎么样？也许你也熟知那里。"

"不，我很少去那里，只有几次而已。"

"是吗？我曾经差不多每天夜里都要从明娜家里走到那里去。你应该听说我曾经在那里住过吧？是的，我还有那里的钥匙，所以，从来没有享受过那么美妙的分别。说到这里，你听说过有个这样的说法，'一个天才从来没有拥有过自己房间的钥匙'？我觉得这用在我们丹麦聪明人身上特别恰当。前些天，我就看到过这么一个新作家。我觉得你应该知道我们新的文学吧？这不得不说，中间有很多'go'，另外，我比较喜欢法国的小说。太好了，我们已经到了'三只渡鸦'，用这么多灯装饰了，这可是罕见的。请吧，你先！"

他站到一边，让我先走到灯光四射的门廊上，接着他带着我从左边经过一间台球室，那里有五六个身穿衬衣的人在打球，后面就是一间空屋子。这时，我们还没脱下来外套，就有一个脸色苍白、嘴角两边有着两撇儿胡须的胖服务员走了进来，赶紧上前替斯蒂芬森脱外套。

"教授，欢迎光临！"他说，好像是特意告诉别人他和这位客人很熟悉一样，然后又补充一句，"这次回来，还是为了画画吧？"

"是的，海因里希，'三只渡鸦'最近生意怎么样？"

"没太大变化，托您的福，教授，还和从前一样。不过，我们从去年开始就没有再酿制比西米亚啤酒了，就是您偶尔想喝的一种。另外，您还记得那个名叫弗朗茨的服务员吗？就是一脸红胡子的那个。"

"是的，他离开这里了？"

"去年复活节，他去弗里德里希新开了间酒吧。听别人说他的生意很好，但是我觉得，'已经到手的东西……'"

"你说得没错。你千万别走，这里可离不开你。不过，亨利，我想和我的朋友单独聊一会儿，可以吗？"

"哦，教授，这是当然。两杯比尔森啤酒？"

"很好，另外……"

"当然要加盖的，教授！"服务生抢着说，接着鞠躬，掸了下他胳膊下的餐巾，急忙走开了。

我坐到那张天鹅绒的沙发上，一股自卑感使我很沮丧，这种自卑感的产生是因为自己到了一个不熟悉的地方，而结伴而来的是常客。这位常客和服务员之间的关系就像用人和王子的关系，有貌似朋友般的接触，而对别人来说，不管怎么热情都仿佛是在恩赐。况且这是多么特别的客人呀！离开这里好多年之后，再次到这里来，仍然就像昨天还来过的样子。斯蒂芬森显然为了被称作"教授"而得意扬扬，他把腿伸出来，扫了一眼沙发上的那面镜子，手在衣领和脖子之间弄来弄去。

"这些服务生的记忆实在令人佩服！"他说，"他竟然还记得我经常用带盖的杯子喝酒，而且知道我常喝比尔森啤酒。实在令人匪夷所思啊！还有，我曾经在柏林和一个搬货工有过相似的事情……"

于是，他讲了些无关痛痒的事情，以此避免服务员送啤酒之前这段时间的尴尬。我觉得他对我好像一只猫侮辱一只老鼠那样，好几次我都有站起来离开的想法。相邻的房间里传过来一阵枯燥的数数声。突然传来一阵沙哑的歌声：

> 我顽皮，
> 我顽皮，
> 我们都很顽皮。

服务员送来啤酒之后，又马上走开了。

斯蒂芬森对着我举起了酒杯，喝了一大口。

"哦……"他想说正题了，"那……哦，你要不要来支烟？"

"我一般不在夜里抽烟。"我说。虽然我很希望能用香烟平复一下我现在敏感的神经，但是我口袋里已经没有烟了，不过当我想到他的东西的时候，就感到一阵厌恶。

"哦，你是个生活有规律的人。"他点上烟说，"是的，有规律，就像旅行箱，旅行的时候不应该带太多东西。艺术也有自己的规律，不过我们应该谈的不是这个，是我们都关心的事情。"

"没错，我觉得现在可以了，"我急忙喊着，"我有什么能效劳的吗？"

斯蒂芬森奇怪地笑了一笑。

"我保证你能，但是那不是我要说的……嗯！我们遇见的时候，我告诉过你们，我是来这里画画的。"

"我并不觉得有什么不合适的，毕竟你的确是位画家。"

"没错……但是我并不是专门为了画画才来的……是因为明娜给我写的两封信，她在信里给我说了你们订婚的事情，我才赶来的。"

"我不懂，你怎么会因为两封信就跑来德累斯顿了。"

"可能只要你明白我与明娜之间的特殊关系，你就全懂了。"

"我已经很清楚地知道你们的关系了，因此我更加不理解你怎么会突然出现的。"

"没错！不过我觉得你必须知道，她马上要和别人订婚的事情令我非常吃惊，我却……"

"请等等。吃惊？怎么回事？我觉得你应该早就有这种心理准备的，这对你来讲应该是一个好消息。从前你和她卿卿我我，但是没有任何结果。虽然你没有把她变成你的情妇，但是你获得了她的爱……"

"这是过分的指责，芬格尔先生！我必须明确指出你的冷嘲热讽……"

"很抱歉，你可能不清楚，在你和明娜两个人之间，我更加信任明娜。从另一个角度来说，你缺少道德心，也没有胆量担负订婚带来的责任。"

"订婚？那是最后的一步。芬格尔先生，你实在太幼稚了，也许你仍旧持有丹麦的观点，仍旧停留在四五年之前，或者六年时间的订婚。而我不一样。我为了明娜，可不想遵循这种可笑的观点，做一个规规矩矩的丹麦未婚夫，绝对不可能！"

"这样很好，这不就是你坚持的原则嘛。不过，很遗憾，在订婚方面，德国人与丹麦人如出一辙。明娜的德国思想以及德国方面的认识，也许不能左右这些行为。但是，更抱歉的是，你并没有告诉她，你在这种状态下的想法，而她觉得你们之间已经没有关系了。"

"她做得对……当然，我也希望她能获得自由……"

"你也是自由的，你的艺术更重要。"

"你这是什么意思？"

"毫无疑问，你以自由为借口。实际上，现在我就可以告诉你，一个有着充足财产的女人，能满足你成家的欲望。"

斯蒂芬森面带讽刺地笑了笑。

"我不得不说，谣言从哥本哈根竟然传到了这里，这是我没想到的事情。不过我能明白，你也没剥夺明娜获知这些新闻的特权。"

"你怎么想都无所谓，和我无关！但是请你明确一个事实，她已经动用了自己自由的权限，这使你惊讶乃至恼火，可以看出来你并没有做到自始至终都没改变想法。"

很明显，我突然转移话题，使斯蒂芬森很生气，他却及时地咽回了即将说出口的话。他眉头紧皱，沉默着看向房顶，做了深呼吸，接着感叹一声，这段时间差不多有几分钟。"他要干什么？"我想。台球室传出的声音越来越嘈杂；唱歌的人拖着忧伤的颤音唱出长声调："晚安，亲爱的宝贝。"好几种声音混杂在一块儿，虽说绵长却不协调地高声唱着"亲爱的"。斯蒂芬森笑起来，他揉搓着眼睛，茫然地盯着我看。

"你不了解我的为人。"他解释说，结结巴巴中带着柔和乃至温柔的声调，"刚刚你说了什么？我明白，她是自由的，我也不会因此生气。但是这不是关键！我没有感到一丝委屈。但是也不能说她已经使用了自由的权限，你这么恐怖的发现，实际上不是这样的。倘若我知道她打算和一个她认识很长时间的青年人订婚，而且她已经见过那人的亲人，他能在短时间内和明娜结婚的话，就像她经常去探望的犹太夫妇的儿子，叫什么来着，我忘了……"

"你是想说赫兹先生吧？"

台球室正在带着讽刺的意味，唱着《赫兹好人》。

"对，就是赫兹先生。当然，她可以和他结婚，为什么不可以？虽然不能说门当户对，但是那人也是值得托付的。如果是那样，我肯定会选择退出，并且从心底也会悄悄祝福他们。实际上，在那种情形下，根本不需要问我的意见。"他说话的语气里带着一种讽刺和嘲弄的语气。

"你说的最后那句话很好。就现在的情况来说，也可以吗？"

"不。请你从我的角度考虑一下。虽然明娜和我已经分手了，但是我们仍旧是朋友，我们不但是朋友，除了表面上的束缚以外，我们彼此承诺不会忘记对方。我们就这样有原则地保持了一年半的书信来往，也许你已经都听说了。但是我并不是'容易悲伤'的人，就算是对我的朋友有那么一点儿，我们之间没有以感情和许诺来约束彼此的爱。可是，幸好艺术融入了'阅读中'，而这些，我能够毫不夸张地说，在两三个月之前，我收到的都是来自爱我的人之手的信。"

我的脑海里马上出现了那本丹麦小字典，曾经那是明娜最宝贝的书，因此我没有反对他。

"然后，她就忽然对我说，她准备和一位相处不到三个星期的青年人订婚，那个人却不能立即娶她——请原谅我这样说。她要嫁给一个没有经济基础、无法给予她安定生活的人。请原谅，我必须在说起之前的事情，提到你的经济情况，这是件很痛苦的事情，我也清楚短时间想建立一个温馨的家庭，却没有充分的钱财维持它，本来就是不光彩的事情，更不用说这是从别人嘴里说出来的，就更丢人了。但是，这对我来说非常重要，这说明她在决定订婚的时候，没有认真考虑过。"

"就像我给明娜讲过的，也可以说，你应该明白这一点，最后也应该知道这非常关键……"我语无伦次地说着。我生气的是，自己竟然承认明娜之前和我讲过他会干预我们的事情。他喝了一大口啤酒之后，悄悄地看着我，接着得意地吸掉沾到他上嘴唇胡子上的啤酒，貌似告诉自己："噢，朋友，你早就想好了！你们早就谈论过这件事情了。"

"关键！噢，那是肯定的。"

"这就是说，我们两个人的事情……总而言之，和你没有关系。"我有些粗鲁地打破僵局，气愤地盯着他。

"有关系，肯定有关系！你的想象不太现实……不管怎么样，我都很明白导致你们走错路的原因是什么。你当然瞧不起这种为了利益的婚姻关系，你不记得我刚才反对丹麦人的这种成见。就算是一种全世界性的成见。总之，我觉得处于利益的婚姻关系是最有机会走上幸福生活的，但是要时刻记着整个婚姻就是一种畸形的诞生，这可不算我的诅咒……不过，我们都明白，你们是不会有这样的婚姻关系的；你可能会说，你们之间有感情、热忱以及爱情。但是请不要误会我的意思！我相信，这就像你想的那样，肯定存在着，甚至我能够再承认：可能明娜真的喜欢，甚至可以说爱你。但是，问题来了，这种爱情应该怎么说呢？"

"她自己就可以解决这个问题，不是吗？"

"你在说梦话吗？她不可能解决好。我知道她急切地要断绝我们两个人的关系，因为这已经给你们突然出现的崭新的恋爱情形产生了很大影响，也因此让她觉得惊慌和不足。另外，我觉得她的感情这么容易转移，就是因为你和我一样都是丹麦人的缘故。"

我又记起她给斯蒂芬森写的第一封信里说的，这证实了他的猜测没错。我被他怀疑的目光瞧得有些心虚，禁不住垂下眼皮看向了地面。

"另外还有就是寂寞和这里的环境可能也对她产生了影响。当然，我也承认，你也是有优点和好品质的……"

"我们能不能换一个有意义的话题！"我大喊一声，跳了起来，"我知道你想干什么，不过我凭什么要管这些？我不同意由你来替明娜做主。"

"可是我也无须你的同意啊，这有关系吗？我有责任尽最大努力制止明娜犯这种低级的错误，如果走错了会很难改变。不管我从前怎么对她，从一个角度来说，这也是我急忙赶来的原因，这的确是我的问题，我不明白你现在的表情是什么意思。"

"我觉得这些所谓的'责任'属于世界范围的成见，你却反对它们。"

"恰恰相反，这正是我赞成的那一类。唯一影响我的只有一个原因，那就是我喜欢她，爱她！"

他也站了起来。我们面对面怒视着对方。我突然觉得按正常顺序走的下一步，我们俩应该都跳起来，然后像两只猛虎似的扭打在一起，而并非在这里吵个没完，更不是一起喝着啤酒，最后客气地分开。想到这里，我对现在的情况非常恼火，但是我控制住自己的情绪。"这出闹剧既然开始了，就让我们继续演下去吧！"我心里想着。我推开桌子，走出了这令我倍觉局促的狭窄地方，我在房间里走来走去。而相邻的房间内正在热情高涨地大声歌唱《莱茵河上的守望者》。

"那你到底想怎么样？"终于，我大吼起来，"你是要我离开她吗？"

"噢，不是，我可不会要求这种不可能发生的事情。"

"是吗？你也觉得这不可能？"

"是的，这就和纽伦堡人不可以把人吊死一样——要吊死人，他们务必要先抓住他。"

"我明白了，我抓住的是明娜，而我也清楚明娜也抓着我。"

"也就只是这么说罢了，何况这种说法早就落伍了。任何人都不可能拥有或者获得其他人。你真觉得你们只要订婚了，就把我吓退了吗？这说的就像我曾经没有机会和她订婚似的。"

"不过你毕竟很愚蠢，没有这么做！"

"可能你说得没错。但是我还有机会，她会从我们两个人里面选择一个。"

"她已经做出决定了。"

"不，不，她没有。她是猜测我不会娶她，才接受你的求婚的。你敢承认，倘若在你求婚以前，她能明白我是爱她的，而且盼着和她结婚，她能接受你吗？……非常好，但是她想错了，倘若你有高尚的品质的话，就不应该乘虚而入，在这种情形下让她做出承诺束缚她。"

"倘若她不觉得自己受到了束缚呢，不管在什么情况下，我都不会以她的承诺当作束缚。"

"噢，先生，这是关键。我敢肯定，明娜本身有着这种令人尊敬的成见，这也是女性柔弱的特征。说实话，我也对女人有些成见，如果没有这些，生活会轻松一些，也更称心如意。那便是一种奢侈，但是我们做不了什么。现在的人天生就有这种矛盾……所以，明娜也许会把这种订婚看成一种永远的时间上的约束。她算不上一个个性鲜明的人，但是她的确有着一种与生俱来的特点——忠诚。最后，你不用宣告你的主权，也无须提醒她要忠诚，便可轻而易举地留住她的温柔，留住那部分对你有益的责任。她自己不可能松开，你也不必紧扣纽带，也可以把它紧紧握在手里。我只是希望你能主动松开而已。请你弄清楚，我的意思不是让你'放弃她'，但是请不要利用这种不合法的地位给予你的权利。我是一个绅士，因此我希望你能知道，这不是为我，当然，你肯定想我最好吊死！这是为明娜，你不能不相信明娜可以对一个男人做这种婚姻的承诺。不要逼迫她成为你的，或者是心灵上的逼迫。我也不会因为她没有属于我而心中难过。倘若你发现了，或者注意到她就要犯这种蠢笨的错误，那你就有义务阻止她的自我奉献，倘若有可能，请你允许她睁开双眼，还给她自由，因为她自己不敢争取。也许你已经把我从她心里赶出去了，如果是那样的话，一切都无法改变了。但是也有这种可能存在：她爱上了我们两个人，但是感情形式不一样。那么，她一定要经过一番痛苦的选择而做出决定，但是她只能自己解决问题，我们都不应该逼迫她，不能逼着她朝相反的方向走，最后把事情弄得更难解决了……明娜一定要选择我们当中一个，没有任何力量可以使她避开选择的苦恼。但是，她可以按照自己的意愿做出决定，我想的只是这样而已。"

　　"我不会阻挡她的自由的，既不是直接的也不会间接这么做。我一定会尊重她的选择，不会试图改变的。我想你也会这么做的……我猜今天晚上，你约我见面就是为了得到我这样的承诺吧。现在我已经说了，那作为情敌的我们是不是可以分别了。"

"但是起码，我们是有信誉的情敌，不会背后放冷枪，用一样的武器开战。"

我取下挂钩上的帽子，生硬地鞠躬告辞，走出了那间房间。台球室里的人也停止了游戏。有两个身穿衬衣的人勾肩搭背，互诉"无限的尊敬和绝对的友谊"。唱歌的人坐在台球室的一角，唱起了"神保护着我们"。他们的所作所为证明了，他们已经醉得一塌糊涂了。现在已经是深夜了。

很幸运，我找到了那个胖服务员，把自己的那份酒钱付给了他。

第二十九章

我一夜都没有睡着。

十字教堂的大钟一声一声地敲着，我却躺在床上辗转反侧。偶尔我也会陷入迷糊之中，这也是要入睡的预兆，但是突然一阵激动涌现出来，我便睁开了眼睛。我的心已经被绝望占据了，好像全都没有了希望，眼泪很快流了出来。

虽然觉得不可能那么倒霉，但是只要感到它已经存在了，就很快会变成事实，因为它能够跨越广阔的悬崖，就不用质疑它战胜小困难的能力。既然已经从无到有，又怎么不可以把它从有变成所有呢？这是必然的事情，那么看上去我们不能不承认的东西，肯定是有的，但是我们要从头开始进行讨论，它一定会被打败的。这么一来，它们的本质也会随着它们的不可争辩性一起消失的。

有什么可以和拥有一个忠诚的女人的爱情相提并论呢？我觉得明娜爱我，我清楚她本性就是忠贞的女子，就像斯蒂芬森曾经说过的那样。

但是就像复仇女神那样恐怖的事情是——这种忠贞会自己害了自己的：她忠于自己已经失去的旧感情，现在和我建立了新感情——此时的她不知道该如何选择了。

　　我曾安心地享受着幸福！但是如今，却有个陌生人对我说，他要从我身边把它夺去。我又有什么打算呢？我是嘲笑这个不幸的笨蛋，还是躲开他呢？不是这样的。可能我的幸福是要我自己去维护的，因此我还和他发生了争执。更不可理喻的是，我竟然答应了他的要求，要通过更好的表现赢得明娜的心，承认了他也有获胜的机会，而且也默认了自己可能要失去的这份幸福，需要我重新赢回了。

　　这种危机是存在的，不是没有可能，而我被它压得疼痛不已，就像一场噩梦总是缠着我。

　　我曾安心地享受着幸福！但是现在我看到了自己正在面临着危机，这也正是我担心的，这个时候阴影总是悬浮在明亮的阳光上。我仍然没有忘记那封蹊跷的信是如何把幸福中的我惊醒的。突然，我又觉得在尚导的时候，听见明娜说把那封信塞进邮筒的时候，那种莫名的恐惧。第一次我一个人去拜访她母亲的时候，就沉浸在妒忌中，而如今它再次像鬼魅一样浮出来。此外，我还没能体验重逢的喜悦，它便因为明娜的难过而变得苦闷，他那封充满谴责的信再次引起了我愚蠢的妒忌，或者是极度愚蠢的害怕。我反复请求她别再写回信了，但是她仍旧坚持回信，每次她都会认命似的说，"我一定要写回信"，她总是很坚决，我也不得不依顺她。第二天，她就把写完的信拿给我瞧，我们就坐在"大花园"的那个小丘上，眺望着远方的百合岩，那时候我们整颗心渐渐沉浸到阴影里，仿佛正回想已经失去的快乐。

　　如此一来，我们认识的那一天，命运就已经注定了我们之间特殊的关系，而且命运的威胁越来越近了。一直到斯蒂芬森提到的"敲响了我们之间的门"。他一定能走进去，看来他的威胁是有效果的。

我想到了，命运敲响大门的时候，就已经证明了我们可以接受它，如果有必要，我们也可以把它丢到楼下去；我们承认有缺点，要不然，命运会轻而易举地掩盖住事实真相。

这种混乱的想法占据着我的脑海，我好像看到我垂头丧气的模样；接着一阵恐惧令我悲伤地站起身来。我能体会到或者看见有个灰白的、毫无形状的大东西从黑暗里走出来，不停地靠近我。但是此时隐约的描述无法说明我现在的情况，这种特殊的描绘的确无法描述，更有甚者是高深莫测，好像这是从我的内心深处浮出来的。我们的想法和幻想是不可能约束他的，就像从前庞大的生物要想在如今存在的生物中寻找自己的位置。

没过多久，我便摆脱了困境，穿上衣服走出门去。

那天早上阴雨绵绵，街上有些冷清。咖啡店还没有开门。我的脑袋昏昏沉沉的，随之而来的还有因为起得太早而导致的疲惫感。而此时，我已经饿着肚子走了一个多时辰。

最后，我终于找到一家整洁又通风的咖啡店。我在僻静的地方坐下，还没来得及开口，服务员就提议我喝一杯苏打水。

"我要咖啡。"我确定自己很需要一杯咖啡提提神。

但是店里还没生火，因此我只能等待。我觉得自己好像是在旅行中，但是并不开心，反而像是奔走在各处旅店之间、赶早去坐早班车一般惊慌的感觉。离开这里，去旅行！……昨天，明娜还这么提议。只是我反复劝阻她，但是目前来看，倘若我们已经出发，她和我并肩坐着，现在我们乘坐出租车赶去坐早班火车的话，任何问题都能解决了。我们要去哪儿呢？哪里都行，只要不待在这里！

可是，如今是不行了，就算我有钱也不可以。斯蒂芬森说的那番话，已经阻止了我前进的步伐，也许这就是他的目的，虽然他并不知道我们曾经打算离开。我不打算离开不仅是因为我的自尊心，更是由于斯蒂芬森可能会瞧不起我的做法，这让我很讨厌。我不希望我是用这种骗人的方法得到明娜的。更重要的是，我担心我这么做对她并不公平，会让她感到委屈。对我来说，离开说明了明娜思考后仍旧爱着斯蒂芬森。但是就算她答应了，我又怎么可以阻止她的决定呢？

假如后来的事情说明离开的做法太冲动了，倘若后来她觉得自己搞错了，肯定会后悔当初的决定，到时候肯定很痛苦！不，无论会发生什么事情，我们都不能离开。我的内心还有一个声音不停地低声说："还是离开吧！她一定愿意和你离开。"

我的期望和害怕都在不停地逼迫我，但是理性的我说："这么早就要去吵醒她吗？会把她吓到的，会搅乱她的内心的，她必须冷静，想明白。另外，如果我真那么做了，也证明我自己已经失了方寸，我还会因此紧张，而且会让她觉得我不值得信任！如果我不去的话，那他们就是单独相处，但是我不管怎么样都无法阻挡，因此不管是早还是晚，都没有区别……没错，他们需要谈谈，该死，我竟然会替他做打算。唉，我要不与她一起离开，要不就别假扮百眼巨人了。"

我坚持像平日里那样到理工学院上课，然后吃完晚饭再去找明娜。

第三十章

　　我走进明娜的房间时，她正坐在打开的窗子前。我从她的眼神里发现她已经哭了很长时间。

　　"他来过了吗？"我马上问她，并且握住了她正在打战的两只手。

　　"对。"她抽出左手，紧紧握着手帕捂在胸口，好像正忍受着剧烈的疼痛。

　　"他和你都说了什么？亲爱的，昨天晚上，他找过我之后，我就明白他想……他……只是……昨天你说得对，他来这里并不是……倒霉的是……虽然我这么说有点自私……"

　　我根本不知道我要说些什么，就连最简单的语言，我都无法组织起来，卡在我的喉咙口。因为哭泣，她的面部有些扭曲，我盯着她，希望她能开口说话。她紧紧握住了我的手，又忽然抽出去，重重地跌进椅子里，捂着脸哭了起来。这肝胆俱裂的哭声，使她柔弱的身躯抖动着，痛苦着，如同铁锤般重重击打着我，我也被感染了。我在她身旁跪着，紧紧地搂着她，反复呼喊着她的名字，讲笑话给她听，这些愚蠢的行为只是想让她不要这么伤心，希望她能重新振作，珍惜自己，别把自己的身子哭坏了。没多久，我也和她一样泪如雨下。慢慢地哭声变小了，她疲惫地笑了笑，还拿起手帕帮我擦眼泪，但是手帕早就已经被她自己的眼泪浸湿了。她温柔地握住我的手，低声反复地说着："亲爱的朋友。"

"明娜，我在这里，无论发生什么事，我都不会离开你的……但是你千万别这样，听见了吗？你一定要高兴起来，如果你能开心起来……我任何事情都愿意做。我宁愿离开你，也不想看到你这个样子，我这么肯定，他也这么认为……别太傻了，你应该坚强……你不用替我担心……你只要想到你自己，只要对你是最好的，对我们也就是最好的。做你觉得对的事情，顺着你内心的想法，那是最关键的……如果你能开心，我们俩也都会高兴。"

"我……哦，不，我应该是最后一个要考虑的人……倘若我可以放弃你们俩，不再使你们伤心，我真的愿意。真的，我敢肯定我可以付出任何代价，只要不会使你们任何一个人失望……但是如今，如果我选择你们当中的一个，就要放弃另一个，那我怎么能高兴起来？我做不到。"

"亲爱的明娜，实际上，这也是唯一一个问题。我明白起初你不会开心，因为你肯定要伤害我们其中一个，但是随着时间的迁移，你会开心起来的，因为你的一生必须要快乐……当你做出最好的决定，你就会渐渐快乐起来了，没有人能剥夺你快乐的权利，他会立刻接受这个事实。倘若你做出的选择是错误的，你弄错了自己钟情的人，那么我们三个人都会痛苦一辈子。"

"太恐怖了！必须要选择。如果有人可以帮我选该多好，倘若有一个人能告诉我："你应该这么做，否则就不对！"那该有多好……但是我无论怎么做都不对，因为我已经错了，而且这个错误会继续。"

"不可以，不行！你不可以就这么放弃！不要有太多的顾忌。"

"哈罗德！"她喊着，并且起身死死地盯着我的眼睛看，"你替我做出选择好吗？你敢吗？我的意思是你能给我一份保证，并且能够理直气壮地说：'你跟我走没有错。你曾经对我保证过，我不希望你改。我敢肯定倘若你违反了你的决定，那么你就会把自己毁掉。'你能吗？……"

一阵喜悦传遍我的全身，我打了一个激灵。突然，我发现我们的命运，其实掌握在我一个人的手里，而我只需要紧紧抓着它就可以。这个令人欣喜的事情，让我暂时不记得自己要负起多大的责任。但是我还没有回答，明娜就捂住了我的嘴，用诚恳而担心的声调接着说："但是，哈罗德，你应该记住，虽然你和一个爱你的女人结婚了，而那是一个不值得你这么做的女人。我知道，实际上，可能她不会带给你快乐，因为她致命的伤痛无法治愈。我一辈子也无法原谅自己，无法原谅我对初恋的背叛……他的身影不会被家庭的幸福驱赶，是他把我起初的想法、起初的独立想法和思维唤醒的，而我最美好、最纯洁的感情本就应该属于他的感情和生命所有。噢，对我来说，他的身影多么宝贵，如今，它就像鬼魂那样谴责我把原本属于他的给了别人，但是他仍旧坚定地等待我，为我们以及我们的未来努力工作着！不，不可能，我不可能得到幸福，也不能带给你幸福！"

我惊恐地站在那里，已经被这毫无希望的说辞震撼到了。我的眼神离开她的脸，竭尽全力整理头脑里的思绪，竭力想打开脑海里的那个结。我非常明白，这个天生纯洁而忠贞的姑娘肯定会替斯蒂芬森的所作所为做出一番完美的托词的。因为那封信上誊抄的那首海涅的诗作《悲歌》，她就猜出他是忠诚的，而我自从昨天晚上和他交谈之后，我便知道，他肯定会利用明娜的单纯，说出更完美的借口，这就和演戏一样。他们分手时，暗淡的时间幕布上仍旧有光照亮。而我通过明晰的判断，这没有任何浪漫色彩。我也觉得她能尽快明白事情的真相，对她来说，这便是那个鬼魂没有我危险的原因。但是，倒霉的是，不管我如何肯定，我都得承认，我一直视斯蒂芬森为敌，因此我评判他的时候，极有可能会出现不公平的现象。那么就是说……

我仍旧迟疑着，但是最好的机会已经没有了。

"瞧，你迟疑了，你没这个胆量！"她说，"你也只想到我们俩。对于第三个人，那个被我们伤害的人，可能在你眼里，那就是一个陌生人，甚至可以说是你最厌恶的人……想到我要做出的这个选择多恐怖啊，无论我选择谁，而我爱的另一个人都会被伤害。"

"这也是我无法从你的角度看问题的原因。我不懂……你对我说你爱我，我能感到，也没有怀疑过，但是你又说，你也爱着斯蒂芬森，我就不明白了。我觉得你和斯蒂芬森现在的感情并不是爱，其实只剩下了对曾经爱的回忆而已，这种爱显然非常脆弱，也不能建立幸福的婚姻关系，特别是已经接受了新感情，并且新旧之间出现抗争的时候。"

明娜摇着头。

"你爱我，是真的吗？两个都爱吗？这种情况不现实。"

"我不明白怎样算现实或者不现实，朋友！但是你想一想你所知道的，就会觉得，就算你不信，我也是爱他的。我早就尽自己所能让你明白，他在我心里占有什么地位，你也明白，我们分手那么久的时间里，我一直爱着他。是的，就算我觉得他已经不爱我了，但是我仍旧爱着他。记得你第一次遇到我的时候，你也看见了，就算是一本小字典对我来说，也是一种支撑：我用它学习他所用的语言，让我一直处于自己的幻想中，我学会丹麦语，就是想能用他的母语和他对话……而我还能怎么样呢，在几个星期以后，就不再关心他了！倘若我听见诽谤他的话，或者听说他爱上了别的女人，都可以做出自己的选择，但是我都没有听说过啊！然而，他在充满诱惑的社会圈子里，竟然能抵挡住各种诱惑，仍然保持住对我的那份真情，没有另结新欢，他比我强多了。噢，我做了多么下贱而悲哀的事情啊！他肯定会鄙视我的！噢，我不希望这样，但是可能这么做对谁都有好处！他不但没有鄙视我，还回到这里，仿佛我的选择决定了他的生命和未来。哦，天啊！原本爱是幸福的传递，现在这么深沉的爱竟然成了一个人的诅咒。"

她背过身去，竭力忍住，不让泪水继续流出来。

"明娜，我的最爱，"我环住她正在打战的双肩，说道，"你说得没错，我能够预想到，也应该预想到。这时的我觉得你和我之间的感情只是一种强烈的友情，并不是爱情。"

"为什么这么说？"她喊道，并且眼泪汪汪地看着我，"我为什么不可以同时爱上你们俩？也许爱的方式不一样，你们也不同，情况也会不同。可能实际上我爱你更多一些……"

"天啊，明娜！"

"但是事实是爱得更多的是他。"她垂下脑袋，缓缓说出这话。

我听到她的话，本来已经伸出来的胳膊又绝望地落下了，愣愣地站在那里。这时，我觉得我的妒忌心曾经害怕过的本能在刺激我，把所有的希望都驱散了，夺走了我即将取得的果实，无情地剥夺了我爱的权利。但是明娜马上又温柔地抱住我。

"哈罗德，不，不可以那么想。天啊，我做了什么！我的意思不是要伤害你。我只是没有思考就说出口了，但是我说得那么糟糕……可能并不像我讲的这样，我也不明白，现在我也彻底弄不清楚了。我只是感到你们俩在我生命里都很重要。我分成了两部分。噢，天啊，我是怎样的结果啊！"

"亲爱的，你用自己的力量打败了这些困扰，就能成为一个坚强、勇敢的女人……天晓得，我是多么想帮助你，但是你也明白，我不能伸手。没有人可以帮你，就算是疼爱你的赫兹夫人也不可以。我非常想建议你对她诉诉苦，起码她的安慰能比我说的管用，但是这并不是重点。我觉得你不应该问别人，只能靠自己。你可以出于本能做出最好的决定……关键是，我和斯蒂芬森从现在开始都不可以再给你增加不安了，特别是不能像今天这样，我们没有同时出现，反而让你更加难以选择。倘若你承受不了，也许就会草草做了选择，就像刚才似的。如今我们都已经和你单独见过面，而且分别说明了自己的理由。从现在起……"

"说明理由！"明娜大声说道，不过面带坦诚的笑，对我说，"但是，哈罗德，你没有这么做啊！"

"没有？"我胆怯地说，"你觉得我很淡定吗？"

"不是，不是那样的，哈罗德，我很了解你，你很温柔、可爱，也很关心我，你不想让我遭受本就应该对我的指责。噢，但是我可以肯定，这么做我更难受。"

"你不用考虑我的感受，明娜！你无权那么做……我要指责你什么？就算我知道将来我们没有走到一起，但是我还是希望我们曾经认识过！我非常感激你，是你让我享受到了爱……"

"哈罗德，不！噢，别那样说……"

"这让你很难受吗？那我不那么说了。我不应该因为会失去你而存在的悲痛情景把你吓到……该来的总会来的，不过我承诺你的，我一定会竭尽全力冷静地解决它。还有……虽然我还不能忘掉你，也可能……"我的嘴唇开始打战，眼泪也在眼眶里打转。"不会，不会，"我接着说，"我要说的不是这些。另外，你的内心会给你一个真实的答案……我觉得在你没有做出选择之前，斯蒂芬森和我都不应该再来见你。倘若现在你能到别的地方，或者去拜访乡村的亲戚，可能会有帮助……"

"迈森附近有我的一个表姐，她的丈夫在那里有一座农场。我到那里很容易，他们总会在夏天邀请我去，而且去之前，我也不需要写信。"

"这很好，你明天就离开吗？"

"明天就走？噢，可能不行。"

"快去吧，明娜。你不能再拖了。我想在你做出选择之前，会先把它写下来的。"

明娜默默地点了点头。她再次坐到窗子前的椅子上，盯着花园。

我把桌上的帽子拿起来，用一只手拿着，另一只手转动着，等待着明娜能回过神来。最终我走到她的面前，轻轻触碰了她的肩。她回过身，迷离的双眼惊讶地瞧着我的两只手。

"怎么？你不去吗？"

"对，明娜。我想……可能……我的意思是，我想明天你就要离开了，肯定要收拾很多东西。"

"我又不是去很远的地方。"

"是的，不远。但是我得离开了……为了……"

"不要，哈罗德！虽然我非常害怕，可能我单独待一会儿没有错，不过我得习惯……你还会来吗？"

"不，我不来了。"

她跳了起来。

"不来了？为什么？……今天晚上，你不陪我吗？"

"我觉得现在不合适，因为我们之间已经没有婚约了。"

"没有婚约了？我认为我们，一直……无论如何，如今不是还没发生什么吗？"

"'一直'，直到'我们分手'。但是你不用强迫自己，千万不要认为自己背叛了什么。无论做出怎样的选择，你都会重新拥有。是我解除了我们的婚约，你不用觉得有约束。"

"哈罗德，噢，这多么令人难过！我们当初交换戒指的时候，从没有想到会发生这些。"

她两只手紧紧握住，眼睛盯着闪着亮光的戒指。

"对，还有戒指。"我说着，同时不知道哪来的勇气用手不停地撸动着无名指上的戒指。

"不要，不可以。"她一边哭着一边喊着，握住我的手，阻止我继续这么做，"噢，我不想要回戒指，更不会把你给我的还给你！我们为什么要彼此折磨对方呢？"

我叹了一口气，笑着轻轻地握住她的手，吻上去，为她能够做出正确的选择而使我们两个人都免遭痛苦，或许那是一种最悲痛的以示感谢；只要和这种神奇的象征接触，订婚的宣誓就会呈现出深刻的含义。当骑士被告知执行死刑时的恐怖感受，可以和执刑人击碎他的盾牌相提并论，毫无差异。

"你不来了吗，哈罗德？无论有没有婚约这回事，我们都和以前一样。"

"明娜，请你想一下，我是下了多么大的决心才来找你的。当我觉得这可能是和你待在一起的最后一晚，我自己也难以承受这种痛苦。"

我完全沉浸在自己的感情里。我紧闭着嘴唇。我的目光游离他方，就是想避开她的眼神，不经意间看到简单的灰壁纸上有一处靴子形状的污点。倘若说它哪里好看，很明显太过虚假，但是内心是真正的恐惧，好像在说："可能你不会再看见它了。"明娜无奈地盯着我伤心的神情，虽然我仍旧凝视着那块污渍，但是我还是发现了她的神情。过了两分钟左右，我才接着说："但是那还是最好的方式……是的，我们之间没有改变，但是我们对待彼此的态度要和从前不一样。当然，那对我们来说是伤心的。另外，目前我们做的决定没有错，我不应该再出现在这里了，我的意思是，那对斯蒂芬森而言，要公平一些。"

"但是如果他今天晚上会来呢？"

"他这么说的吗？"

"没有，是我猜测的，可能他会来，可能是不想让你和我单独相处。他也许会觉得你会和以前一样再来这里。"

"你说得有道理，无论如何我都不允许他乱来。倘若他来这里，你就想办法告诉我。我觉得，离这里不远，你能找个人给我送信……瞧，这是我的本子，现在我把它送给你。倘若你把这个送到我那里去，我就明白了，我会立即出现在这里。不过到时候应该让他也知道，这样他就不会觉得我是突然出现的……我要走了，亲爱的，没人可以阻止我这么喊你。"

我伸出一只手，她急忙拉住，满脸的担心和怀疑。她笑着盯着我，仿佛要透过我的眼睛似的。她把脸凑到我面前，可能精神有些疲惫了。然后，我把她拉到面前，我们久久地吻在了一起，仿佛我们都要把对方吸进自己的嘴里，想用自己保护它，不让它毁掉。最终我觉得她已经脱离了我的胸口，朝后退去，而我仍旧用手拉住她。我发现她有些摇晃，她的脑袋垂在肩头，浑身颤抖，呼吸也变得急促起来。我谨慎地把她扶到沙发上，任由她瘫坐到沙发里，随后拿了个垫子，塞到沙发后面，让她靠着。

后来，我打开门去请她的母亲过来。她马上走出幽暗的厨房，我把明娜的情况告诉她之后，她又返回去取水。她像舞台上的侏儒似的，神情有些慌张但是动作十分迅速地跑进客厅里。此时她害怕的样子使她的面容更加难看了，不过这也表明她的内心里是爱明娜的，说明她还是个善良的母亲。我看到她已经去照顾那个昏迷的姑娘了，就急忙走了。因为我觉得，倘若我在那里，明娜又会激动的。

第三十一章

　　在我房间的桌子上有两封信，一封来自德国，另一封来自英格兰。通过信封上的字迹，我看出来这两封信都是谁写的，于是我急忙打开舅舅寄来的信。

　　他写信向来简洁短小，就像商人一样，他说因为工厂人员调动，他让我在一个月以内尽快赶到伦敦。如果是这样的话，我就只能终止学业，尽快参加考试，这并不会耽误我的工作，而我无须放弃进行工作的最好时机。过几天他就会给我寄充足的钱过来，让我购买所需用品以及前往伦敦的路费。他让我给他回信，好确认我已经收到了他的信。这封信，或者说是命令，让我突然非常激动起来。

　　非常明显，就算出现最糟糕的情况，就算我和明娜分手了，最好的办法就是这样——倘若这样的情形下还有什么希望。这样的想法能立即使我走出周围的情形，离开这伤透人心的地方，而我在这里也许会再次和她相见。而我要全身心投入新的工作环境里去。但是我也不会总是念念不忘这种建立在痛苦之上的奢求。另外，倘若

214

她决定和我在一起，那她仍旧会沉浸在过分的感情危机里的时候，在她最需要别人支持的时候，在她逐步改变的体会当中：她沉浸于爱情里，她不会抛弃自己的爱情，因为她做不到，这非常有利于她的幸福，想离她而去非常困难而且可能性不大。把她自己留在这里，可能要分开好几年，而陪伴她的只有那些没有温度的心以及那本丹麦小字典！尽管我会比我预测的更早一些筹备好结婚的条件，但是这也无法弥补如今我们就要分离的痛苦。

我和舅舅并没有亲密到我可以随意让他改变主意的地步，因为我们向来都只是有书信来往罢了，甚至可以说我对他根本不了解。

要是我受了重伤，那么这仅仅是英格兰的一块橡皮膏；倘若我成功了，这便是无法反抗的使命，会把我得来的幸福丢弃，事实上这和信中所允诺的美好一点都不像。一阵更加猛烈的忧愁向我袭来。

这时，房外下起了大雨，加上街道很狭窄，因此房间里很暗，我只得来到窗子前，才能看清楚另外一封信的内容。是我的朋友，身在莱比锡的伊曼努尔·赫兹给我写的一封信（他总是把自己的名字写成康德）。

他先是祝福我订婚的喜讯（他希望我能原谅他，这么晚才送来祝福，由于他"比较忙"），后来他在信中又告诉我，赫兹夫人写信给他说，赫兹先生在布拉格患上了伤寒，到现在仍旧没有康复，非常担心；他害怕母亲不想打扰他而没有告诉他实情，于是希望我能把父亲真正的病情转告他。

然而，我只是想到自己的悲伤，实在太自私了，竟然没发现赫兹先生已经病入膏肓了。所以，我们没有仔细考虑他的询问，却像一个演绎者那样沉浸在他的祝福里了，费尽心力去想他说出这些话的时候有多么勉强。敦厚的伊曼努尔·赫兹竟然已经对我上心了。我想到明娜总是不愿意谈到他，另外还有昨天夜里斯蒂芬森提到的他好像与明娜之间也有关系，好像隐瞒着什么。这都指向了同一个地方。还有就是，在我看来，爱明娜就得了解她，而我的猜想也逐渐更加明确了。

难道曾经他也深陷过感情旋涡！他又是如何熬过来的？他肯定不会是一个性情随和的人，但是可能他的控制力要高过他的热情，所以受的伤还没有到无法治疗的程度。可能新环境以及忙碌的生活，是他治伤最好的药物。

突然想到我也会走到这一步，心中便有种呕吐感，不过我逐渐陷入英格兰的美梦中了。在这个梦里，工作成为最重要的事情：不过，这只是想安慰安慰自己。于是我想到几年之后，自己和骑行队骑马横穿海德公园（就是类似于哥洛莎花园那样的），流连于各种不同的舞会，在那里可以看到上层社会和钻石级别的人物，又或许拜访那隐于林间的鹿苑里，古色古香的别墅里的主人；有位崇高的客人，网球冠军，骑马打猎，身穿晚礼服，等候用人报告吃饭的时间，仿佛拜伦提到的"心灵的警钟"。然而，不管是在网球室、乡间别墅，还是海德公园，总是有一群漂亮的女士在我周围，她们的名字世间少有，都是身价百万的继承者，就算是最卑贱的人，就算内心已经破碎，还是会屈服于这些美丽和魅力的脚下……不过，尽管有这么多美好想象，但是我仍旧念念不忘明娜那生动的形象，她永远是那么端庄优雅，纯净的美仿佛故意埋没自己的一张奇特挂毯，又如同技艺精湛的艺术家创作中的哥白林里，描绘的那个平静而神秘的人物像。随之，那些幻想也立即不见了。我并非觉得他们不会成为现实，而是觉得这对我那柔和而纯洁的理想来讲，就算所有的一切都无法成为现实，毫无意义。但是面对我的理想，我的表面已经布满了内心里隐藏的高贵成分，我天生的那点基础与俗气全都落入心灵中毫无思想的深渊。

此刻，我任由自己误入自己幻想的歧途中，令我觉得羞耻，因而，它们被我当成祭品放到了明娜开设的祭坛上，接着急忙把这些荣耀丢尽（一般任职瓷器厂第二把交椅的青年人都会有的），如果想融入得到她的幸福里或者失去她的痛苦中。

此时此刻，我渴望看到她，真的不能想象如果失去她，将会是怎样孤独的夜啊，况且我知道她就在离我不远的地方，也是一个人。夜色已经更暗了，仿佛她并没有让人喊我去。这时候我很清楚，我能这么坚强都是因为一个希望的支撑：如果斯蒂芬森去了雅格曼家，那我也一定会去的。

最后，我点上灯，准备给舅舅写回信。这时，门铃响起来了。

我取下灯罩，随手放到桌面上，接着奔向门口，我还没打开门，就听见有东西摔在地板上的声音。原来敲我门的是搬煤工人，我有些气愤，更多的是失望，我正打算把门关上，这时候听见用人和一个孩子说话，隐约听到他们说的话中提到我的名字。

我小心翼翼地仔细听着。那阵零碎的脚步声越来越近了，这时轻轻地敲门声响起来了。

我再次打开门。有个大约七岁的小姑娘站在门前，她的脸上还有没擦干的泪痕，我记得她。这个孩子与雅格曼一家住在同一座房子里，雅格曼夫人特别喜欢她以及她的小伙伴。

"小家伙，你是找我的吗？"

小姑娘垂着脑袋，抽泣着。

"你想和我说什么，还是要交给我什么东西？"

她揉着正在流泪的眼睛，而另一只手被一块手帕缠着。我把她拉进房间。

"怎么了？你是给我带来了一个小本子吗？"

听到我这么说，她哭得更厉害了。

"哦，天啊，到底怎么了？"我心想，有些绝望地不安起来。

"我不是故意的，"终于，她说话了，"我……我来是给小雅格曼……她让我带着一个本子，老雅格曼把一块蛋糕送给我……一路上，我吃着蛋糕，但是……"

我急忙拿起自己的帽子。小姑娘解开左手上的那块手帕，然后递给我一个弄脏了的小本子。

"真的不怪我，是那个坏男孩……他把我推倒了，然后小本子就掉了……掉到了池子里……呜！就是迪贝德广场上的那一个……呜呜！"

我急忙拿出一枚银币，放在她已经湿润了的手上，接着经过用人以及搬煤工人的面前，跑上了大街。楼梯间里回响着我的脚步声和他们的欢笑声。

没过几分钟，因为几分钟已经是很宝贵的了！我就跑到了热拉咖息。

第三十二章

明娜打开门，让我进去。她紧紧握住我的手，小声说道："非常感谢你能来。"

我拿着帽子，走到客厅。客厅里已经点上了灯。斯蒂芬森正在和雅格曼夫人坐着说话。这时候的雅格曼夫人穿着亚麻和羊毛编织出来的裙子，头上还戴了一顶漂亮的帽子。非常明显，这位强盗般的求爱者是借着中立的态度来看望这家人的。他们聊起了那些住客："不错，斯蒂芬森先生！实际上，我们很希望你能回来。但是，天啊，目前也没什么值得说的了，他和你一样是个画家，不过他画的是装饰类的画。"

斯蒂芬森起身，礼貌地和我打招呼，继而我僵硬地伸出一只手。因为，不管怎么样，明娜不讨厌他，我也应该顾及她，因此也不应该把讨厌他的表情表现出来。他修长而精美的手没有温度，可能他的内心会像老话说的那样，非常温暖。

我和雅格曼夫人握了握手，她的手很柔软，不过皮肉已经失去了弹性。我打量着周围，然后对明娜说："我的笔记本好像落在这里了，因此……"

"刚才我们已经找人给你送过去了，"她的母亲抢着说，"我猜你肯定是没有遇上。"

"应该是的！房东应该会替我收下的。"

斯蒂芬森笑容里带着讥讽，好像是在说："你们这么做就是因为我来了吗？"

"不过，今天晚上你能不走吗？"明娜低着头一边说，一边翻看她的乐谱。

"没错，芬格尔先生一定不会走的。我们要一起过一个开心的夜晚。"她的母亲说。

我表达了自己的感谢，接着坐到了窗子旁边。

窗台上放着一棵栽在长盒子里的蕨类植物。尽管明娜很苦恼，但是仍旧把它们照顾得很好，因此它们饱受雨水滋润。我们一起发现的那棵单叶子的蕨类植物放在窗台的中间，它不停地前后摆动那细长的草茎。由于房间外面的光芒照耀，那些刺槐的叶子和曲折的樱桃树枝闪烁着光辉。外面的大雨暴发出淅沥的响声，就像在窃窃私语，其中还掺杂着水管里流水的声音。那些玻璃窗在黑暗的衬托下如同星星般闪现出来，其中能够看到有的楼梯就像被阻隔的光柱。我注视着窗子外面，一股来自于怜悯人生的单调而奇特的悲伤涌上来。忽然，我有种特别的想法：每一处光就是一种现象，就像它有多种存在形式那样，而且每一种存在都不一样，仅有简洁的环境、绝望的空虚以及悲哀的毫无生机的命运，仿佛那阴沉的幽暗，它孤立它们的同时也把它们聚集在了一起。"但是，"我心中想道，"外面的那些房屋里，是不是也会有那么一间正发生着和我们一样奇特的聚会呢！"

"开心"已经无法形容我此时内心的情境。明娜魂不守舍地弹奏着和弦，仿佛她并不愿意弹，只是想打破这种令人难堪的寂静。她的母亲也没再说别的，仅仅感叹了一声，这也是她唯一能做的。我觉得我应该说什么了，但是斯蒂芬森先开口了。

"迈森周围的风景美吗？"他问，很明显，他是想告诉我，他知道了我们的计划。

"哦，算不上优美。它和南方不一样，再朝南的萨克森尼亚景色才更美。你们听说过这首优美的诗吗？"

Derm gleich hinter Meissen——
Pfui Spinnel——kommt Breissen.

她这么说的时候，尽管很紧张，但是很可爱，把我们都逗乐了，她的母亲笑得最开心。

"哦，对，"她的母亲抹去脸颊上的泪水，仍旧啜泣着说，"你为什么又忽然要去探望威廉敏娜啊？……这个夏天，你没有在家里待过。你一定是享受了太多的乡村空气！说实在的，人们在空气是否新鲜的问题上，花费了太多的精力。"

这一番对明娜外出旅行的幼稚辩白，使所有人都放松下来，虽然我明白事情远没有如此简单。如果我们都明白当时的情况，这么说可能有些使人太痛苦了，我们也觉得应该把自己所了解的事情全都说明白。在那个好女人的面前，我们好像是位于早就安排好的位置上，而且这个位置非常适合我们隐藏真实情感的。

"我们仍旧能够享受这样的夜晚里，"雅格曼夫人接着说，

"就像我们仍旧能玩牌似的，斯蒂芬森先生，你没忘记你住在这里的时候，我们经常玩牌，那时候我的丈夫也还活着……噢，天哪，那是多么快乐的时光啊，多么幸福的家庭聚会啊，唉，这么说……说的是，我经常被我的同伙训斥。"

"我想，那应该不是我。"斯蒂芬森笑着，非常温和地说。

"噢，肯定不是你，斯蒂芬森先生！你一直思虑周全而且举止得体！但是我的丈夫不喜欢。他要是输了牌就会发火。实际上，他真的是……噢，天哪！不幸的雅格曼只要倒霉就会变得焦虑不安。"

"我记得那时候，他玩得不错啊。"

"是的，我也这么觉得。实际上，他做任何事情都很好，这个不幸的雅格曼……但是做任何事情也和玩纸牌没有区别，手里没有好牌，也没有办法。"

我觉得，可能是同伴水平差。

"哦，天哪，没错，原本我的丈夫可以做得更好，不一定非要当一个公立学校的老师，但是那样也无可奈何。好了，斯蒂芬森先生！哦，的确，很多时候要看运气，你也清楚，有时候运气差。"

斯蒂芬森竭力装作同情的模样，而我一直注视着明娜。她没有离开过钢琴旁边，侧过身子看着我们。很明显，听到这些话，她非常生气，因为她嘴边露出略带讽刺的微笑，而且还时不时地抖抖肩膀。

"我感觉你给雅格曼画的画像，他的特点很突出。"我故意转移话题，对斯蒂芬森说。

"噢，没错，而且融入了旧时期的'鞑靼'风格，虽然他看上去要比画上的更亲切一些。"

"父亲的那幅画像，非常生动逼真。"明娜说道。

"噢，天哪，是很好。"

"我用铅笔画出来的还可以，但是这幅明娜的彩蜡像，我也用了很多精力，但是仍然没有画出韵味来。我实在不应该让它挂到墙上去。"

"斯蒂芬森先生，请别这么说。那是一幅很好看的画！那时候，我们家里原本没有彩色画；原本是有一幅画，是一个坐在船里的孩子的彩色画，我觉得它很好看，明娜却不允许我挂出来，因此，我只好把它挂到卧室里去了……另外，你送给我的这幅沙发上面的画，我还没来得及谢你呢……你千万别谦虚，那幅，别人一眼就能看得出来那是明娜的画像……"

"但是也得仔细瞧，才能看出来。"明娜说。

"噢，你太淘气了！"

斯蒂芬森笑了笑。

"你说得没错，小姐！你不用客气，把那幅画扔了吧。我再给你画一幅，例如，一幅铅笔素描画。"

"斯蒂芬森先生，今天你去画画了吗？"

"没去，光线太暗……根本画不好，画出来的东西根本没法看。"

"画家们都是这么小瞧自己的艺术创作吗？"明娜问道，"说的都是些'画不好''没法看'等词语。"

"是的，"斯蒂芬森一边笑，一边回答道，"这都是最普通的艺术范儿。其间包括一些自我反省的内容，但是装腔作势或者扭曲的虚荣心还是最常见的。我会尝试着改掉这种坏习惯的。哦，你们作为女人也有个特点：把弹琴当作'胡乱拨动'，你刚刚就是这么说的。"

"啊，这可不一样！"明娜喊起来，认为这么说对斯蒂芬森不公平，"你有意这么说，是想让我出丑吗？"

我们都劝她用心弹奏一曲。她立即转向钢琴，翻开乐谱，找到肖邦的那首《序曲》，开始弹起来。斯蒂芬森来到门廊，取出一本素描纸。我想他是要把明娜弹奏的模样画出来，虽然他现在坐的地方并不合适，但是没过一会儿，我发现他是要给我画素描。因此，我非常生气，因为他并没有得到我的允许就想下笔画我，但是他笑了笑，毫无疑问，他有着迷人的笑容，这时他抬起铅笔指向明娜。"他是为明娜画出我的模样？"我心想，"这实在是个特别的想法，但是也算是一个好办法。"我小心翼翼地坐在那里，聆听着明娜弹奏的乐曲。

她魂不守舍地弹着一首首的序曲，这和她平日里的表现差别很大。虽然我早就想到了，但还是有些遗憾。我为她自豪，也想她能表现一下自己，就算面对的是斯蒂芬森。但是他并没有认真听，因为他正在画画。他偶尔也会为了更仔细地观察，弯腰探身，或者拿起铅笔比画测量一下。

明娜弹了有三十分钟左右，然后转过来看着我们，说："现在你们听够了吧？"我们还没来得及回答，她竟然跳起来大喊道："你在干什么？"

"哦，挺不错的，"她站到斯蒂芬森的身后，盯着画像说，"太像了。"

"真的？有那么好吗？"

"噢，你瞧，和我说的一样，太好了！"她的母亲也喊起来。

"我觉得，如果……"

"嗯？"斯蒂芬森停下笔，抬起头来问道。

"哦，没什么，可能我的提议很不礼貌。"

"不会的！局外人看得最明白！另外，你比我更了解他的脸。"

"我觉得下巴应该再大一些。"

"是吗？"斯蒂芬森又测了一测，然后抹掉，再修改，他弯腰朝前瞧了瞧，再次改了改。"实际上，你说得很对，我想应该画得再直一些。你的眼光很好，明娜！"

"可能你可以把喉结画得再突出一点，这可是他最明显的特点。快瞧，那样更像他本人了！"

我站起来，好奇心使我走上去瞧了瞧我的画像，虽然整幅画仅仅是轻微勾画出来的，但是线条清晰神似。由于我也没仔细观察过自己的外形，当然也就没有发言权。但是明娜显然非常满意，更使我暗喜的是，画完的那部分里，也有明娜的影子。斯蒂芬森掩饰不住自己内心那份纯真的快乐，流露在笑脸上。艺术家在创作完成之后，经常会有那样的神情。他在画作上签上了名字和时间，然后用铅笔刀把这张画从素描本上取下来，接着递到明娜的手里。

"谢谢你！"她高兴地笑起来，却没有露出任何惊喜的样子，"实在太棒了！这要比照片还英俊，找不出任何瑕疵。但是不知道为什么，这让我想到了远古时代。那个时代里的人并不是人人都有很多照片送给朋友和认识的人的，倘若可以得到一幅爱人的画像，那多么令人开心啊。"

"我倒是没想到这一点，"斯蒂芬森说道，"我想得更多的是它所具有的艺术价值，但是刚才你说得也非常有理。"

"是的，"我说，"仿佛一个捕捉业已经存在了类似的情形，这种画像不但有很多前辈的高贵气质，还摆脱了令人讨厌的群众视线，还不至于让我们当成宝贝的画像变成每个人都能得到的东西。"

"哦，天哪，你说得没错！"雅格曼夫人惊叹道，"从我年轻那会儿，整个世界就已经有所进步了！发明照片便是一个非常大的进步，所有的画像都不如它形象生动。"

　　明娜对着她的母亲笑了一笑，但是她的母亲没有发现自己的话根本站不住脚。

　　"是的，你说得没错，"斯蒂芬森机灵地绕开话题，说，"照相的技艺中包括一种修饰功能，的确能创造出意外的效果。"

　　"你没有给自己画过像吗？"明娜问斯蒂芬森。

　　"没有过。到现在为止，我自己的画像并没有出现在佛罗伦萨的乌菲齐美术馆里。"

　　"倘若现在我就希望你画呢？"

　　"那我在夜里，自己一个人的时候，尝试着画一画自己。当然，我希望宾馆里的镜子不要把我照成畸形才好……但是现在我得赶紧把你画出来。"

　　"要我摆什么姿势吗？那实在太难为情了。"

　　"我已经很长时间没有这么要求你了。"斯蒂芬森温柔地说，带着一股奇特的悲伤，我之前从没有发现这点。那显露的语气是："不知道今后会不会有机会。"

　　明娜没有拒绝，坐了过来。在斯蒂芬森的要求下，她改换了一两个坐姿。于是他便充满激情地画起来。但是没多会儿，就放下了笔，由于光线暗淡，因此我把灯变换了位置，放到更合适的地方。我拿起灯的时候，发现原来破损的灯罩换成了一个新的，好像是因为斯蒂芬森要来特意换的，不过这么照顾作为艺术家的他对美感的追求，不知道是明娜的决定，还是她母亲的意思，我觉得不用猜，肯定不是明娜，因为她已经够烦了，相反雅格曼夫人不仅非常尊重斯蒂芬森先生，并且对他，老夫人一直就像母亲对待儿子那样亲切。她偶尔会满意地看一看斯蒂芬森，而且摇着脑袋织毛衣，好像自言自语似的："天啊，他又来这里了！没错！如果他能早点来就好了。"

倘若让她做决定的话，毫无疑问，我一定马上出局了。尽管我可以肯定明娜不可能服从她的看法，而且明娜明天也不会理会她的影响，但是我仍旧有点失宠的感觉。

与此不同的是，明娜果断地把自己的仁慈一分为二，她这么自然而果断的决定，使我惊讶不已，仿佛她能够自如地与我们享有同等权力的人相处。她接过斯蒂芬森给我画出的画像，并没有感到多么喜悦，而随后明娜又要斯蒂芬森也把自己的画像交给她，从这里可以看出来，她并不愿意我们以牺牲一方而成全另一方，就算她对待我们的时候不偏不倚，她采用了一点思想和艺术，但是她运用的更多的是内在的体会和本身就有的圆滑。她和我们说的，大部分都是关于德国的艺术和戏剧。不过斯蒂芬森在替她画侧面画的时候，她很少可以看到斯蒂芬森，而且如果她想和他说话的时候，明娜的眼神好像都在我的身上，注意力也没有离开过我。他正在认真地画着，明娜说话的时候，他非常高兴，因为这么一来，人物看上去会精神抖擞的。

不过，当他画到关键位置的时候，她会沉默地坐着。这时，她就让母亲讲过去的戏剧。很明显，雅格曼夫人很少到剧院，但是她仍旧迷恋德弗里恩特。但是可惜的是，明娜多是在她父亲的旅店里，看到她的母亲的，几乎没有见过舞台上的她。她脑海里的那些艺术想法都是从那些艺术家口中听来的，再掺杂着她自己少有的那点记忆，使自己有些沉迷其中，而她也逐渐变得悲伤起来，好像她就住在墨尔波墨和塔莉亚神殿中。

"噢，天哪，那个时候，我们也算艺术家！斯蒂芬森先生，你应该瞧一瞧我们当时的剧院！你一定听说过戴维森这个名字！他曾经设计过波希米亚火车站对面的那座完美的别墅，在当时可算是少有的，但是如今别墅越来越多了。没错，他还因为这个设计得到了一大笔钱，而且就算花钱去瞧瞧也非常值得。费墨斯托菲利斯①，实在太恐怖了！到现在我都没胆量看他。但是你也知道，他最后竟然变成了疯子。另外，埃米尔·德弗里恩特也有很大的不同，崇高、完美，另外就是《华伦斯坦》里提到的马克斯，让人忍不住地喜欢上了他；这代人是不会懂的。不幸的雅格曼也说过，他不想到剧院去。你应该没有忘记，每次你赞赏这里的东西时，他就会说：'不，你应该去哪里，哪里瞧瞧。'不过，他最想接触的还是那位施罗德·德弗里恩特夫人；实际上，我也没有忘记她，那是一个高尚的悲剧演员，富有创造力，不幸的雅格曼说过她有着'古老的创造力'；只要是她表演，每次他都会去看。我们结婚之前，她已经五十岁了，然后就退出了剧院。噢，天啊，是的……这位艺术家在剧院里度过了最辉煌的时期。"

"不过，任何地方都没有不同，雅格曼夫人，老一辈的丹麦人都说过无法接受现代剧，而可怜的我们从来没有见到过真实的戏剧。"

"没错，你说得没错，是时代的原因，斯蒂芬森先生！……但是那时候可与现在不一样，那几年在德累斯顿还不错。也没有普鲁士的士兵出现过，我们也不用缴税。哦，什么都能买到！但是物价上涨了三分之一还多……噢，天哪，噢，天哪！"

---

① 一对凡人夫妻，宙斯下凡的时候，他们给予热情招待，因此得到了好报。

她摇着脑袋，起身走向门口。

明娜一边笑，一边诵出来：

> 现实、宗教和爱情，
> 远离尘世的喧嚣，
> 咖啡多么珍贵，
> 黄金又多么少！

"噢。你还记得海涅啊。"斯蒂芬森说。

"噢，当然记得。"她急忙叫起来。

我已经预想到斯蒂芬森会怎么表述他了解的海涅，我还想到了此时的我已经面露不悦。然而，明娜好像已经看清楚我的想法了，于是惊叹一声。斯蒂芬森放下素描本，两只手背在身后，站在那里。

我猜我们都非常吃惊，竟然被这突如其来的状况拉回原处，我们也认为现在不可能摆脱它了。

雅格曼夫人拿着桌布走了回来，明娜站起来帮她铺好桌布。我们都没有胃口吃晚饭，因此都自己吃着自己的，一言不发。

斯蒂芬森一吃完饭，就站起来急忙拿起画笔把没有完成的部分继续画下去。

差不多过了十五分钟，他喊道："完成了，它一定要完成，天色已经不早了，明天明娜还得早点去赶车。"

我走上去，忍不住称赞了几句。这幅画和我那幅的线条不同，这幅画线条不但坚定有力，而且就算最明显的忧愁也被表现出一种高贵，而这种生动的神态如此传神，人们通过画面不禁浮想联翩。

"基本上完成了，但是就算我还有足够的时间，我也会担心改正它。"

他再次用铅笔刀裁下来。

"这幅给谁呢？"明娜问道。

斯蒂芬森把那幅画交给她，说道："明娜，你觉得我们两个当中谁更需要它，你就给谁吧。"

他的语气中满是沉重而真实的痛苦，那富有感情的声音正在微微发颤。这也是今天夜里仅有的一次暗示明娜做出选择的细节。整晚，我们的谈话都维持在平和的问题上，这都是斯蒂芬森的功劳，他总是面面俱到。这样的坦白实在太突然了，我们都被吓到了，可能他自己也和我们一样，但是起码我也为此感到开心。这么一来，我们就不用整个晚上都沉浸在这种沉重的状况中自欺欺人，现在终于可以直接面对它了。这就像一句安慰良心的话。甚至我有些感激斯蒂芬森，因为他在道德上勇气可嘉。但是，事实上，随之而来的便是一阵苦涩：我发现他占有优势。我非常肯定，倘若这话出自我的口中，肯定会说得语无伦次而且错误百出，会造成悲伤的痛苦，而并非现在的如释重负的感叹。就像昨天黄昏时分，在那块台地上，昨晚在啤酒屋内，他都取得了所有的中立地位。今天晚上还是一样，但是这会儿，他终于迈出了这一步，勇敢地触碰了我们的禁忌，然而他成功了，因为支持他的是自信，我非常钦佩他的这种自信。要我承认情敌比我勇敢，是非常痛苦的。随后，我以一种想法自我安慰：他也只是表面上的勇敢，只可以说他和我相比社会经验更丰富。但是，就算这样，我仍旧非常害怕，而且有些自卑。

明娜神情黯淡，静静地拿着画。她把这张画和我的画像一起夹进了纸夹里，我觉得这种亲密的接触是好兆头。

我依然想寻找壁纸上那块靴形的污点，因为灯光暗淡，所以想发现比较困难，这便阻碍了我想到的厄运。（那天夜里，我和明娜分别的时候，曾经在心里想过："可能你永远不会再看到这块污渍了。"）倘若我没有发现这块污渍，那厄运也不会消失！曾经我非常信奉那些年迈的巫师，因为我的水晶球仍旧没有丢，因此所有的一切都含有深意。

雅格曼夫人竟然坐在椅子上，睁着双眼犯困，她不知道此时我们的心里已经波澜起伏了，她在那里只是痴痴地念叨着："实在是好看……噢，天哪，是呀，对，真的是一个天才。"

我们接着又聊了十五分钟，聊了一些无关痛痒的话，目的就是想拖延离开的时间，最终也得离开。

明娜把我们送到楼梯口。正门依旧没有关。

我请他走前面。他回过身来，把帽子高举起来，伸出右手，示意让我先行。

"芬格尔先生，你昨天夜里说过，我们的关系是情敌，但是你瞧，我们一起度过了一个和平的夜晚。实际上，我们彼此并不讨厌对方，而且我们当中的一位还会因为明娜，盼望着另一位过上幸福的生活。"

"你说得没错，斯蒂芬森先生，但是我们不是一路人，再见。"

然后，我们告辞了。

外面的雨早就停了。幽幽的房顶上，碎云之间有颗星星在闪烁。人行道和潮湿的石头远远就闪现出寂寥而凄楚的亮光。

第三十三章

次日，我像平常那样去了理工学院。进学校之前，我先把给舅舅的回信投进了邮筒。

吃过晚饭，我去探望了赫兹夫妻，想亲眼看看我朋友的父亲如今的身体状况，以便把实际情况如实转告我的朋友。赫兹先生仍旧躺在床上，一直在咳嗽，而且还伴有些发烧。

赫兹先生立即向我问起明娜的情况，而且还打听她怎么没有来。

"我们还觉得你们总是在一起的。"赫兹夫人说道。

如果不是那威尼斯风格的黄色百叶窗早就拉下来了，我因为听到她说的话，而表现出来的悲痛就被他们发现了。我已经感觉出自己的脸色很难看，突然一阵痛苦传来使我呼吸急促起来。我竭力装作毫不在意的模样，把明娜去旅行的事情告诉了他们，并且明娜让我替她转达她的问候。

赫兹先生看上去特别惊讶，因为她这么着急离开，竟然连一声

"再见"都没说。"但是前天她还没有旅行的打算呢！"

"昨天，她才收到邀请信，"我说，"她的表姐非常希望明娜能立即赶去，她的情况不是很好，我觉得可能是她的心情差。"

赫兹夫人说："原来是这样啊，那我觉得她应该去看一看，明娜是个懂得体贴病人的人。"

"那实在太可惜了，"赫兹先生有些抱怨说，"我还想着这些天她会来看看我，弹琴给我听。她总是在那边半开的起居室里，弹奏美妙的乐曲。"

很快，我便绕开了这个危机重重的话题，并且告诉他们，我的舅舅给我写信，希望我能到英格兰去，不过这比我预想的时间提前了。

"一个月之内，就要赶去吗？"赫兹先生说道，"没错，莱森如同旅店一样，一个个来了又走了。只剩下了我们这些腿脚不方便的老年人，等到我们死后也会被埋在这里。画家霍伊姆在去年就到柏林住了，博学的格林姆教授也在很多年之前到汉堡去了，他是一个康德学说的成员……毕竟你还年轻，肯定会参加工作的。"

"但是有的人就觉得德累斯顿非常重要。"赫兹夫人说道。

"对啊，真是不幸的明娜……"赫兹先生又干咳起来，偶尔会打断他说话。

"这件事我还没对明娜说，一想到就要和她分开了，我就非常难过。我也不知道能不能改变舅舅让我现在就去的决定。"

"千万别那样，不要，芬格尔先生，"赫兹先生伸出手激动地说，"千万别么做。我们的喜恶不应该影响到工作……不用太担心。明娜是个非常明事理的孩子，她的内心非常忠诚，而且她肯定会相信你的……她会很快恢复的，这会超出你的想象。"

"赫兹夫人，我也这么希望。而且，我觉得你要比明娜更加沉稳而冷静，所以，你在年轻的时候才会受那么多的分别之苦。"

"对，没错，"赫兹夫人说道，"可能明娜很难做到……但是我们一定要努力，每个人都有责任，这也是为了大家好。"

"我们从来不会屈服于这种痛苦的，"赫兹夫人高兴地说，"甚至，我觉得我们不用担心受到伤害，因为肯定能战胜困难。不过你放心，我们一定会好好照看那个孩子的，只要有我们在，她就不会孤独。"

"我永远不希望她能找到比你们还要好的朋友，在这里她已经找到了第二个家，对我来说已经是一个很大的安慰了，在这里她一直能够得到大家的理解，而且我们最美好的记忆也在这里珍藏着。"

我站起来，握住赫兹先生的手。

"你现在应该好好休息，别再说了。我回家之后就给你的儿子写信，把你的情况告诉他。"

"好，顺便把我的祝福带给他，让他不要担心。我的意思是，他非常孝顺，你也知道，我现在没什么大碍了。"

赫兹先生满脸慈祥的笑容，然后点了点头。

"你能马上就写信给伊曼努尔，实在太好了。如今，虽然你们已经很久没有见面了，但是他仍旧那么喜欢你。你去英格兰的时候，顺便看看他。"

"我下定决心了……再见！"

通过这次聊天，我偶尔把我爱情里的危险抛到脑后。不过，这个时候，这种感觉又全部出现了，但好像危险变小了。对今后，我也有了一个更好的想法，他们是两位博西斯和菲利门，和我们浪漫的爱情紧紧地缠绕在一起，所以就算是这种简单的拜访，也可以使它的颜色变得鲜艳起来，也可以给它注入一道生动的光彩，把那恐怖的悲剧驱赶至尽。我觉得他们才是我们真正的朋友，当我们的幸福遇到危机的时候，他们仍然信任它。这种信任，我非常珍惜，它的存在却是因为不知情的情况下，因为已经不存在了的事实价值。只不过我需要某种我还没有体会到的震撼支撑我。"他们肯定不会失望的，"我自言自语地说，"一切都会朝最好的方向发展，老赫兹先生肯定会好起来的，我也肯定会重新赢得明娜的。"

这个定论并不是完全违背逻辑的。不过，就算已经到了这种地步，在前往探望赫兹夫妇的时候，我心里仍旧没有想过自己的运气，只不过充满了惊慌，担心会出现一个更有力量的声音跳出来告诉我："要以大局为重。"

第三十四章

在我要动身散步之前，我完成了要寄给伊曼努尔·赫兹的信。由于昨天下了场雨，所以现在的天气发生了些改变。天上白云飘动，空气中带着寒冷的气息，风也变凉了，好似已经进入了十一月份。我并没有走多远，仅仅在别墅区逛了逛。公园里面，一位胖胖的保育员穿着套奇特的衣服，推着婴儿车在那里散步，她没有目的地，也只是在那里带着孩子闲逛罢了。我就这么看着她，如此坚定地、一次又一次地走过了那条我们之前一起走过的小路。然后，我去了小山并在那里待了很长时间，就是那个旁边是力士大街的小山。我在那儿看到了日落，这个场景让我想到了两个星期前的那个傍晚，不一样的是，当时那些让我沉迷的光芒已经没有了，我能看到的只有远方萨克森—瑞士的群山。我的头开始变得昏沉沉的，我不想再思考，前些时候出现的乐观情绪也随着走访赫兹夫妇的结束而一起消失了。在此之前，这些消极的情绪并没有给我带来什么烦扰。现在，我的心情不能用单纯的乐观与悲伤来描述，它竟如此的奇怪，既让人沮丧却又没有绝望，但它依然使我的内心久久无法平静。

散完步后，我躺在那并没有多么舒适的沙发上，没过多长时间，那个脏兮兮的扶手套子就被我的腿所霸占。屋外的路灯斜斜地穿过窗子，将屋子里的黑暗挤到了角落里，就算随意在屋里走动也不会磕磕绊绊。任何情况下都不要来打扰我，我只想这么躺着，连觉也不想睡。事实上，我也确实这么做了。我就这样在沙发上躺了几个小时，把这些天发生的一系列的事情再次回忆了一遍，从之前我与明娜在雅格曼家展开的讨论开始，然后是我和斯蒂芬森的对话，在这之后又发生了什么事情，我却怎么都想不起来了。不过，内容还是非常丰富的。我能够记起我们在交流时所说的每个字、我们脸上的表情、做出了什么动作以及我们说话时的语气，如此的细致，就好像那些都是我刻意为之，又或者是有人在我的旁边讲述着这些事情一样。等我将要上床睡觉的时候，那些记忆却变得不再像刚刚那么的整齐有序，它们争先恐后地冲进我的脑海里面，每个记忆片段都想抢占第一个为我讲述的位置，以至于到了最后，我的脑海中已经混乱不堪，我也无法分清它们本来的顺序应该是什么样。米特拉达梯国王军队中全部的士兵都在大声喊叫："你认不认识我？我是谁？你是怎么认出我来的？你知不知道这个疤痕是怎么回事？"之后，原本那个忠心的记忆者会发现，自己已经无法控制，如我一样，我也被那个状态所控制着，只能保持着清醒的状态，一直等到阳光照进了屋子。

等我醒过来的时候，已经中午了，沉重的感觉在侵袭着我的后脑勺。理工学院最近的课程大多都不重要，所以我也并不想去上课。况且，昨天听的那个讲座内容我也忘得差不多了。为了缓解一下头疼，我决定到茨温格宫附近和剧院的广场上去散散步。我并没有和明娜一起，在正午的阳光下，在这个小镇里逛过，所以对我而言，这儿的一切都显得非常奇怪。在街上，我看到的所有东西都无法让我开心，在这样的心情下，就算我走在柏林或者哥本哈根的街道上，估计也会开心不起来吧。

《海尔布隆的小凯蒂》的宣传海报就贴在了剧院的外面，我们原本也是准备在今天来看的。

过了一会儿，我回到了家，有一种孤苦伶仃的感觉使我忽略掉了我身处的环境，使我觉得好像待在了一个空荡的房间之中。因为不习惯那个太过舒适的沙发，我选择了躺在床上，然后，继续开始重温我之前那多如牛毛的回忆，就好像濒临死亡的亚历山大大帝努力地去和他的战士们道别一样。当我吃完午饭散步的时候，它们好像灵柩一般一直围绕着我，每当我走到新的街道，都会看到另一批成员的加入，直到我马上就要睡着的时候，它们才消失在那些死囚监护人所构筑的所谓安全区内。

第二天，在我起床穿衣服的时候，当心里那些我无法解决的种种烦恼再次出现时，我忽然间变得特别的忧愁和沮丧。

这个时候，我只想着能早点从这种困境中走出来。

"身处如此绝望的魔咒中，我要怎样去打发时间呢？"我心想，"换个说法，我应该如何躲开这些让人沮丧的想法呢？"

我想起了在莱森时，我靠一本小说消磨掉了孤独的那一天。于是，我立即去图书馆借了本《三个火枪手》，它看起来挺适合我的。当图书管理员去帮我找寻这本书的时候，我发现了另一本厚书，书上的名字刺痛了我的眼睛——"明娜"——我开始后悔了。到现在，我还记得那句话中的每一个字——"他所有的犹豫与迟疑都被明娜出众的美貌与高深的思想所打败。"——我打开书，瞧瞧这儿，再瞅瞅那儿——几乎到处都是"明娜"！明娜在月光下的湖面上划桨前行——明娜精心装扮着去参加舞会——明娜羞涩地扑进母亲的怀里落泪。

当图书管理员拿着那本《三个火枪手》过来的时候，我问他能否把这本书一起借回家。他应允了我的要求，那本书被我带回了家。我连作者的名字都没有细看——事实上，作者和书的名字我早已都没有印象了。至于这本书的内容与写作风格，它并不能与莱森小说相比，那才算得上一部优秀的作品，而且，要是书中主人公的名字叫作阿德尔海或者是马蒂尔德，那么我最多也就能看二十页，之后就会把它扔掉。问题就在于，当我每个字每个字地认真读下来时，当那个名字一次次地出现时，我就会陷进那种非常兴奋却又保持着善良的状态中，有时候毫无意义，有时候又会无与伦比，有些事通常只会发生在最无聊的人身上，这些都在影响着我的大脑，让我远离之前的那种沮丧心情。

因为晚上我要去赫兹家进行拜访，所以整个下午我都在和这种麻醉剂进行着斗争和抵抗。

"赫兹先生还没有起吗？"我问开门的老仆人。

"是的，先生还在床上。"老仆人一边回答一边摇头道，"芬格尔先生，您先到客厅稍等，我去通知夫人，她要是知道您来了会非常开心的。"

客厅给人的感觉是既整洁有序又有些凌乱，就像那种很长时间都没有人住的屋子一样。椅子还是摆在原地，唯一的变化就是其中一把椅子上面放了一把掸子。还有一些报纸放在了那个最靠近门厅的桌子上面，它们依然像送来时一样整齐。窗户开着，有风吹过，把一封开着口的信带到了地上。虽然这一切都很平常，但我的心里因为老妇人的举动而产生的不安感愈加强烈了。街角处传来一阵喧嚣，交通工具所产生的嘈杂声更加让人心烦。

我拿着帽子站在原地，过了几分钟，赫兹太太出现在屋子里。她的眼中带着担忧，也可能还有泪水，唇角的微笑略显僵硬地定格在那儿。

"我亲爱的朋友，真是抱歉，我丈夫正在睡觉，"她同我握手，"他并没有好转。"

"他的病更严重了吗？"

"烧得又严重了。咳嗽时他的肋骨会跟着一起阵痛，肺好像也出了些问题。"

"该不会出什么大问题吧？"

我的手心里冒出了冷汗，心里也开始恐慌，然而这并不全是因为这个老人的生命即将到头，起决定作用的还是那个已经深入骨髓的念头，这个念头横在我的爱与他的死之间，并为我们建立了一种微妙的关系。

"我的天，"我心里说道，"如果赫兹先生死掉了，那同样的，我会失去明娜！"

显然，赫兹太太并没有考虑到这些，甚至我的情绪暴露得如此明显，她也只会看成是我对她和她丈夫的同情，以及对我们之间的友谊的哀悼；她用一种感谢的目光看着我，说道："像我丈夫如此体弱的人得了这种病，必然是很危险的，我必须要做最悲观的考虑。"

在她的要求下，我和她一起坐到了沙发上，就坐在她的旁边。

"我明白，你可能会对我现在的这种平和的状态感到疑惑……

可能我的本性就是如此吧，我觉得年轻人经历这种天人永隔的事情要比我们这本就离死亡不远的老人要痛苦得多。放到你身上，你可以考虑一下你与明娜，'假使现在躺在那里的是明娜，我将会多么的痛苦与悲伤——而她的心怕是再也不能变得炽热了'。"

我的眼睛看向地面，感觉眼中的世界都在摇摇晃晃。她为什么会想到这些？她怎么会以这种匪夷所思的方式来说出这些话？她难道不知道这就是我心中埋藏已久的秘密吗？或许，我应该对她坦白，但是我没有那么勇敢。我能做到的只是未经思考地脱口而出："肯定不是这样的，我绝对没有这样的想法！你怎么能有这样的想法！"

"瞧瞧，眼泪都出来了！"她说道，之后她像妈妈一般抚慰着我，"你太过敏感了——你千万不要这么羞涩，尤其是在女人面前。你会是一个很好的丈夫。我之所以那么想，是因为自然而然地就会想到那些。但是，如果你与明娜结了婚，你们的年龄会变老，你们的爱却不会有任何消减。我可以告诉你，到那个时候，你将会改变对死亡的看法。你会把这看作你们之间短时间的分离，或许，连分离都算不上……我亲爱的芬格尔，你不是信奉唯物论的吧？"

"是的，我想我应该不是唯物论者，可是……"

"可是，你依然对你以后的生活充满了疑惑。可能你并没有认真地考虑过死亡这件事情，那很好。你的未来还很长，你有大把的时间去考虑这些事情……至于我，我一直盼望着我能够死在他的后面，这样，我就能送他走完最后一程。但如果我死在他的前面，我不忍心他孤孤单单地度过晚年。他已经习惯了被关心和照顾，我不舍得看他一个人留在这世上受苦。相比之下，我们女人会把自己照料得更加周到。况且我还有伊曼努尔。"

"亲爱的赫兹太太，您的想法值得称颂，但愿你们都可以幸福长寿，活到一百岁，而您的愿望也会实现的。"

"希望如此吧，明娜是不是快要回来了？"

"我不知道。"

"你们没有通过信吗？"

我有些心虚。我以为她能感觉到我的忐忑，但她依然在那儿笑着说："也是，这才过了两天而已，她肯定没有写信。那你有没有把赫兹的情况告诉她？"

"还没……我……我还没有给她写信。"

"怎么会这样，芬格尔？这有些不像你。"

老人家一个劲儿地盯着我，如同她开始怀疑明娜出游的动机一样；如果不是现在的她已被痛苦侵袭，那她一定能够感觉到我的不安，然后逼我把事情都说出来。但是，现在的她，女性引以为豪的直觉不再敏锐；她已经忘记了自己刚刚的想法，她的眼睛不再看着我，随后开始叹息。

"我今晚就会给明娜写信。事实上，我是专门等到从这儿回去之后再给她写的。您说的话我都会告诉她。或者，您也可以给她写一封信，那样的话，她一定会立刻赶回来的。"

"我当然希望她可以来，但我总觉得要是把她叫到这儿来，就好像是要专门说再见一样——我不忍心。或许是我迷信了，但是我不想让她也卷进这不幸当中。"

"那么，我能叫她来这里一趟吗？"

我再次燃起希望。如果她能在做出决定之前赶到这里，那就等于我获救了。这里所有的一切都是站在我这边的，她不说话，他们也将保持沉默；她如果想要控诉，他们也将进行反驳。斯蒂芬森在这里根本就不算什么。到那时，我们的誓约将会由这生命垂危的老人给予见证，他们的祝福将是最好的保证。内心深处的良知告诉我，我不能让她陷入这种境地，但同意让我利用这次机会，这对于我来说就好像是天意如此。

"好的，亲爱的朋友！但是你最好不要将危险夸大，也为那可怜的孩子考虑一下。她能够认真考虑这些事情，就让她自己来选择吧，可能她的表姐更加离不开她。"

"当然，但我觉得她的表姐应该没有什么大问题。"

"这样的话我就更加想不通了，你在德累斯顿的时间也没有多少了，居然还答应让她离开这么多天？还是说，你并没有跟她说你马上就要去英格兰的事？"

"今晚我就会写信告诉她这件事，虽然我不能让她马上回来，但是当她知道了这两个消息就会尽快来到这里的，大概会在后天。我可以帮你做些什么呢？去拿药吗？或者是和你一起守夜？"

"很多时候我都是一个人守夜，况且晚上也会有护士在这儿，是个小妹妹。反而是你，你可能更需要休息。你肯定是太累了，亲爱的朋友！我知道，你是因为明娜不在这儿，然后想要消磨时间才会累成这样，但这样并不好，知道吗？好的，我的朋友，再见！"

我准备直接回家，然后去给明娜写信。

对于能再一次给她写信这件事，我非常开心！

尽管我想要写的东西有很多，但我只能选择用最简单的话语，告诉她赫兹现在的危急情况，以及因为舅舅的计划我需要尽快离开莱森的事情。虽然我很想等到她做出决定之后再把后面的这件事告诉她，如果她选择的是我，那么我将亲口把这个消息传达给她。如果她去了赫兹家却并不知道这件事情，那就会很尴尬了。

虽然我觉得应该努力控制好自己的感情，但在信中，我仍然表露出了内心的沮丧以及焦急。再次把信看了一遍，内心有些激动。

我把信带去了邮局，虽然邮局现在已经下班了，但我还是迫不及待地投了进去。用这种方式和明娜进行沟通，我内心非常安静。

第二天一早，我又一次去了赫兹家。

那天夜里他高烧不退，但是现在好多了，他经常如此反反复复的。

我能看到的只有仆人，因为赫兹太太在休息，所以我只能到晚上再来看望他们。

整整一天，我只干了两件事，看书和睡觉，但是在我睡着的时候，总能在梦里看到过去的那些记忆。我一直都在后续的这些状况中翻来覆去地思考："这个时候，她应该看到我的信了吧……我可以肯定从迈森过来的还有一列火车（关于这些，我专门从房东那儿借来了报纸以保证其真实性）——她与火车站的距离应该是半英里。如果我没记错的话——也就是说，或许——她今晚就能到这儿——应该——是这样，我好像可以确定当她回来的时候，她马上就会到赫兹家看望他们，那样我就会遇见她……那时，她就会变得忐忑，尤其是当赫兹太太像一个老母亲见到已经订婚了的女儿般慈爱的时候，可能老太太已经感觉到什么了，老人家再次看到我们一起出现应该会很开心。当天色变得越来越黑时，她就要离开了。这个时候，我需要担任护花使者，送她回家——这是很有必要的——再之后，一切都将理所当然地发生，就好像压根儿就没有斯蒂芬森这个人一样。"

我注意着时间，当邮差快要来的时候，我就会变得激动起来，这两次都是如此；肯定不会有人如我一样如此盼望着，焦急地等待着那个我爱的人给我的回信。可惜的是，当时间一点点流逝，当邮差最后一次送完了信，我都没有见到任何符合我内心期盼的东西，我的呼吸却莫名地顺畅了不少。

房间里已经渐渐黑了下来，我要动身前往赫兹家了。

也就是在这个时候，我的房门被人从外面打开了，有个小姑娘出现在门口，然后她告诉我："这是给你的信。"同时，她还递给了我一个白色的东西。

就在这一刻，我的动作不再流利，心里充满了恐惧。现在？"不会的"，我告诉自己。

信摸上去并不薄，它的重量也在无形之中给了我安慰。我想，"这完全有可能是文具店寄来的"。

我迅速地划着了一根火柴，借着火光看清了上面的字，然后顺应本能般地喊了出来，那是——明娜。

第三十五章

在点灯时，我的手竟抖得厉害，玻璃灯罩险些被打碎。

事实已经如此，桌子上的信里面或许会有惊人的，或是兴奋或是恐惧的内容，无非就是生或死的问题。也许，还会有比这更加令人恐惧的，这令我迫切地想要逃离这一切。但是我还是在极度紧张的心情下，打开了那封信。

最先看到的是明娜的素描肖像画。

鲍西亚出现在铅笔盒里时，就意味着巴萨尼奥需要做出一个艰难的选择。相同的，这幅画同样也对我的糟糕命运做出了宣判。

我拿着信坐到沙发上，眼前的景物开始虚虚实实地摇晃起来。过了一会儿，我终于攒够了勇气去读这封信：

> 我最亲爱的朋友，所有的一切终于画上了句号。我注定是属
> 于他的。我曾经犹豫不决，反复思量，但是我心里已经有了这个结
> 果。我没办法去选择你，还有你带给我的新感情，去与我青春时期

的第一任恋爱永别。你带给我的感动足以写满一本书。在我做出这个决定后，不管我说什么，都只会是徒劳。何况，我要说的话你都懂得。只是，为了使你不会对我产生什么误解，我必须要同你说清楚一件事。

和斯蒂芬森在一起比和你在一起要幸福快乐，这件事并不是我做出这个决定的主要原因。与此相反——哦，不！我没有办法向你说明这一切，我觉得你可以理解我。我的意思是，这个决定其实并不是为我自己考虑的。我会感到自责内疚，是因为过去的事情一直存在着。反正，如果没有之前的那段时光，我就可以更加肯定地告诉你，我和你在一起会更加开心。可是，现在已然如此，我已无力再带给你愉快的生活。如果我选择了你，那就会使我觉得背叛了我的第一段恋爱。你是一个感性的、情感丰富的人，你早晚会被这种会终止或者继续生长的情绪折磨得不成样子。

我说，我会因为离开他而感到内疚，这并不是因为我为他考虑得太多。我知道，他不会因此而伤害自己，更不能说我会使他很痛苦。就算是他热烈地爱着我，我也有可能会带给他巨大的伤痛。这很难讲明白：在别人眼里我是一个爱慕虚荣又自大的人，或许是我把自己看得太重要吧。如果不是如此，那就是你觉得我很高贵，他很低贱。不过，他曾经非常坚定地说过，只有和我在一起，我们合而为一，他自身的气质和艺术就会提高很多档次（这并不是我这样写的，是他自己说的）。我也有过同样的想法，但是，也并非完全相同。我的想法是，幸福的家庭生活有利于他的艺术。这样他的艺术就会有种不同于以往的情感。我不知道怎样才能说明白这件事，但愿你能理解我。在以前（他住在这儿时，我希望能和他结婚，为此我们谈过）他认为艺术家必须要拥有自由，而不是被烦琐的家庭所捆绑。他曾经在婚姻与艺术之间徘徊，但是现在他来告诉我：他不能没有我，如若不然，那他整个人都会变得没有人情味、心胸狭窄而且毫无依靠。现在他向我伸出那双曾经把我从无知与愚笨中拉出来的手，我怎么能拒绝他？！这就是所谓的命运啊！

很多年后，当激情被漫长的时光所磨灭，希望我们可以再次重逢。友谊长存，我们是不会忘却彼此的。到了那个时候，或许你会居住在国外，如果你以朋友的名义陪伴我，我将会感到非常的幸福。

我亲爱的朋友，再见了！

明娜

这封信我读了很多遍，她生动的语气使我的难过稍微减轻了许多。有那么一刻，我选择了放弃，可现在更多的是要坚持。"我不想接受这个结果！她爱的明明是我！而对他呢，却只是一些记忆和责任。多么伟大的命运！嗬，命运！命运让她把丰富生动的人生搭在了一个毫无活力的家伙身上！我也有错，我应该主动掌握决定权！我太蠢了！那些所谓的体谅、奉献与小心都只是我没有决心的借口而已。于是，我被他打败。他曾经说过，他不能没有她。可事实并不是这样子的！他以前拈花惹草，还曾被出身富贵的女子抛弃！现在，他又想起来去寻找这个最好的旧相识。可能，他只是接受不了别人拥有她！这才是这件事的本质。"

我就是一个胆小怯弱的人，真正的男人绝不会像我这样轻易地放弃她。

我忍不住地责问自己，怪自己没有在尚岛时鼓起勇气进入她的房间，让她彻底属于我。这种假设的存在必须要有一种前提，那就是我们要有完全相反的性格特征。一种行为方式与他的对立面越近，就意味着他们之间的高墙越坚固。

我还能做些什么来挽回她呢？反悔自己的话，用诺言来拴住她？我来承担一切，让她选择过往或者未来？我能去哪里找她呢，等我赶去迈森时，她可能已经不在了。

我头痛欲裂，思绪混乱，没有任何办法让自己集中注意力。我需要一个过来人给我一些成熟的建议！赫兹太太是我视如母亲般的好朋友，她或许可以给我一个庇护。

就这样，我需要向她倾诉这一切。

第三十六章

伊曼努尔·赫兹推门进来了。

他以往不动声色的脸上现在有点慌乱和不安。

"赫兹回来了啊，你父亲还——"

"我父亲病得厉害，因为母亲给我用电报发来了消息，我才能及时赶上火车。他高烧不退，都不认识我了，怕是保不住性命了。"

若是在以前，这些话会令我悲痛不已，但是现在，我想的是：我怎么能在赫兹太太的丈夫危在旦夕的时候来向她倾诉自己的伤心事呢。赫兹就要走了，这对我毫无影响，但我同时也看到了自己希望的破灭……于是，我还是说了一些话来宽慰他。

"我趁着父亲睡着了才跑过来找你，芬格尔，我们走吧，我们一起去见父亲，他会很开心的。"

他的眼眶里噙着泪水，尽管我用了最快的速度去拿帽子和关灯，他还是看见了那幅明娜的画像。

"她可真美，真诚地祝福你！你也知道我的处境，希望你可以理解。这并不是敷衍地说说而已，我是真心的。明娜！运气真好！"

他紧紧地握住了我的手，就像是一把钳子！

"亲爱的朋友，谢谢你在这个时候还会有心祝福我。我也非常真切地体会到了你的悲痛。"我慢慢地在昏暗的街灯里转过脸去。

下楼梯时，他嘴上一直在念叨着明娜："你的心情完全写在脸上。"实际上我的看法是对的，他为人坦然率真，他认为别人自然也是那样的。

"你真的是非常好运，起码我很忌妒，虽然也不完全是……但是明娜有没有同你说过我喜欢她？那种成年人之间的喜欢。"

"她从来没有说过这件事，连暗示都未曾有过。她提起你的次数寥寥无几，就算我知道她也喜欢着你。你也说出来了，我得承认，我曾经不确定……"

"我并没有向她表达过爱意，但是凭借她的第六感，我想她是知道的。我把对她的爱意都装在了肚子里。她的父亲刚刚过世，或许你知道得更加清楚。我把这件事和我的母亲说了，她看人很准的，我从来没有什么事能瞒得住她。她也很喜欢明娜，并且希望她能嫁给我，因此她很同意我的观点。后来，我去了莱比锡。我会永远记着她，这样你能明白，当我得知她和你在一起时有多么的兴奋吗？"

他要是继续说下去，我可能会控制不住地尖叫起来。到了赫兹住的地方时，他又展现出了对他父亲的担心。"他瘦得完全就是变了一个人。"——万幸！

医生刚刚来过了，我觉得赫兹太太已经想要放弃了。赫兹一直高烧不退，昏迷不醒。

过了一会儿，我和伊曼努尔·赫兹去了客厅。我跟他讲了一个老太太的励志故事，老太太差点儿被肺炎夺去了性命，但是她坚持下来了，战胜了病魔。并且，我还听医生说过：犹太人拥有超强的生命力，就算年纪大的人也依旧可以挺过这种病的考验。我的朋友听后果然放心了不少。

他经常去病房陪他。而赫兹太太则一直在那里陪着他。我偶尔会和他一起进去，不过大部分的时间我都是窝在客厅的椅子上，低落痛苦的情绪一直缠绕着我，使我久久不能平复自己的心情。我痛苦不已地待在这个充斥着悲伤的屋子里。天黑下来了，明娜不会来了，我很难过，却又不能流泪。这一切，于我来说开始变得枯燥无味，毫无生机。我累极了，这些乏味单调的一切将会伴随着我离开这个世界。我唯一的愿望大概就是去把赫兹换过来，让我去死。

半夜里，我睡得正香，小赫兹进来把我叫醒了：

"我父亲醒了，他能认出我来了，你快进去看看他。"

赫兹看到我后艰难地笑了一下："我亲爱的芬格尔，你来了，明娜呢？"

赫兹太太对他说："明天她就来了。"

"她会来为你弹钢琴的。"我接话，尽管我觉得自己的喉咙里堵得慌，说不出话来。

老人低声地说："贝多芬。"然后就闭上了眼睛。

赫兹夫人给他把枕头调整到一个舒服的高度后，开始给他测量体温。体温已经下降了，在一百零六度往下一点的地方。过了一会儿，他说，时间和空间只是人们用来感知的形式，但是灵魂是"自然存在的物体"，是一种实际存在的东西。是人们凭借自己本身和智力去理解的——他一直在不断地重复这些话。

他的儿子痛苦不堪，又被他的这种含意不明的话给吓到了，于是就赶紧拉着他的手宽慰道："父亲，别想这么多了，快点休息吧。"

"库纳明天有可能会来看你，到时候，你们就可以一起研究哲理了。"赫兹太太也在鼓励他。

"明天——！"他说话的语气奇怪得很。

赫兹太太背过身去。

"对啊，你就等着他来吧，那些东西我们可不懂。"

"快来快来！"老人说。

修女念了一声"阿门"，并且在胸口画了一个十字。她以为他在呼唤圣人或者先知。

我和伊曼努尔同时笑了一下，我在思考居然还有事情能让我笑出来。然而，最能体会到这其中的笑点的人就是老赫兹，可他完全不在乎。

老赫兹沉默了一会儿，又开始了神游。他的神情几乎可以让别人一眼看穿，他在想那段在柯尼斯堡和里加的日子。我几乎可以听到他说："别敲钟。"或许，他在回想前一阵子给我们讲的关于交易市场的事情。我好像再次看到了那舒适的午后咖啡的场景：天气有点阴沉，下着雨，光线很暗，明娜美丽的脸庞被煮咖啡的火光照亮，她就像是在我的面前真实地存在着，脸上带着一点笑意。我掉落的眼泪被赫兹太太瞧见了，她握住我的手安慰我，表示很理解。

在黎明来临之前，老赫兹悄悄地离开了这个世界，我和伊曼努尔在客厅睡得正熟，还有时时刻刻守着他的赫兹太太也不知道他是什么时候离开的。

护士也已经睡了好久。

第三十七章

　　过了不久，家人们把赫兹葬在了"大墓园"里，他的灵魂得到了依托。

　　德累斯顿的犹太人会认真按照摩西葬仪去设计墓地吗？这个特殊的家族早已退出犹太人的集会了吗？那时的我并不知道这些问题的答案，我甚至没有去思考，我的大脑一片空白——这其实是因为我对一切早已失去了兴趣。所以，我更不知道葬礼上有没有读追悼词，我也没有去看葬礼的主持是什么人，犹太教士或是基督徒；如果有葬礼上的人非说主持人是苦行僧或者德鲁伊，我不会与他争论什么。因为发生的这些事对我来说，就像是做了个梦，它短暂而模糊。我只是想起了那能发出扑簌簌声响的意大利大白杨，它是那么冷静又热烈，在透露着寒意的阳光下，小鸟们叽叽喳喳的。然后，我看见了站在前方靠右的明娜，她穿了一身黑，显得更加悲痛不已。我想，在这个时候，我们是一样的心情——这个葬礼使我们永远地失去了我们真诚的朋友，更丢失了那份相聚时的美好而又充满了爱的回忆。我和明娜紧紧地握着手，迟迟不想放开——这是许久以来最后一回了。

赫兹太太从明娜那里知道了一切。

次日，她和我说："你这样做对明娜很有利，她那么可怜。她去尽力地做到最好，但这仍让我感到非常痛苦，同时她也受尽了折磨。"

接着她告诉我说，斯蒂芬森会在几天后回丹麦打点剩下的事务，明娜也会跟去。我却只想要逃离这一切。对我马上就走的想法舅舅没有说什么，直到老赫兹去世一个星期后我也终于要出发了。

赫兹太太送给我了一些海涅的诗歌原件，作为饯别的礼物。它对我来说是多么的珍贵，它就是我悲惨经历的真实而痛苦的写照啊。我把它珍藏了起来，可想而知，那些英格兰的收藏家们就这样痛失了一睹它风采的机会。

一年接着一年，光阴就在我忙忙碌碌的工作中流逝了。刚参加工作时，我就只能看见公司的工人，但是后来我也慢慢地适应了，渐渐地学会了去享受。我跟舅舅虽然交谈甚少，但彼此的关系却十分亲近。对于我工作的表现，他非常满意。但是几年后，他开始着急我单身的问题。他告诉我，人际关系的建立对于提高我的身份地位是非常重要的。

在他坚持不懈地鼓励下，我开始试着参加社交活动，慢慢转换着另一种生活方式。

我不知道海德公园的骑行队，也没有在村庄公园里度假的经历，但我认识了几个挺好的中产阶级家庭，他们多是些富裕的厂主。那些小姐的家庭并不是富可敌国，但是她们的美却独树一帜，她们出嫁时的嫁妆无疑也是很可观的。但我对此并没有多大兴致，我的心中已经有人了。我的麻木却引来了朋友们的讥讽，他们认为我是装模作样。

当然，那些小姐中也有一个给我留下了些许的印象。加上舅舅告诉我那位小姐对我也有兴趣，对我的感觉也挺不错的。她是织造厂的千金，家里也算是十分的富裕，至少在丹麦人的眼中是这样的。

在正常的社交中，那位小姐表现得很得当，对我很是热情。舅舅坚定地认为我能够得到她的芳心，对于他的猜测我虽然不是很笃定，但我觉得也可以发生。而且，我内心也并不排斥，所以我便开始采取一些更亲近的行动，来改变我们现在的这种"社交性"的关系。

自从离开德累斯顿，我已经在外度过了四个圣诞节。

一天晚上，在一场音乐会上，通过朋友介绍我认识了一位比我大了一两岁的德国音乐家。

在那场并不是很大型的音乐会上，他弹奏了一曲抒情的短调。他很少会参加大型的音乐会，虽然在我看来他是非常有资格的。平时他的工作就是教别人拉小提琴和弹钢琴，所以有着不错的收入。此时的他有着一副高冷和慵懒的样子，看起来似乎并不友善。

音乐会结束之后，我们相伴而回。一路上，他滔滔不绝地讲了很多有趣的事情，当然对于英国人的音乐能力他是嗤之以鼻的。说完这些之后，他又说起了一个富家女来找他求学的经历。富家女虽然从没有接触过钢琴，但她想要在八天之内学会弹奏《月光奏鸣曲》（自然只是第一节）。

到了饭馆，我们点了餐，又要了一瓶麦芽酒。

"第一杯为健康。"我说着，和他碰杯，接着又感慨道，"酒还可以。"

他轻声说："嗯，酒确实挺好的。"他擦掉了沾在胡子上的酒滴，接着说，"我还是希望能像以前一样坐在'三只渡鸦'里，倒上一杯满满的斯巴特，我每个晚上都要到那里消遣时光，那是多么的惬意呀。"

听他说完后，我似乎也看到了在"三只渡鸦"里和斯蒂芬森喝酒的画面。"你去过德累斯顿？"我顺嘴问道。

他会意地笑了笑，说："嗯，但我不知道你也去过那里。你在那里待了多久？"

"整整两年。"我回答道，"想想我已经离开四年了。噢，那时的我是在理工学院求学。"

他接着说："两年前我和劳特巴赫在那里演出……那里不像伦敦。剧院很是奇特！是啊！非常奇特。"

他的手指头有一下没一下地敲着桌子，眼睛看着前方，眼神深情而意味深长。

他叫着："来一瓶约翰山堡葡萄酒！服务员！别拿错了，是充满德国记忆的葡萄酒！"

"他那充满了辉煌的青春时光和艺术的人生啊，"我想，"他恐怕难以割舍在德累斯顿度过的岁月，但是相比我的经历而言，就是小巫见大巫了。"

很快，服务员拿来了酒。"为那些在易北河的岁月干杯！"我说着，和他碰了下酒杯，一口饮尽。然后，我们两人就沉默了下来，各自想着自己的事情，眼神显得那么迷离。

随后，表情有些呆滞的他开口问道："我猜你也常去雷诺吧？就是那个'三只渡鸦'。"

我回答道："我偶尔会去，你在那地方住吗？"

"嗯，我住得很近。"

"那你具体是住在哪儿？"我变得有些急切。

"有一条街道叫热拉咖息，你知道吗？"

"是热拉咖息！"我认真地看着他说。

他点了点头，笑着看向我。

"你也在那里住吗？我们真是有缘啊。"

"不是那样的，那里有一家人我认识，我常常会去拜访他们。"

"我知道了，那里的人彼此都很熟悉。你可能听说过我当时寄住的人家，那家的房东是所公立学校的老师。"

我大叫道："雅格曼！是吗？"

他不小心洒了一些酒出来，溅到了他那金色的衣服领子上了。

他拿起餐巾，边擦拭着领子上的酒，边对我说："对，我寄住在那里。"

现在我知道他是谁了。他就是明娜那个神秘而难以忘却的初恋对象，就是那个被斯蒂芬森看到和明娜亲吻的音乐家。

然后我说："我拜访的朋友也是明娜。"

"明娜啊——她是个让人怜惜的孩子。"他自言自语道。

我摇晃着酒杯，回忆着那些过去的事情，忽然想起了海涅的一首诗：

　　尤其是我爱人之脸庞，

　　映在莱茵酒金色沉淀中，

　　那天使般姣好的面容。

最后他还是问出了他想知道的事情："你有去看望过她吗？明

娜·雅格曼——她——是不是——已经嫁人了？"

随后，我将明娜嫁人的事告诉了他，还说了明娜的老公是一位丹麦的艺术家，有很高的地位，又把那些我听来的消息跟他讲了：明娜曾有一个女儿，可惜很小就夭折了。

音乐家边听，边一杯接一杯地灌酒，也顾不得帮我倒一杯——最后他又叫了一瓶，我们再次为了"美丽的雅格曼"干杯。喝完酒后。我们两人就这么静静地坐着，沉默着，就像是舒曼曾经说的一句话："Wir mutwillig und zum schwiegen（我们肆意地表达沉默）。"

回到家后，我静静地躺在床上，感觉到我可能差一点就做了不好的事情，因为在酒精的影响下，我放松了对自己的要求。虽然并不会有人因此来指责我，反而还会有人认为我的做法才是正确的，但从那之后，我再也没有去过织造厂厂主的家。

对于我放弃了织造厂家的千金这件事，舅舅自然是无法理解的，他批评我没有定性。我就跟他解释了一番，然后告诉他，我准备去看望一些老友。过了一周，我来到了哥本哈根。

我熟悉的朋友中，丹麦人并不多，而且那些丹麦的朋友也都没有和斯蒂芬森有过什么接触。但是，感谢人们传出的那些流言蜚语，我才能了解到许多关于他的事。我一心想要看望明娜。其实，向路人打听一个在丹麦的德累斯顿朋友是很平常的，所以我也并不担心那些路人的想法。

从我听到的消息看来，他们过得挺不错的——毕竟是充满了爱的结合，还是早早就开始的爱情，也有可能是初恋。但也有人告诉了我一些不好的事情：他和别的女人搞暧昧。而对明娜的评价，有个苛刻的路人说她早就知道他有情人了，还说她是个性情刚烈、容易激动的人，另一个人却说她非常的善良和单纯。"她才不傻哪！"那个苛刻的人反驳道，"她的鬼主意很多，我们可不喜欢这样狡猾的女人，更别说她总是多事，看不惯别人。""总之她还是挺有意思的，不是吗？"一位老人说道。然后，一个年轻人插话道："但是她自己对什么也提不起兴致。"一个曾住在明娜楼上的太太却说，她是个音乐的爱好者，总是弹大半天的钢琴。然而，这位太太的话让所有的人都感到了吃惊，因为在大家印象中，明娜从没有碰过钢琴，也极少参加音乐会。除了这个，大家还是纷纷赞扬着明娜的仪表总是很得体。

很快，我在这儿待两个星期了，可我还没有见过她。我思考着是否需要直接去找她。同时，我也思前想后地想了不知多少遍，我这样做是否妥当。幸运的是，我很快就遇见她了。那一夜，我来到了波塔咖啡屋。外屋坐着几个人。在我正找座位时，听到了从屋里传来了一个熟悉的声音。我立刻反应过来：那是斯蒂芬森的声音，他的声音变得温柔了很多。我找了一个能够看得见他们的地方，坐了下来。

那群人中，我只认识他和明娜，而坐在这个地方，我正好能看见她的侧颜，我们之间只有几步之远。斯蒂芬森坐在沙发的一个角落里，至于他旁边的情况，我只能看到一点，那是一个金发女郎，她正倚靠着沙发和斯蒂芬森聊天。她侧着头，金发披散着，她的锁骨在她的衣服花边下时隐时现。每当斯蒂芬森说什么时，她总是微笑着看着他。她的样子看起来很开心——也可以说那是一种骄傲的神态。然后，我听到了一位我曾经听斯蒂芬森说过的先生叫着明娜的名字。而明娜当时正靠着沙发，眼睛飘忽，时而看前面，时而看着聊天的人。

这时，服务员向我走了过来，问我需要些什么。我不敢说话，因为我担心我的声音会引起明娜的注意。幸运的是，那群人忽然大笑起来，可能是因为谁讲了一段幽默的故事吧，我就趁此机会快速地点好了餐，成功地隐藏起了自己。然后，我听到了那一群人中，有一个虽然我不认识但很有名气的男人开始数落明娜的态度："斯蒂芬森太太，你怎么能一句话都不说呢，你要融入我们。在这里你随意一点，可别让自己变得庸俗……你可要记得，你是在和名人们聊天啊……要不要喝杯酒？"明娜回应道："我只是有点累了。""那正好来一杯提提精神。""但我不喜欢喝这种酒。""是吗，嫌弃这类酒的味道太法国式了吧，不浓郁也不醇厚。你不喜欢这种，那么莱茵酒行吗？一定是你喜欢的吧！服务员！"服务员走了过来，"不要这样戏弄我了，"明娜似乎有些恼火，勉强笑着说，"感谢您的美意，我现在只想自己一个人待一会儿，我的头有点痛，身体也不舒服。"这时，斯蒂芬森有些生气地问道："你是想回去了吗？"她没有正面回答什么，只是拿出了手帕，挡住了那打着哈欠的嘴，倚在沙发上，垂下了眼睛，看起来真是一副劳累的样子。而且那感觉不像是困乏，而是日积月累的劳顿感。现在，我能更加清楚地看到她的脸了，我觉得她的变化并不大，只是消瘦了许多。还有她的丹麦语说得越发流利了，外地口音几乎听不出来。

之后，他们那群人又开始激烈地讨论起了什么是唯美主义的问题，他们还提到了易卜生、左拉、陀思妥耶夫斯基、瓦格纳、柏辽兹、米莱斯、巴斯莱昂·勒帕热等文学家的名字，还有达尔文、梅尔等科学家的名字，讨论声在耳边萦绕。这场充满了名人的谈论并没有让我感到惊奇，因为待了这么多天，我早已适应。当然，刚到这里时，我对这种讨论还是十分佩服的，我同时也感叹着他们的知识渊博和修养高尚！但一段时间后，我了解了真相，他们的聊天内容大多数是非常无聊的，而且他们中最活跃的人的水平，可能都比不上我这个虽不是很懂艺术却也拜读过丹麦大多数名著的人。

我也认为斯蒂芬森并没有真正地搞懂艺术，他就像是在对金发女郎炫耀自己的能力，而金发女郎则认真地听着，看起来很是敬仰他。而那个长着一脸银胡子的男人，一直在大声地赞扬着斯蒂芬森的思想，斯蒂芬森仿佛受到了鼓舞，说得更加激动了。此时的那群人，仿佛是在参加一场蛊惑大会。

斯蒂芬森大言不惭地展望着未来的艺术趋向。他会说一些"艺术中的民主方式""与装饰性奢华相矛盾的，生活中的科学图解"等难理解的词语，以显示自己的才华。到了最后，他又说画家应该多画一些反映社会创伤的作品。

而那个拍马屁的先生则附和着说："那么我想应该先把用过的画笔都舍弃掉。"

接着我就听到了一场大笑，他们以此来纷纷表示着赞同，我则觉得斯蒂芬森的话却是十分空洞的。我想知道明娜此时会不会和那些人一样敬仰斯蒂芬森。我看不见她的眼睛，也就没办法知道她的想法。过了一会儿，当她低下头时，我才全面看清楚了她的脸，我看到她的嘴角翘起，透露着嘲讽，她眉眼紧皱显示着她的鄙夷，我十分吃惊。她看向斯蒂芬森，又急急地转过头，可能是她认为无法掩饰自己内心的不屑。但她没有注意到我，一个正在钻研着她的一言一行、一举一动的人。其实，在场的人也能看出她脸上透露出的几分厌恶和不耐烦的表情。她似乎用紧闭的嘴巴说着"懦弱"，用光滑的额头说着"骗子"，她那双明亮的眼睛曾经是那么清澈灵动，现在却混浊呆滞，仿佛说着"伪君子"，整张充满坚毅的脸上仿佛哀怨着"他竟是我难舍的初恋"！

这时，一位青年人提出了反对意见："拉斐尔，可不是完全按……"

那个拍马屁的先生则很快就打断了他，急忙说："什么拉斐尔的'距离产生美'，多少年才成就了它。我们的斯蒂芬森先生，几百年之后同样会有一番大名头的！"

"对啊，"金发女郎开口了，"但是我们现在正谈论的这些，这些我们引以为豪的艺术也会变老吗？"

拍马屁的先生又说道："是啊，这是一贯的规律！你叫simplicitas profana（西班牙语言：天真的亵渎）！告诉你，美女，世上的事情没有什么是绝对的。就算是有名的斯蒂芬森先生也是如此，所以你要懂得他也不是总那么的au serieux（法国语言：严肃、认真）！"

"真有意思啊，"斯蒂芬森说，"没错，所有的东西都是相对的，但是我们……"

然后，他的话被一阵放肆的笑声打断了，整个人群也忽然陷入了寂静，那个场景至今让我难以忘记。那是明娜的笑声。她站起身子，手帕挡着嘴，从人群中转过身子，而她的笑声一直没断。

斯蒂芬森生气地说："你是在笑什么？"

"Nein, es ist zu droling（没有什么，只是有趣罢了）！"明娜说着，她的眼睛扫过我，那动作太快，就算她停了，我也看不出什么，所以我不确定她是不是认出我来了。然后，她缓缓地走进隔壁的屋子，此时那屋的煤气已经关了。

斯蒂芬森说："你这是要干什么？"

她回过头来说："我在这里喘不过气来。"然后她就走进了漆黑的房间，接着打开了那屋的窗户。

斯蒂芬森又开始侃侃而谈。不久后，那个野蛮的大胡子男人进了明娜的房间。我交钱时听见他喊服务员给明娜拿水。

一会儿，大胡子男人出来了，说道："行了，斯蒂芬森先生，别说了。去看看明娜吧，你的女人现在正难受着呢。在我看来，她可比你的理论金贵多了。"

那夜过后，我收到了舅舅的信件，他想介绍些斯德哥尔摩和圣彼得堡的生意伙伴给我，问我是否可以去看看。

我想，我在这儿待得够久了，也没有什么想看的了，为此我感到了一丝悲哀。但即使我能远离这个地方，也逃不出那些悲伤的回忆，它们每天都会缠着我。只有那次在波的尼亚海我晕船时，才忘却了一会儿。到了圣彼得堡，我一整月都在涅瓦河岸上驾驶马车，每两天就要去一次舞会，直到凌晨三点才离开。我恨我心里有人，否则我早就和美丽的舞女坠入爱河了。

我觉得应该在回英国之前去看一眼德国的工厂。于是，我去了萨克森，但我终究忘不了德累斯顿，我找了个理由，说要看看"工业艺术学院"，便和负责人沟通了。

我半路去看了莱比锡的伊曼努尔·赫兹。他和一位犹太女人结婚了，有了几个孩子。他以前特别温柔，现在却变得有些焦躁了。当他提到了不久前刚刚过世的母亲时，眼中满含泪水。他写信告诉我说，他把母亲和父亲一起葬在了德累斯顿。

他问我："明娜怎么样了？母亲走时，她有写信给我，但信里没有提到她自己的生活状况，你知道吗？"

"我见过她一次，但她没看到我。"

"那她怎么样了？"

"我听说她经历过不幸，她的孩子很早就夭折了。"

"给母亲的信里她有提到过这件事！唉，这真的是太痛苦了！"然后他又聊起了他是自由派报纸的半个股东，和他并不赞同俾斯麦的事情。

第三十八章

　　我一到德累斯顿就迫不及待地赶去了"热拉咖息"。我看着空荡荡的小院子，不禁有种物是人非的感觉，院子还是那个院子，只是人不知道去了哪里。听说雅格曼太太好久之前就已不住这里了，我又跑到"苏尔卡茨"向人们打听她是不是回来过。可是，那儿的人们告诉我，明娜的母亲在两年前就已过世了。

　　我在小镇上散着步，触景生情，回忆着我们过去点点滴滴的快乐。时间可以改变一切，当然，建筑也不例外，我那最爱的托尼亚蒙咖啡厅已经不在了，还记得我就是在那里和斯蒂芬森相遇的，还有那个我们最后曾一起走过的大街也没有了一丁点儿的痕迹。冬天就要过去了，哥洛莎花园和公园里的植物都长出了新芽，可是我还是能在那老标签上找到那时候我们研究过的树名，特别是那个毛利人或塔希提人取的名字，其特殊的发音却让明娜读起来非常搞笑。我就傻傻地站在树前，看着那些老树枝还有那刚长出的嫩叶，总感觉那标签上的名字就像是一个会动的谜，它向我招手引起注意之后，却又回过头去不再理我。那一刹那，我感觉自己似乎是掉进了一个黑洞，不知道自己为什么会在这个地方，更不知道这些植物是否还挂着那发音不准的名字在我的眼前矗立着。最关键的是，我想要抱在怀里的明娜没在，她也不知道我去不了"热拉咖息"，再也无法思考的我陷入了黑暗之中。

等我回过神来时，却听见了孩子们的笑声，我转身去看他们，他们看见我回头就都凑在一起笑闹着跑走了。我想，那些孩子们肯定以为我是个疯子，不过，我也有可能真的是疯了，因为天真可爱的孩子们是不可能说谎的。

该回去了，路上那座美丽的文艺复兴式别墅又勾起了我的回忆，那时，我们开玩笑说这个别墅会是我们的。真的挺可笑的，当时我们还幻想着我们的未来和我们的家，想着我们几乎不可能买得起的大别墅。到如今，别墅不再是问题了，可若是想要一个和明娜在一起的简简单单幸福的家，那真是有点不可能了。真是没想到啊！有时候我觉得自己好像已经疯了，已经傻掉了，什么都不清楚，不明白了。可是，又有什么事情是需要我非要搞明白的呢？如果头脑清醒的人肯定是不得不这样做的，可是我疯了，竟非要去索伦斯坦不可！关键是，我找不到不去的理由，我想，"如果我住在那里，拿破仑就不会把我赶走了吧"。

傍晚，警示易北河河水异常上涨的信号炮响起时，我并没有太过在意。到了第二天早晨，还没睡醒的我却被第二声炮响惊醒了。一听说是有洪水要来，我立马就清醒了过来，想要跑出去看看情况。我住的贝尔维尤旅馆离河很近，老板说自昨天晚上炮声响起后，就一直有人在桥上看着河水上涨的位置，到现在为止，桥栏上的人已经满得要挤不下了，大桥的桥柱已经被水淹没，桥拱不断地被泥沙流冲撞着，岌岌可危。水面上漂荡着各种杂物，我走到桥边能清楚地看到码头、诺伊施塔前的草场、花园都已被水淹没了，风推着水继续拍打着平台的围墙，墙边堆起了大量的白色泡沫。

我想："这么大的水，也不知道莱森怎么样了，我们一起住过的小屋肯定已经被冲垮了吧。"

我真的很想知道，所以我坐了几个小时的火车到达了波尔纳。在萨克森—瑞士根本就没有办法横渡易北河。过桥的时候我趁机去看那自出游莱森后就没再看过的小镇。从窗口看去，雨后的小镇被阳光照耀着，索伦斯坦的山形墙散发着象征着希望的光，可是那小镇和被当作精神病院的堡垒已经垮掉了，没有一丝春天的气息。

我跑过乡村和城镇，又爬过以前游人不绝现在却荒无人烟的舍赫地，终于到达了久违的巴洛克式陡峭山形的萨克森山脉。我在向上攀爬时突然从心中冒出了一个变态的想法，我多么希望山上的滚石能突然掉下来正好砸中我呀！快要四点的时候，我终于爬上了巴斯特。从这里向下看去，脚下一片荒凉。

埃布格西特的台地上的"玫瑰花园"已经被水全部淹没了，能够露在水面的只有槭树的树梢，站在河边上看去，就好似是一些矮灌木丛。岩石和小溪中间还坐落着三座小房子，一座房子已经有一半被水淹没了，还有一个房子有着六英尺高的台基，因是采石场的主人建的，所以地基比较高，如果蹚着水还是能勉强进出门的。涌动的水冲撞着水下的石梯，好像大海里的浪花拍打着暗礁一样。我们以前经常玩耍的小亭子也被冲走了。最后面的第三座房子被淹得最深，如果没有望远镜，根本就不可能看得见这些。看向河对岸，水花来回地拍打着，地面渐渐地向后退去，还有一些高地时不时地冒出水面。

从高处向下看去，荒凉之感扑面而来。那大片的水面，说是洪水却毫无奔腾之意，就这样安安静静地略过，慢慢地流动着，让人感觉到一种压抑的可怕。它流过我们的田园，摧毁着我们的幸福生活——它丝毫不在意这一切，如此地冷漠无情，缓慢地毫不停歇地流过，就好似生命和命运一样。

一阵冷风过后，顿时乌云密布，些许的雪花自空中飘落。看着这萧瑟暗淡之景，我竟丝毫没有再回到以前再看一眼春天般的美好景象的想法，竟也没有希望这条河流恢复像以前那样的温驯景象的憧憬。

就在我沉溺于悲伤情绪中无法自拔的时候，一阵突如其来的饥饿感将我的悲伤情绪击溃殆尽，于是我只得先去填饱肚子。待吃完饭之后，天色已晚，所以我决定第二天再回莱森。我选择了一条"禁路"，一条位于莱森斜坡上的能走下易北河的林间小路。还记得这里有个脾气暴躁的守林人，我倒是盼望着可以再碰见他。从这条小路走出去，就能直接穿行到我和明娜从采石场回家的小路上。风实在是太大了，雪花直接吹到了我的脸上，又冷又疼，越向下面走我越是想往后退。我现在所处的地方倒不算是很高，找个落脚的地方也很容易，但是我就是觉得哪里都不合适，虽然我有点害怕，但更多的是后悔和恼火。总的来说，来这个地方就是吃饱了没事干，闲的！还好，在太阳下山之前我顺利到达了家中。外面风很大，甚至都刮进了屋里，后来在欣赏着松涛奏响的乐曲中我酣然入睡。

大睡一觉之后，我想要调换一下心情，看看能不能闻到春天的气息，事实上却是毫无变化，仅仅只是河水开始消退了而已。我正打算离开，突然一个访客拦住了我，问道："你是——教授先生吧！肯定是！"原来是那个斯托奇校长，虽然我不是很欣赏他但也不是不喜欢他，可就是在他总是跟着我，我走到哪儿他就跟到哪儿时，我就有了种想要诅咒他快点沉到易北河河底的冲动。因为洪水的来临，他放了一天假，所以就来到了巴斯特想要游览一番。斟酌之后，我清楚地知道，如果我不想在巴斯特再滞留一晚的话，那就只能选择让他跟我待在一起了。

"看哪，有人来陪你吃饭了，有可能是一桌大餐哦！"我们正走着，他回头指着那辆旅馆门口由两匹马拉着的马车喊着，"我知道那种马车，车主可是来自皮尔纳，外号叫作大鲨鱼，就是专宰游客的意思。"

一个女人探出了车窗，她脸上的黑纱随风飘动着。

"哇！还有女人啊，这么年轻，你肯定能得到好处。"

"快点走吧。"我厌烦地催促道，随后就向着石桥走去。

下石阶的时候，我们不得不走得飞快，等到了平稳的路段时，果然不出我所料，他开始询问我关于明娜的事情了，我清楚地知道他在明知故问——假装不知道我们订过婚似的。

"你肯定还记得那个叫明娜·雅格曼的女人吧，之前我还看到过你们在林间小路上嬉戏打闹呢，嗯……你可以想象一下……那个，如果她嫁给了我以前跟你说过的那个画家，就是你们国家的那个，你知道的，谣言是非常可怕的。你肯定也没忘记我曾和你说过的，她有点——"

"嗯，我记得很清楚。"

"在丹麦那个小国家里，你没有遇见过她？"

"我没去过丹麦，一直住在英格兰。"

"噢，是是是，怪不得我一直觉得你有点英格兰味儿呢。"

当我说到洪水会给穷人带来苦难的时候，他却毫不在意地说，只有旅店的老板以及河边房子的主人们会很可怜而已。

我们很快走到了莱森，当我把自己的"英格兰味儿"表现出来之后，我再跟他说再见时，那老实的德国人终于不再跟着我了。

这里虽然没有被洪水波及，但是溪中的水也已涨得很高了，还好，平铺在上面的木板还没有被淹。我走过已经关了门的泽德利兹别墅，穿过那一片桦林，来到了"索菲行宫"。以前放在外面的长凳已被收走了，不过没关系，我可以坐在石桌上。蓝天白云下，叽叽喳喳的小鸟们欢快地飞行在已经发了新芽的林子间，这应该就是春天的气息吧。

我又一次感觉到自己在忽然之间什么都不明白了：不明白是我待在这里，还是明娜待在了这里，我记忆中的那个发光的小虫子不知道多少次地停在了同一个地方。我可能真的疯了，我竟然觉得只要我在这里，只要我一心想着明娜，我就可以依靠自己的意念和大自然的力量把明娜带到这里，带到我的身边。

传说，人在死之前会有一段时间是在回忆自己的一生，就好像她的意识已经凌驾于一切时间之上了。现在，我的青春已经消亡了，我回忆起自己的爱情之路，也可能会遗忘了一些事情。有那么一瞬间我好像看到了一切，就像当初在巴斯特高地上俯视它出生的地方一样。在看到这一切之后，我想到了一件以前从来没有想到过的事情：我们总是刻板地被周围的环境事物驱逐着，我们总是随波逐流，从来没有想过要主动反抗一件事。就连斯蒂芬森也一样，他虽然有着与众不同的表象，可是本质上与我们还是一样的，还是被情绪所左右。他被忌妒驱逐着，想着要在失去明娜之前再见她一面："试试吧，也许她愿意和我走呢。"

现在也并不是什么都无法改变呀，也是可以站出来大喊一声"我要"了的。到如今，婚姻也不是坚不可摧的了，而她的婚姻就是个失败了的婚姻。她说的所有的话都让我确信了一件事，即她所希望得到的一切其实都没有实现。她已经看明白了一切，也看明白了他，其实他根本就没有什么能力让她幸福，而且很长一段时间以来，他也早已厌烦她。还有就是像他自己所说的一样，他是一个不喜欢一般偏见的人，他也认同这段失败的婚姻的破裂是非常公平的，也会觉得将违背自己的内心嫁给自己的妻子牵制在身边并不是件理所当然的事情。自由主义理论和自由主义者相比起来，还是后者比较强一些，毕竟决定权在人。不过，就算他不是那么在意自己的面子，那当我和明娜互相愿意的时候，也不能确定他会不会同意。

也不知道她到底愿不愿意，她已经尝试过一次了，并且还是失败的，那她为什么不赶紧放弃失败的这次，再去追求那些美好的事物呢。我一直都在等着她，始终相信她，爱她。

如果要问我的意见，那毫无疑问，我是非常愿意的。这是我第一次这么大大方方、明明确确地承认自己的内心，并且是自愿的。明天晚上，我会抵达哥本哈根，后天我就可以对她说出自己内心的想法了。

人的幻想力是无限的，我现在的心情是如此的愉快，就算是之前跟明娜待在一起时也无法与此时相比。现在的我，回忆着年轻时候的爱情，并期待着它能够在圆满的婚姻中变得更加美好，就这样，我将过去和未来完整地整合在了我的脑海中。

《失乐园》和《复乐园》的神话如此真实：幸福就是怀念过去和幻想未来。

第三十九章

无论当时还是现在,这件事的发生在我看来都是很顺理成章的。

轻快的步伐踩在碎石上,发出了嘎吱嘎吱的响声,这不由让我想起了往事。当时的我正安静地坐在那儿,这时明娜悄无声息地走了过来,把我吓了一跳。脚步落在地上的声音听起来竟如此的熟悉。那个时候,我也是坐在这里,然后明娜向我走来。不过,我现在听到的一定是幻觉吧,明娜是不可能来到这里的!"如果这个幻觉是真的,"我想,"她要是真的能过来,要是真的站在我的身旁,那我要说些什么呢? 唉,我真是无可救药了,就像是给自己开了一个玩笑,毕竟昨天已经不复存在了……"

"天哪,这不是幻觉!"明娜真的出现在了洞穴前,她把我吓了一跳,同时她也尖叫了一声。

我们半天没缓过神来,斯蒂芬森带着惊讶和嘲讽的笑容向我们深深鞠了一躬,这一切都是如此的巧合,巧合得就好似是这一切都在我们的计划和安排之中。

那不经意间的尖叫声巧妙地掩盖了我们的尴尬。

"我还以为你在英格兰呢！芬格尔先生！"

"斯蒂芬森先生，你不是在哥本哈根吗？"

当第一眼看到爱人时的紧张和欢喜之情渐渐地消失之后，我感到了阵阵的绝望。那对夫妇正在享受着愉快的旅程，他们之间的关系似乎与我的想象不太一样，同时这个结果也与我已计划好的美好前景截然相反啊！

"你们是要去意大利旅行吗？"

"不，我们只待在萨克森。"

"哈罗德，你是来德累斯顿谈生意的吧？"

但让我奇怪的是，明娜本来是最先平静下来的，可为何她的呼吸还如此地急促呢？她的一颦一笑、一举一动，在我的面前显露出了最纯正的快乐。

"你如果回皮尔纳的话，我们正好可以顺路啊！"

"空间很充足。"斯蒂芬森说，"我很乐意坐在不是四轮马车的驾车座上。"

他很不情愿地把微笑挂在脸上，眼睛里却明显地带着愤怒，但明娜并不在乎，也不会去关注他。

明娜说："这么多年，我们之间要交谈的实在太多了，可能会让你觉得不耐烦。"

大家都赞成立即启程返回。校长站在教学楼的窗前，探出了半截身子，目光却一直追随着我们远离的背影。看到这些，明娜高兴地笑了。

"哎，你还记得那次在林间小道上遇见了我表哥的事吗？没人知道他在想什么！我希望他不要再来监视我们。"

在我看来，她的声音里实在是有些故作的强颜欢笑。

　　"我早上经常会与孩子们一起去那个古老的锯木场喝牛奶。你从未光临过，我想那时的你一定睡得很熟，因为天下的男人都有一个通病，那就是懒呗。"

　　"那个时候，对你的行踪我是一无所知。"

　　"用勺子喂你什么东西才好呢？"

　　斯蒂芬森说："固体食物比较适合我。"

　　明娜对斯蒂芬森行进方向很好奇，好像那边有人在交谈一般。在上坡的途中，我们的交谈中止了。上坡时，明娜似乎很是吃力，她停歇了好几次，可还是气喘吁吁的。斯蒂芬森走在我的前面。明娜就直接拉住了我的肩膀，把身体靠了上去。

　　吃饭时，我们谈话的主题很随意，想到啥就谈啥。上了车之后，明娜坐在了一个舒适的角落里，接着说："嘿，哈罗德！别来无恙啊，你给我们分享一下你近几年的生活吧！"

　　我也恭敬不如从命了，明娜目不转睛地看着我，有时会让我觉得很拘束。她总是在笑，心不在焉的。她有时会拿那些英格兰美女来逗我。

　　"哦，哼。"我有些不耐烦地说，"美女！你还挺厉害嘛！"

　　明娜转过身，用手帕捂着嘴呵呵地笑着。

　　斯蒂芬森说："你的帽子上粘了一片羽毛。"

　　他坐在汽车的前座上，眼睛凝视着窗外，无意识地一根接一根地点着雪茄。每当他插话或询问诸如伦敦艺术等问题时，明娜总有一种他如孩童一般不懂一点礼貌的感觉，这让明娜很是尴尬，也很困惑。在这之后，他意识到了只有自己保持沉默才是好的。可是我也很困惑，为何他们互敬互爱的相处模式给我带来的却是痛苦呢？

而当我看到他们毫无开心可言时，我的心又变得很痛。明娜的这种行为，让我感到非常矛盾。

当时，我真不该告诉她我见到了德国音乐家这件事的，但是纸是包不住火的，我最后还是选择了坦白告诉她。明娜听后，却直接转过头注视着窗外，一句话都没说。

"世界很渺小啊！"斯蒂芬森说，"有缘人总是不期而遇的。"

"这是你离开的理由吗？"明娜说完迅速掉回了头，用敏锐的眼光看着我。

刹那间，我变得不知所措。

"嗯，我马上就要离开了。"我的脸涨得通红，说话都结巴了。

斯蒂芬森带着嘲笑的表情看着我们，好像在说："我应正式声明一下，其实你不用管我，我不会多找事的。"明娜迅速瞥了他一眼，他的表情很快又变得严肃了起来。

明娜前倾着手臂，对我说："那一晚在咖啡屋，你为什么不陪我们？"

"咖啡屋？"

"哈罗德，你明明是知道的啊。在波塔里我就看见你了。当时你就在最后，我嘲笑斯蒂芬森的时候你没忘吧！在场的还有一些外人。"

斯蒂芬森看上去很是肃穆，他做着平日里喜欢做的姿势，用手摆弄着脖颈间的衣领。明娜带着调侃的笑容看着我，不断地向前走去。

"我不认识那些人，另外那种场合你不见我是正确的选择。"斯蒂芬森开始渐渐地为自己辩解了，因为他再也受不了了。

"你当时还曾提到和我们在一起的那些人的表情很是怪异的。"

"是你——不是我，我真的受不了啦！"

"虽然他们也是学识渊博之人，但很遗憾，我也力不从心哪！"

"这种场合让我很不自在，在这一点上哈罗德和我有共鸣。"

斯蒂芬森紧闭着双唇，用仇视的目光看着她。

"你应该清楚哪里比较适合你。"

明娜耸了耸肩，用手捂住胸口，好像在强忍着疼痛。他的话夹枪带棍的。我感觉自己就如同牧师一般，正陪一个罪犯走上断头台，而在我的对面还坐着警察呢！

此时的心情很难用语言来表达，但我必须将这次危机话题转移到一个和平话题上去。皮尔纳已经在望。我问他们，是在德累斯顿过夜，还是留在皮尔纳。

"我们就在这儿过夜了，至于波希米亚，我们应该还会回去待上几天的！"斯蒂芬森说。明娜的整个身体几乎都探到了窗外，她突然转向我，面如土色，十分憔悴。

"你在德累斯顿待几天呢？"她当时问我时，脸上露出了恳求的神色。

我迟疑了一会儿，我应该抓住这次机会，好好把握！哪怕是看到一点希望也是可以的。

我的最后一句话还是派上用场了，让斯蒂芬森的心灵深处有了触动，斯蒂芬森有些忐忑不安，紧接着又坐了下来，努力显出一副若无其事的样子。尽管，当时我们含情脉脉地对视，但是斯蒂芬森的一举一动都在我的视野范围内。我清楚地知道，她那棕绿色的眼眸显得格外的炯炯有神。

"哦，我知道了。"她说话时声音特别小，嘴唇都没有轻微的颤动。

"我在德累斯顿公务繁忙，要是耽搁了我还要补上，所以就临时改变了计划。"

明娜说："这挺好的呀！"

斯蒂芬森一如既往地用手整理着脖颈间的衣领，假装掩护，好像在自责不该打乱我的计划，但是最后他还是选择了保持沉默。

之后大家都没有出声。

我当时就住在贝尔维尤旅馆，明娜是知道的。无论何时，明娜只要想和我取得联系的话，是随时都能找得到我的。我坚信她一定会和我保持联系的，想到这些我心情舒畅了很多。但是，我很疑惑他们为什么会进行这次旅行？很显然他们并不准备去波希米亚啊！这只是我的预感：

> 马车滚滚，桥梁晃动，
> 其下，溪流悲伤流淌；
> 我再度放下欢欣，
> 如此狂爱你温柔之心。

我们过了桥之后，斯蒂芬森就停下了马车。

下了车之后，我和明娜握了下手，同时也向斯蒂芬森挥手告别。随后，我转身，匆忙地赶往了火车站。

第四十章

　　到了德累斯顿后，我在波希米亚车站里徘徊，久久不愿离开。
我猜测着斯蒂芬森或是明娜说不定会从皮尔纳赶回。

　　"咔嚓……咔嚓……"火车呼啸着驶进车站，透过车厢我看
到了斯蒂芬森。而后，他一个人从车厢里走了出来。我立即冲了过
去，焦急地问道："怎么就你一个人？！明娜在哪儿？她为什么没
有跟你一起回来？"

　　开始时，斯蒂芬森阴冷着脸直直地瞅着我，似乎并不想回答这
个不合时宜的问题，气氛一下子凝固了起来。过了一会儿，他又突
然说："芬格尔先生的问题问得有些多余吧，她一直都在索伦斯坦
呀，我还以为你知道呢。"

　　"他在说什么呢？"我嘟囔着，紧接着头昏昏沉沉的，眼前开
始发黑。我踉跄地靠近他，一把揪住了他的衣服，在防止自己跌倒
的同时也避免了让他有机会溜走。

　　"什么意思，索伦斯坦。你不会是想说明娜她……"

"别这么激动，芬格尔。"他挣脱了我的束缚，又似乎是想安慰我，接着说道，"明娜在精神上没有太大的问题，只是情绪方面波动比较大。早先你也看到了，只有让她接受治疗才是最好的办法。然而，在当今这个如此压抑的时代，这根本不是什么大事。明娜之所以会留在索伦斯坦，不只是因为她想念她的家乡了，同时也是为了避免哥本哈根的闲言碎语。早前我就说过，思想开脱的人早就抛弃了这种低俗的想法。"

他的解释彻底激怒了我。

"这一切都是因为你，因为你。"我近乎疯狂地怒吼着，举起拳头向他挥去，却被他巧妙地躲开了。这时，有位警察向着我们的方向走了过来，他和斯蒂芬森小声地说了几句话，斯蒂芬森表示很无奈，离开了这里。站台上的旅客来来往往、步履匆匆，在列车员叫喊声和鸣笛声中，我茫然地倚着站台的柱子，不知道接下来该做些什么。

慢慢地，我冷静了下来，我向售票员咨询今天是否还可以乘车到皮尔纳，得到的答案是要等到第二天。

第二天，一到皮尔纳我就立即赶往了索伦斯坦。也许是上天眷顾，刚到索伦斯坦我就遇到了为明娜治疗的教授。我向他介绍说我是斯蒂芬森夫妇的朋友，最近会在德累斯顿停留数日。昨晚我因为巧遇了斯蒂芬森，所以我答应他会帮忙留意他妻子的状况。对了，当时我着急去探望朋友，也就没同他过多的交谈，说了没几句我就离开了，所以，现在我想多了解下他妻子的病情，希望医生能如实地告诉我。

"别太担心了，明娜暂时不会有危险的。"医生安慰道，"这种病刚开始时病人都会意识不到，谁也不肯早看医生，但是精神病院隔绝了外界的纷扰，环境清幽，是有利于病情稳定的。"因此，他需要观察病人一周左右的时间才能向我做进一步的说明。

一周后，我再次拜访。医生如实地告诉了我明娜的病情。他告诉我，明娜虽然患了抑郁症，但是还没有发展为疯癫的程度。她只要好好配合治疗，在精神病院好好地休养，直到康复，她都不会再疯掉。她现在处于神经质状态，很容易激动。然而，危及她生命的是心脏病，他揣测她之前可能经常受到刺激，所以很久之前就遗留了这个病根。她可能会伴随着这种疾病直到老去，也可能会突然死去。所以，一定要避免让她受到刺激和打扰。

"既然你是斯蒂芬森太太和她丈夫的朋友，那你能否告诉我，他们在一起时快乐吗？"医生有些突兀地问道。

我思考了一会儿，不知道自己该不该回答。

"不，他们在一起并不快乐。"我答道。

"这才是问题的根源。为了使她生活得更加幸福，他们最好不要在一起生活了。至于她的丈夫，我觉得他是个冷静的人，你怎么看？"

"我完全同意您的意见。"

我的情绪过于激动，这一切都被饱谙世故的医生看在眼里。他笑眯眯地盯着我，并无恶意。

"这个病也不是短时间内就可以恢复的。我已告诉了她你来过这里的事情，她让我向你问好。如果你暂时会住在德累斯顿，你可以每周给她打个电话，这样会有利于她病情的恢复。但是要过很长一段时间，你们才能见面。"

我非常自信地返回旅馆。我做了一个重要的决定，我将用余生的时间追随明娜，不管将来我们是否会结婚，我都会一直陪伴在她身边，尽我最大的努力给她幸福安定的生活。即使她没有那么幸福，（但她怎么会不幸福呢？）能让她心里不再那么难受也就足够了，即使这会因此影响我的事业。如果她喜欢她的故乡，那我就会陪她待在这里，找一份谋生的工作。倘若她喜欢南方的太阳，那我就带她去南方生活。不过，我觉得去南方是不太可能的。最适合的地方是英格兰，一个新的地方、新的环境最有利于她的康复。然而，最让我放心不下的是那把架在她头上的达摩克利斯之剑。即使医生允许她出院了，那把剑依然威胁着她的生命，即使把剑拿掉了，我还是会感受到它所散出的危险气息。但我发誓，这只会让我对她的爱更加长久。我不能在她孤苦无依的时候离开她，也许等我再回来时她对我的爱意早已全无。

舅舅只给了我一年的时间。我在德累斯顿租了间简陋的房子，和从前那样，用于钻研陶器，而德累斯顿给我们的工厂和资金带来了充分的技术支持和帮助。

第四十一章

跟平常一样，在五月三日下午的时候，我想去哥洛莎公园里散心。走在布尔格威瑟的大街上，我无意间看到了一幅肖像，它就挂在路边的一个古玩店的橱窗里。我迫不及待地跑进店里去观察这幅彩蜡画，对，这不就是斯蒂芬森亲手画的明娜嘛！不过，现在这幅画像破旧得让人看不下去，水粉脱落得厉害，头发以下简直惨不忍睹，就只有一张脸勉强还能认得出这是明娜。它被装在了一个已有蛀虫的、劣质的、洛可可风格的相框里，发黄的标签上字迹的颜色已经变淡，隐约可以看出"佚名大师，十八世纪中叶"的字样。

我走进一个小屋子，里面堆放了很多东西，光线也很暗，让人感觉很不舒服。那个古玩店的老板是个老头儿，看起来又高又瘦。一幅画，他要出了很高的价钱，也许是因为他知道我是外国人吧，谁叫我说的德语带着英格兰味儿呢。他在我耳边不停地吹嘘着，说这幅画是一幅少见的真迹，也许是孟格斯画的。我打断了他的话，不过最后我还是买下了这幅名不副实的画。

本来我是打算去哥洛莎花园散散步、锻炼锻炼身体的，但想来抱着这么大一幅画在公园里走来走去太傻了，所以我就决定去约翰尼斯街上逛一逛。其实，我也并不是多么想要得到这幅画，只不过是不想看到它被一个毫不知情的人当作孟格斯之作摆在家中罢了。

　　就算我把它带回家也是要想办法把它毁掉的，最可能的也许是用火烧掉吧。

　　不过，当我走到艾伯特对面时又突然改变了主意，我为什么不选择一个更简单的方法解决这个问题呢？如果能直接把它扔到易北河里，那我不就更省劲了？也不用再因为看到它而心烦了。

　　桥上的人很少，河里的水也没退下去多少，我若无其事地走到桥中央，见没人看我的时候迅速地把画投入河中。我眼睁睁地看着它被水浸湿，冲到桥柱上，最后沉入了河底。

　　走在回家的路上，我一点都开心不起来。

　　桌子上有一封教授寄来的信。

　　今天早上的时候明娜离世了，最让人想不到是，她突然离世的原因竟是心脏病突发。

第四十二章

第二天早上，我收到了一个盖着精神病院印章的包裹，是明娜寄过来的。

我翻开包裹后，首先看到的是六张字迹工整的信纸，前五张的信纸上正反两面都写了满满的字，只有最后一张的第二面，还没等写几个字就空了下来。

索伦斯坦，4月17日

　　亲爱的芬格尔，好久不见。我的医生跟我说你来看过我，他还帮忙转告了你对我的关心。当然，如果下次你再来时，他同样也会代我问候你的。知道你来过后，我竟觉得有些莫名的心安。

　　我有很多话想要对你说，想要写信给你，但由于身体的原因，我每次只能写一点，所以就打算存多了之后再一起寄给你。医生说我应该保持平静，思想上不能过于操劳，心情也不易过于激动，但是每次给你写信的时候我总是控制不住自己，总爱感慨，什么事情

285

都要想半天；但是，如果我不给你写信的话，内心就总是会感到不安。不过你只管放心好了，除了偶尔给你写写信，其他的事情我都很听医生的话。我老是害怕自己会突然去世，每当医生听到我这个想法的时候总是会笑我，不过我知道，他跟我想的一样。也许，我是太过虚弱了吧。不过如果在我去世的时候，你能够及时地得到消息我就很满足了。

我觉得我想要对你说的话靠写信是写不完了，我把以前你送我的那些信件和小礼物都找了出来，我不想这些东西在我死后让别人拿去。每当我写一次信，就把它们其中的一件放进我要寄给你的包裹里。

我幻想着可能会有那么一天，我们两个人会坐在一起拿这件事情说笑。

希望上帝会给我们这个机会的！

好了，今天晚上我就写到这儿吧。

晚安，亲爱的。

4月18日

我在进到精神病院之前又去了一趟莱森，还去了那个岩洞，你知道原因吗？也许你认为我跟你去那儿的想法是一样的，也许是这样的，不过也不单单是这样的。我总是觉得在那里我还会经历一些特别的事情，是比遇到你还要让我兴奋的事情。不，我觉得只要到了那个地方我就已经很激动了，可能会激动到死去，又或者会开心到疯掉。无论付出怎样的代价，我还是喜欢待在那个时候，那个地方。

我感觉最幸福的事情就是在那儿遇见了你，哈罗德！你一点都没有变，还是像刚认识时的那个样子，而且你也知道我对你的心意也一直未曾更改，唯一变了的就是我对他的看法。

我已经明白地了解到他究竟是一个怎样的人，我也知道这让你很难过，但是我控制不住自己啊！我也不想让自己变得这么不堪，心中充满着仇恨，刻薄得让人接受不了。

你肯定不能理解我。

为什么会如此厌恶自己以前曾喜欢过的人呢？你最好是要这样问我，不然你肯定搞不明白："人和人只有在相处久了之后才能发现对方的本性，日久见人心，如果你发现了他原来是个邪恶之人，又怎么会继续喜欢他呢？"当然，这与爱情无关，毕竟我对他的了解还是很深的。

我想了很久，如果要想让你全面地了解我，我就得让你知道我到底是怎么看待他的。

就像斯蒂芬森这样的人，表面看上去是有一定的才华（如果不是因为这样，他就不可能成为艺术家，就算是他这样的艺术家也不可能）；他还很年轻而且思想行为没有变坏，恋上一个女生之后，显得他更加有才华，而那个女生就是喜欢上了这样一个与后来毫不相同的他。——这应该算不得是骗人；恰恰不同的是，她喜欢的那个人只是他们恋爱关系中的那个他，而且那个女生也在不断地学习成长，她变得越来越坚强，见的世面也越来越广。

这些事情都真实地存在、发生了，而且是如此的美妙。

可是随着时间的流逝，一切都呈现在了人们眼前，不同就是不同，那些看起来有才华的人都成功地变成了自己想要的样子，而那些才能不够的被动提高层次的人却慢慢落下了。

4月20日

　　最后我写的那些话让我自己都感到了别扭，想说的话怎么就这么难表达？这种感觉很糟糕。昨天的时候，我想说的话却觉得怎么写都不太对，竟不知该从何下笔了。算了，就算你知道这是我唯一能找到的借口，但是我还是打算不再纠结这件事情了，虽然这对我来说很重要。不过，我知道就算我不说你也肯定能明白。

　　今天我想跟你说说我在丹麦的生活。

　　不知道你还记不记得齐格林德说的她和汉登格之间的生活状态——

　　到现在仍不和睦，经常吵架，

　　两个人根本就没有视对方为亲人，非常冷漠，

　　接近我的人，

　　都把我看作是奇怪的人。

　　很显然，这与我是一个国民意识上的"外国人"的身份无关，尽管这或多或少有所影响。除此之外，你也知道我只是对古典文学有一点兴趣，对于那些德国人的艺术什么的我是一点都不想知道。

　　本来我认为文学、开放式的思维、教育等这类东西都挺好的。

　　但是，没过多久，我就知道了这竟是些如此空虚的东西。静下心来想想，斯蒂芬森不就是这方面的专家嘛。其实，不用我说你也知道，我根本就和那些人合不来，也无法融入我丈夫和他那些所谓的朋友的圈子。虽然其中也会有几个跟我挺好的人，但是他们都比不上你。有时候还会冒出某个喜欢我的人，但是我们的思想和圈子都不在同一个世界里，因此也就毫无理由去深交，然后他又悄无声息地退出了。但是，每到聚会的时候总会听见有人说，我们的圈子是丹麦最厉害、最有才华的圈子。确实是这样的，因为剩下的人

不光有点傻，还喊着要战胜真理和正义。像这样的事情我还记得好多，写都写不完。

我不是没有想过要融入他们，斯蒂芬森也说那是我应该做的。我努力地让自己相信他们是对的，错的是自己而已，是自己太笨了。我跟着他们一起赞美那些我不喜欢的东西，把那些我认为特别珍贵的修养踩在脚底，我告诉自己美德其实就是假心假意，生活就是一个笑话，不对，若是按照斯蒂芬森的一个朋友所形容的，那这就是"猥亵"。反正，我尽量地附和着这群狼，跟他们一起吼叫（丹麦也有狼，是吧？——你没忘记你跟我说的笑话吧？——但是没有狮子）。可能就是因为你，最后我没有低下自己的头颅，所以我应该非常感谢你才对。

4月26日

斯蒂芬森时不时地总爱寻找些乐趣，所以经常会拉一些人一起娱乐，每次都会玩到后半夜才结束。因为受德国风俗的影响，到了早上，我不得不早点起床。作为一个家庭主妇，我既要勤劳，还要关心着财物的收入和支出项目，为此我的压力非常大。

我讨厌做这些事情，有能偷懒的机会，我绝不会放过，所以斯蒂芬森也总是因为这件事情而生气。真是够了，如果不是因为忌妒，我早就忍不下去了。

我没办法让你想象到我到底因为忌妒受了多少伤害，我也不去渴望能有哪个男人能理解，虽然奥赛罗是个男人。

按常理来说，如果一个妻子不再爱她的丈夫而且夫妻之间的关系不可能再继续下去的时候，她就会对丈夫的一切都毫不关心，甚至可以冷漠地看待她丈夫与别的女人卿卿我我。但是，这对我来说不一样，我越是厌恶他，我的忌妒心就越难以控制。我的丈夫是个画家，作为他的妻子我还要注意那些身材妖娆的模特儿，每次他和模特儿单独待在一起作画的时候，我就会偷偷躲在暗处打探情况。我之所以大半夜不睡觉，勉强自己待在吵闹的聚会上，不就是为了看着他的一举一动嘛。

悲惨的是，我所做的这些竟然得到了回报。我总是觉得那个与他在波塔咖啡厅相见的金发女人很可疑。果然，一天晚上，我看见他和那个金发女人装作去画室里画画，还锁上了房门。在我的逼问下，最后他终于受不了，跟我说了实话。他愧疚地跟我交代了所有的我所怀疑过的事情，甚至更多，我无法接受他竟然就在我们刚结婚的时候就做出了对不起我的事情，那么，很可能在我们热恋的时候也——

不，我不能让你知道。

我是多么厌恶他呀！

4月30日

在孩子刚刚夭折的那段时间里，我伤心欲绝，但是还没有等过完一年我就觉得也许那是个好事。我跟你说过我的父亲吧？我不想走再跟我的母亲的老路了。我能感觉到我现在正在经历着母亲曾经历过的那些事情，其悲惨的后果在我小的时候就已知道了，只不过现在我才能理解而已。

现在的我终于没有什么要紧的事情需要做了，终于能闲下来做做自己喜欢的事情了，可以欣赏诗歌，还可以弹奏钢琴，因为我特别喜欢贝多芬和瓦格纳，所以还保存了许多他们的钢琴谱。这些都是我内心深处真正喜欢的东西，与我命中注定需要经历的那些事情有着天壤之别。

　　我对音乐的喜爱程度简直到了疯狂的地步，但是我又要克制住自己，因为只要弹琴的时间多一点，我神经系统就会受不了。我还跟你开过玩笑，我说如果有一天我失去了理智，那肯定是因为弹钢琴弹得太久的缘故。也可能，我曾经真的想过要用这种破坏神经的方法让自己解脱吧！

　　如果那时我能够看到些许的希望，如果那时我能早早地知道现在能够想到的这些事情，我想我肯定不让自己活得这么累。

5月2日

　　我特别想知道你是怎么看待死亡的。你觉得重逢真的能发生吗？确实挺难完成的，不是吗？我甚至都搞不懂自己是怎么消失得那么毫无痕迹的。我最近经常会想到老赫兹，我甚至还记得他曾在很多地方说过灵魂和永生的理论，最主要的是他最喜欢康德的话，怪不得像我这种没知识的人会搞不懂呢。但是，他说的那些话让我印象很深，在那些孤独的岁月里，他的那些词句总是在我的脑海中飘荡。特别是那句他经常挂在嘴边的，简直就是综合了他的所有思想，每一个字词我都记得很清楚，他说："我们平常所说的自我并不是事实中（他只在这里用了一个特殊的短语，我想，该是——它自身）的自我，可它只存在于我们的感觉意识里。"我特别想知道真实的自我到底是什么样子的，所以现在我又把这句话思考了无数遍，真希望它能够比我所知道的好一点。因为不知道，所以我才会经常幻想，幻想那些没有出现在自己意识里的自己到底是什么样子。你也一样吧，一样的不知道，一样的幻想着吧。就算我们不一样，但我们也是密切相关的。

有人可能觉得这些想法让人无法理解，但是它们也会有让人心安的方面。

我知道你肯定很了解它们，因为我记得你曾跟我说过，你的父亲以前是叔本华的信徒，所以他会经常跟你说一些他的信仰和观点。虽然我没有读过叔本华的著作，但是以前我经常听赫兹说起有关他的一些事情，他是康德学派的代表人物，他的学说和思想带有很大的神秘色彩。所以，我所说的这些都让人觉得特别有神秘感。

我真的很庆幸我的笔盒能上锁，要不然真不知道我会把这些信纸丢在哪里。要是教授看到我的这些"奇怪的想法"，或许还会让我和那些病入膏肓的人住到一起去呢。

我沉默了，盯着这张纸入了神，就这一张了，而且还有一面没写满。我告诉自己不要太心急，也许最重要的都写在了这张纸上呢。

我闭上眼睛，把明娜的那些"奇怪的想法"在脑海中过了一遍，我觉得明娜说得很有道理；它们让我回忆起了我的父亲，特别是那个在森林里我们两个人一起散步的美好画面，父亲边走边跟我讨论着有关形而上学的问题，例如，树木和动物生命中的"自然意志"。我还想起了我和明娜刚订婚的那段时光，没有带明娜去见我的父亲简直太遗憾了，如果他们俩能见到对方，肯定会相处得很融洽。他们两个都是天生聪明、创造能力特别强的人。不仅仅是这些，他们还都特别喜欢大自然，喜欢动植物，表面看起来虽然很感伤，但内心又幽默风趣，简直就是同一种人。不过，我想即便不用我的互相介绍，现在他们在另一个世界里也应该互相认识了吧，最后却只剩下我一个人孤零零地在这个世界里想念着他们。

最后那几句话让我更加地想念起了明娜，她的幽默风趣，她的聪明才智，还有她对知名教授的讽刺等，无一不是用了自己特有的可爱独特的方式表达了出来，甚至她早已看出了他在科学观念方面的先进之处，却没有任何的流言蜚语。我能想象到，明娜那带着甜美微笑写信的样子，真是美极了！

回到现实中的我，只剩下了这一小页——明娜的亲笔信了。

最后，我还是决定读下去。

> 不知道为什么，今天，我总是会想到死亡，还一直在纠结着到底有没有来生这个问题。今天的天气很好，我待在教授的院子里缝衣服，缝了一下午但并没有感到劳累。真是奇怪，很久都没有这种发自内心的充满希望的感觉了。
>
> 今天晚上就先写到这里，明天我再给你讲我在这里的生活吧。一会儿，我还要去读席勒的诗歌呢。不知道为什么，那天当我翻到最后一册书的时候，突然有了想要拜读《关于崇高》的欲望。教授建议我比较适合读历史书，毕竟这不容易使人难过。我听从了他的建议，但是当我开始读席勒的《三十年的战争》时，我发现我对这本书丝毫不感兴趣。唉，原来我从小就不喜欢读历史书。
>
> 晚安啦，哈罗德！

日记的内容已经触及到了我的灵魂深处，我已经悲伤到流不出眼泪了，自从得到她去世的消息，一直到现在我还没有流过一滴眼泪。

可是，当整理完了包裹里的全部东西，看到了这封她曾视为珍宝的有褶皱的信之后，我再也控制不住自己了，我把那封信捂在了脸上，张大嘴巴，像孩子似的号啕大哭起来。

我打开那封信，把开头几页又读了一遍，我感觉那时的自己就是个大蠢货，怎么能写出这样的句子 ——

"我会觉得后悔吗？即使五年已经过去了，现在我还是回答不出这个问题。"

仿佛我能为了任何一件事情舍弃我们之间的爱，舍弃关于明娜的一切！仿佛什么样的幸福都要比我的痛苦可贵。

我私自承办了明娜的葬礼，这是我唯一能让自己高兴起来的事情。我在"大墓园"给明娜选出了一块墓地，就在一棵很大的树下面，而且还和赫兹夫妇的墓地正好相邻。

我给明娜做了一块墓碑，是用萨克森蛇纹石做的，碑上只刻了两个字：明娜。

耶勒鲁普作品年表

1857年　6月2日出生于丹麦西兰岛的洛霍尔特市一个乡村牧师家庭。

1874年　进入哥本哈根神学院学习神学。

1878年　开始攻读文学，并从事创作。同年，出版了第一部小说《一个理想主义者》。

1879年　出版了第二部小说《青年丹麦》。

1880年　出版小说《安提柯》。

1881年　出版诗集《红山楂》。发表了拥护达尔文主义的论文《遗传与道德》，遭到丹麦教会的斥责。作者随即发表了小说《日耳曼人的门徒》予以反击。

1883年　开始周游世界，先后访问了德国、瑞士、意大利、希腊、俄国，对这些国家的文学艺术做了大量的考察。

1884年　发表诗体悲剧《布伦黑尔》和游历见闻《古典一月》。

1886 年　创作有关法国大革命的五幕历史剧《圣茹斯特》。

1887 年　创作戏剧诗《塔米里斯》。

1888 年　发表五幕历史剧《哈格巴特与西格娜》。

1889 年　代表作《明娜》出版，在社会上引起了很大的反响。
　　　　同年出版诗集《我的爱情之书》。

1890 年　迁居德国德累斯顿市，继续从事文学创作，并专心研
　　　　究东方和印度哲学。

1891 年　发表悲剧《海尔曼·万德尔》。

1896 年　出版小说《磨坊》。

1906 年　出版小说《朝圣者卡马尼特》。

1910 年　出版小说《漫游世界的人》。

1917 年　与另一位丹麦作家彭托皮丹共享当年诺贝尔文学奖。

1919 年　10 月 11 日在德国德累斯顿市逝世，终年 62 岁。